KB265552

Kahlil Gibran

TEA TIME
그리고
MESSAGE

칼릴 지브란 지음 / 이수민 옮김

도서출판 선영사

그대는 듣습니까
사랑과 미움
또 하나의 고독
허수아비

여기 우리

칼릴 지브란과

그대는 듣습니까
사랑과 미움
또 하나의 고독
허수아비

가운데 지브란은 누워 있다

칼릴 지브란 지음
이수민 옮김

인간의 머리로는 새가 하는 말을 알 수 없고,
시냇물이 뭐라 속삭이는지도 알 수 없으며,
파도가 해변에 천천히 그리고 부드럽게 부딪쳐도
무얼 속삭이는지 알 수 없습니다.

아름다움으로 다가오는 영혼의 언어

　19세기에 태어나 20세기에 활동하면서 그 시대의 으뜸 가는 철학가로, 가장 사랑받는 시인이자 화가로 크게 각광을 받았던 칼릴 지브란은, 그의 이름 '지브란'(Gibran)의 말뜻처럼 '영혼의 위로자' '영혼의 치유자'로 우리들에게 지금까지도 존재하고 있습니다.

　그는 시인이라고 부르기에는 너무나 폭넓은 철학 세계를 지녔고, 철학가라고 부르기엔 너무나 큰 인류에 대한 사랑에 차 있었으며, 성자라고 부르기에는 너무도 날카로운 비판 정신이 앞섰고, 반항아라고 부르기에는 너무도 숭고한 영혼의 긍정을 지닌 사람으로 보입니다. 그런 의미에서 그는 완전한 자아였고, 완전한 예술가였다고 말할 수 있습니다.

　현대인들은 이 시대를 '불확실성의 시대'라고 하지만, 칼릴 지브란은 이를 단호히 거부하며 인간의 초조와 공포, 반목과 갈등, 비리와 비관 등의 갖가지 부정적인 사고와 행위를 버리고, 주관적이고 긍정적인 사고와 행동으로 세상을 바라볼 것을 주장하고 있습니다.

　문학의 표현 수단으로써 영어와 아랍어를 함께 사용한 지브란의 작품 세계는 다른 어떤 것들보다도 대담하고 솔직하며 훨씬 강렬한 영혼의 세계를 맛보게 해 줍니다. 영혼을 통하여 본 약한

  인간들의 실상(實像)과 허상(虛像)을 아름답게 표현한 그의 언
어 는 단순하면서도 사색적이고, 사색적이면서도 음악적입니다.
  예술에 대한 천부적인 재능을 지닌 풍부한 감정의 소유자였던
어머니의 지대한 영향을 받은 칼릴 지브란은 인간의 사고(思考)
를 전달하는 가장 훌륭한 문장으로 현실에 부대끼며 힘겨운 삶
을 살아가는 현대인들에게 진실한 아름다움으로 선명하게 다가
오고 있습니다. 따라서 본질적인 삶의 문제와 진리, 그리고 야
심에 대한 명확한 해답을 우리는 그의 작품에서 얻을 수 있으
며, 사물에 대한 새로운 이해의 눈이 열리게 될 것입니다.
  칼릴 지브란이 꿈에도 그리던 조국 레바논의 땅에 묻혔을 때
그의 묘비명에는,
  '여기 우리 가운데 지브란은 누워 있다.'
라고 씌어졌습니다. 이렇듯 그는 우리에게 미소를 머금은 채
영혼의 울림을 말하려 했고, 그 속에 깨달음을 불어넣으려 했
던 거부감 없는 친숙한 한 인간이었습니다.
  칼릴 지브란이 그의 글을 통하여 보여주려 했던 것은 다름 아
닌 인간으로서 가야 할 '삶의 길'이었고, 인간이 인간이기 때문
에 행해야 할 '사랑의 길'이었습니다.
  지브란이 세월의 틈바구니 속에서 길러낸 영혼의 말들은 우리

마음 속 깊숙이 스며들어 자유와 진리, 그리고 사랑에 대하여 눈뜨게 합니다. 오랜 명상 속에서 신비한 비전으로 가득 차 있는 칼릴 지브란의 모습을 독자들은 이 책 속에서 진실되이 경험할 것입니다.

머리말

  칼릴 지브란은 인간의 삶에 있어서의 가장 보편적인 문제, 즉 생로병사(生老病死)라든가,   희로애락애오욕(喜怒哀樂愛惡慾)의 굴레를 돌고 있는 인간의 근본적인 삶의 문제들에 대하여 깊이 명상하면서 그에 대한 지혜로운 교훈을 돌출해 내는 데 일생을 보낸 위대한 작가이자 화가이며 철학자이다.

  '20세기의 단테'라고도 일컬어지는 그는 자신이 처한 가난에도 굴하지 않은 채 사랑과 우정, 고독과 침묵, 삶과 죽음, 천국과 지옥이라는 명제에 대하여 예언자적 정열과 인류애를 시어(詩語)와 같은 글로써 형상화하고 있다.

  따라서 명상적이고 교훈적이며 종교적 신비를 풍기는 그의 글들은, 모든 사람들에게 잔잔한 감동과 마음 속 깊은 곳을 사랑스럽게 어루만져 주는 동시에 아울러 위로를 전해주게 될 것이다.

  21세기에 들어서서 더욱 첨단의 과학 문명과 물질 문명이 가속화되고 인간의 삶이 더욱더 복잡다단해짐에 따라 거기에 적응해 가는 사람들이 혼돈과 방황 속에서 헤매게 되는 경우가 한층 더 두드러지게 될 것이다.

  그리하여 칼릴 지브란의 세기를 초월한 명상이 우리들에게 신선한 예지의 물결로 다가와 나의 삶을 돌아보게 해 주고, 다툼

을 화해로 이끌어 주며, 절망을 희망으로, 상처를 완쾌로, 이별을 만남으로, 고독을 환희로 승화시킬 수 있는 마음의 터전을 갖도록 해 줄 것이다.

이 책을 읽는 사람 누구나가 이제 새로운 희망으로 밝은 발걸음을 시작할 것이며, 아름다운 세상의 노랫소리를 듣기 위해 저 푸른 하늘로 나아갈 것을 믿어 의심치 않는다.

차 례

그대는 듣습니까

우리 옆을 스쳐가는
그대, 바람이여.
지금 달콤하고 부드럽게 노래하는가,
한숨 쉬며 슬퍼하는가.

사랑과 미움

당신을 사랑해요
나 역시 당신의 사랑을 받을 만한 사람이 되고 싶소.
당신은 날 사랑하지 않지요, 당신은 미워요.
그렇다면 나는 당신의 미움을 받을 만한 사람이 되고 싶소.

2

또 하나의 고독

나의 고독 저편에는
또 하나의 고독이 있습니다.
그 동떨어진 고독 속에 살고 있는 자에 비한다면
나의 소외는 기껏해야 미세한 먼지에 지나지 않고,
나의 침묵은 한낱 그들의 미약한 소음일 뿐입니다..

허수아비

4

그대는 듣습니까

그대는 듣습니까

그대는 듣습니까

그대는 듣습니까

그대는 듣습니까

그대는 듣습니까

그대는 듣습니까

그대는 듣습니까

그대는 듣습니까

그대는 듣습니까

그대는 듣습니까

그대는 듣습니까
그대는 듣습니까
듣습니까
그대는 듣습니까
그대는 듣습니까
그대는 듣습니까
그대는 듣습니까
그대는 듣습니까
그대는 듣습

1부

우리 옆을 스쳐가는
그대, 바람이여.
지금 달콤하고 부드럽게 노래하는가,
한숨 쉬며 슬퍼하는가.

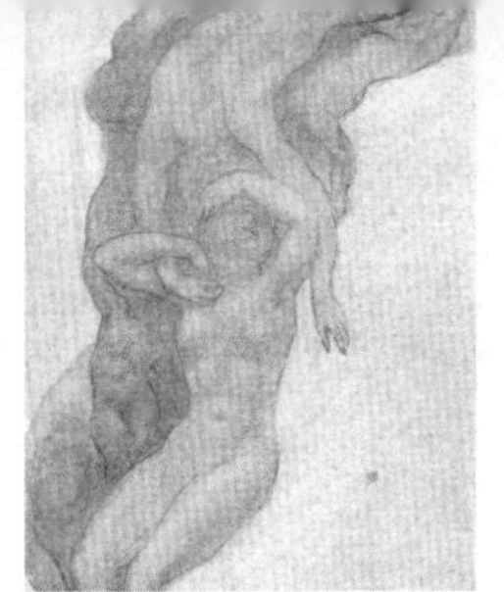

사냥꾼

　5월의 어느 날, 기쁨과 슬픔이 호숫가에서 만나 인사를 하고 서, 앉아 서로 이야기를 나누었습니다.

　기쁨은 이 땅의 아름다운 숲과 언덕 및 매일 새로운 경이로움과, 새벽과 저녁 무렵에 들었던 노래에 대해 말했습니다.

　그러나 기쁨이 말한 모든 것에 고개를 끄덕이며 슬픔이 눈 물 지으며 말했습니다. 슬픔은 시간의 매력과 아름다움을 알고 있 었으니까요.

　그리고 들판과 언덕에서 피어오르는 5월에 대해 말할 때는 매우 감동을 받았습니다.

　기쁨과 슬픔은 아주 오래 이야기를 나누었습니다. 그리고 그 들은 그들이 알고 있는 모든 것에 의견을 일치했습니다.

　그 때 호수 저편에 사냥꾼 두 사람이 지나가고 있었습니다. 호수의 건너편을 바라보면서 한 사냥꾼이 말했습니다.

　"저 두 사람은 누구지?"

　다른 사냥꾼이 말했습니다.

　"두 사람? 난 한 사람만 보이는데?"

　태양은 뜨거운 마음으로 들판에 생기를 불어넣는가 하면, 또한 들판을 죽이기도 합니다. 그런데 인간에게도 그런 마음이 있는데, 다른 사람에게 책임이 있다고 전가시키는 사람은 막상 자기 자신이 죄를 저지르면 스스로를 쉽게 용서합니다.

그대는 듣습니까

첫 번째 사냥꾼이 말했습니다.

"내가 볼 수 있는 것은 오직 한 사람뿐인데. 호수에 비친 그림자도 하나고."

"아니오, 두 사람이 있소."

첫 번째 사냥꾼이 말했습니다.

"그리고 잔잔한 수면의 그림자도 둘이오."

그러나 두 번째 사냥꾼은 다시 말했습니다.

"내겐 정말 한 사람밖에 안 보이는데?"

첫 번째 사냥꾼이 말했습니다.

"아니, 내게는 분명 두 사람이 보여요."

그 날 한 사냥꾼은 다른 사냥꾼의 눈이 착각을 일으킨 거라고 말했습니다. 그러나 그 다른 사냥꾼은 이렇게 말했습니다.

"내 친구의 눈이 좀 멀었어."

의식이란 무력한 재판관에 불과하다.
그 나약함 때문에 의식은
스스로의 판단을 실천에 옮길 능력이 없다.

다른 사람을 비난할 때엔 다시 한 번 참고 깊이 생각하십시오. 어쩌면 상황이 바뀌었을 때 당신 역시 그와 똑같은 사람이 되었을지도 모르니까요. 열매를 맺지 못하는 나무라고 해서 함부로 도끼를 대지 마십시오.

18

오래 된 술

한 부자가 있었는데, 그는 자기 집 지하실에 오래 된 술이 있다고 마을 사람들에게 무척이나 자랑하고 다녔습니다. 그 술은 아주 긴요한 때에 사용하기 위해 간직해 온, 그만이 알고 있는 오래 된 포도주였습니다.

어느 날, 그 지방의 지사(知事)가 그의 집을 방문했습니다. 그는 생각하였습니다.

'겨우 지사인 저 사람을 위해 나의 항아리를 개봉하지는 않을 것이다.'

며칠 후 관할 교구의 주교가 그의 집을 방문했습니다. 그 때 그 부자는 이렇게 혼잣말로 중얼거렸습니다.

'주교를 위해 저 항아리를 열지 않겠어. 그는 저 술의 가치도 전혀 모를 것이고, 심지어는 저 술의 향기조차도 맡지 못할 테니까.'

그 나라의 왕자가 그의 집에 들러 그와 함께 저녁 식사를 했습니다. 그 때도 그는 이렇게 생각했습니다.

'저런 어린 왕자를 대접하기에는 너무 훌륭한 술이야.'

사람이 돈을 소유할 수 있지만, 그 돈은 사람을 옭아매는 족쇄가 됩니다. 재산을 엄청나게 많이 가지고 있다 해도 그것은 결국 수갑이 되기도 합니다. 마치 인류 전체가 지금까지 어떻게 하면 더 튼튼한 사슬을 구할 수 있을까를 생각해 온 것과도 마찬가지입니다.

그대는 듣습니까

그의 조카가 결혼한 날에도 그는 혼자 중얼거렸습니다.
'안 돼. 이 많은 손님들에게 나의 항아리를 내놓을 수는 없어.'

어느덧 세월이 흘러 그는 죽었습니다. 나이가 들어 죽은 그는 마치 씨앗이나 오동나무가 땅 속에 묻히는 것처럼 그렇게 묻히고 말았습니다.

그의 장례식 날, 그 오래 된 술이 담겨진 항아리는 다른 술항아리들과 함께 사람들에 의해 지하실 밖으로 꺼내졌습니다. 마을 사람들은 그 술을 나누어 마셨지만, 그 누구도 그 술의 위대한 의미를 알지 못했습니다.

그들에게 있어서 잔에 따라진 모든 술은, 그것이 오래 된 술이건 그렇지 않건 그저 똑같은 술일 뿐이었습니다.

인간은 저 높은 곳을 향하여 앞으로 나아갈 때만 행복하다.
일단 목적을 달성하면,
그의 열정은 식고
이내 더 높은 곳으로의 비상을 갈망합니다.

애착은 즐거움을 주지만, 그것은 역시 질투와 고통을 안겨줍니다. 사람은 이러한 영역 속에서 살다가 고통받으며 죽게 됩니다. 사람이 그것에서 벗어나려고 노력하는 것은 단지 그러한 행위가 주는 고통에 견딜 수 없기 때문입니다.

칼릴 지브란과 차 한잔

젊음과 희망

젊음이 앞에 서고 나는 그 뒤를 따라 멀리 들판까지 갔습니다. 젊음이 멈춰서서 지평선 위에 머물고 있는 흰 양떼 같은 구름을 바라보았습니다. 그러고는 하늘을 향해 저 높은 나무들이 무성한 잎이 돋아나게 해달라고 기도하듯이 바라보았습니다.

나는 물었습니다.

"젊음이여, 우리는 지금 어디에 있는 것입니까?"

그는 대답했습니다.

"우리는 삭막한 들판에 있습니다. 주의하십시오."

나는 말했습니다.

"빨리 돌아갑시다. 이런 황량한 곳은 나를 위협하고, 구름과 벌거벗은 나무들이 있는 풍경은 나로 하여금 비탄의 마음에 빠지게 합니다."

그는 대답했습니다.

"참으세요. 인내는 지식의 시작입니다."

내가 주위를 둘러보고 있을 때, 어떤 형상이 우리를 향해 우아하게 움직이는 것을 발견했습니다.

아름다움은 젊은이의 것입니다. 그렇지만 이 세상을 만들었던 젊은이들은 맹목적으로 노예가 될 달콤한 환상만을 그릴 뿐입니다. 지혜로운 사람들이 젊은이의 달콤한 꿈과 현명한 기쁨을 함께 묶게 될 날은 언제 올까요?

그대는 듣습니까

나는 물었습니다.

"저 여인은 누구입니까?"

젊음이 대답했습니다.

"제우스의 딸이자 비극의 여신인 멜포민입니다."

"오, 행복한 젊음이여!"

나는 외쳤습니다.

"그대가 내 곁에 있는데, 비극의 여신이 나에게서 무엇을 바라는 것입니까?"

젊음이 대답했습니다.

"그녀는 그대에게 허무와 슬픔을 보여주러 왔습니다. 왜냐 하면 슬픔을 보지 못하는 자는 기쁨도 보지 못하기 때문입니다."

그러자 그 성령(聖靈)이 나의 눈 위에 한 손을 올려놓았습니다. 그녀가 손을 거두었을 때는 젊음은 이미 사라졌고 나 혼자였습니다. 나는 육체의 옷이 벗겨진 채 울부짖었습니다.

"멜포민이여, 젊음은 어디에 있습니까?"

멜포민은 대답하지 않은 채 나를 그녀의 날개 아래에 품고는 높은 산 위로 데려갔습니다. 나는 책장처럼 펼쳐져 있는 대지와 그 안에 있는 모든 것을 내려다보았는데, 그 위는 우주의 비밀로 덮여 있었습니다.

그 여신 곁에 서서 나는 인간의 신비를 생각하고, 삶의 상징들을 풀어보려고 했습니다. 그리고 나는 비참한 광경을 보았습니다. 행복의 천사들이 슬픔의 악마와 싸우고 그들 사이에 인

사랑은 새롭고 신선하고 살아 있는 것입니다. 하지만 그것엔 뚜렷한 확신이 없습니다. 사랑은 생각의 혼란 속에 있습니다. 사랑이 무엇인지 알 수 있는 것이란 순수한 마음뿐입니다.

칼릴 지브란과 차 한잔

간이 서 있었는데, 한편은 희망에게, 다른 한편은 절망에게 이끌려 가고 있었습니다.

나는 사랑과 증오가 인간의 마음을 조종하고 있는 것을 보았습니다. 사랑은 인간의 죄를 감춰주고 북돋우며, 그를 복종케 하며, 아첨의 술에 취하게 했습니다. 그러나 증오는 진리를 듣는 귀를 멀게 하고, 진리를 보는 눈을 멀게 하였습니다.

그리고 나는, 도시가 마치 빈민가의 아이들처럼 웅크린 것을 보았고, 저 멀리 아름다운 들판이 인간의 슬픔으로 흐느끼는 것을 보았습니다.

나는 성직자들이 간사한 영웅들처럼 거품을 뿜어내는 걸 보았습니다.

또 나는 인간이 지혜에게 구원을 요청하는 것을 보았습니다. 그러나 지혜는 인간의 부르짖음에 귀기울이지 않았습니다. 왜냐 하면 지혜가 도시의 거리에서 인간에게 말을 걸었을 때 인간이 멸시했기 때문입니다.

> 자유 없는 삶은 영혼이 살지 않는 육신과 같다.
> 사상 없는 자유는 혼돈된 의식과 같다. 삶과 자유와 사상은
> 삼위일체이며, 영원히 사라지지 않는다.

나는 봄의 노래, 여름의 위대함, 가을의 풍요로움, 겨울의 신비가 있는 곳을 찾아냈고, 우주의 환상에 끝없이 다가가고 싶어 신을 열망하고 있습니다. 비록 허우적거리는 존재이지만, 영혼까지 미워할 수는 없으므로 지금도 귀를 기울이고 있습니다.

불길

폭풍우가 휘몰아치던 날, 성당에 한 주교가 있었습니다.

종교를 갖고 있지 않은 한 여인이 주교 앞에 서서 말했습니다.

"저는 기독교 신자가 아닌데도 지옥의 불길에서 구원받을 수 있을까요?"

주교는 여인을 그윽한 눈으로 바라보더니 이렇게 대답했습니다.

"아닙니다, 물의 세례나 영혼의 세례를 받은 사람에게만 구원의 길이 열려 있습니다."

그의 말이 끝나자마자, 하늘에서 천둥과 함께 벼락이 떨어져 성당은 불길로 치솟았습니다.

그러자 마을 사람들이 달려와 그 여인을 구했습니다. 그러나 주교는 불더미 속에 갇혀 타 버렸습니다.

사람들의 타인에 대한 고정 관념과 선입관은 좀처럼 바꾸기 어렵습니다. 사람들은 성자는 언제나 성자이고, 죄인은 언제나 죄인이라고 생각합니다. 그러나 사실은 그렇지 않습니다. 죄인과 성자는 같은 선 위에 있는 관계입니다.

칼릴 지브란과 차 한잔

은둔자 임금님

깊은 숲 속에 외로운 한 젊은이가 살고 있었습니다. 그는 한때 '두 개의 강' 너머에 있는 커다란 나라의 임금이었다고 합니다.

그는 영예로운 옥좌와 나라를 뒤로 한 채 황량한 들판에서 평화로이 살고 싶은 자신의 소원을 이루기 위해 그 곳으로 왔다고 합니다.

그에 관한 그런 소문을 사람들이 이야기하는 것을 듣고, 나는 이렇게 말했습니다.

"내가 그 사람을 찾아가 그의 가슴 속에 숨겨진 진실의 비밀을 알아내겠소. 왕관을 거절한 그 사람은 분명 왕국보다 더 위대한 어떤 것을 필요로 하고 있을 테니까."

그 날, 나는 그가 살고 있는 숲으로 갔습니다. 그리고 백양나무 아래에 앉아 있는 그의 모습을 발견했습니다. 그는 마치 권위를 상징하는 왕의 지팡이인 양 갈대를 손에 들고 있었습니다.

나는 위대한 임금님을 배알하듯 정중하게 인사를 하자, 그는 나를 돌아보며 부드러운 목소리로 말했습니다.

"이 적막한 숲 속에 무슨 일로 찾아오셨소? 그림자 속에 잃

우리는 삶 속에서 기쁨과 슬픔을 모두 느껴보았습니다. 하지만 언제나 생각 너머의 것을 추구해 왔습니다. 생각 너머의 것을 발견하지 못하면 인생 전체가 무미건조해지기 때문입니다. 그렇게 되면 죽음이 모든 것을 파괴할 것입니다.

그대는 듣습니까

어버린 자아를 찾으러? 아니면 인생의 황혼을 맞아 귀향한 것이오?"

"당신으로 하여금 왕국을 떠나 숲으로 오게 만든 것이 무엇인지 꼭 알고 싶어서 나는 당신을 찾아왔을 뿐입니다."

솔직하게 내가 말했습니다.

"그 이유는 아주 간단합니다. 눈이 한번 깜빡거리듯 실로 순간적인 일이었으니까요. 어느 날, 나는 궁전 안 창가에 앉아 있었습니다. 정원에는 나의 의전관과 외국에서 온 사절이 함께 산책을 하고 있었습니다. 그들이 창문을 스쳐 지날 때, 의전관이 자기 자신에 대해 하는 말이 들려왔습니다."

"그래서요?"

"의전관은 '나는 우리 임금님과 많이 닮았습니다. 우리 임금님처럼 나의 갈증은 독한 술을 찾고, 나의 굶주림은 온갖 까다로운 것만을 요구한답니다. 또 나는 임금님처럼 분노의 격정을 폭발하기도 합니다'라고 말한 후 외교사절과 함께 나무들 사이로 사라졌습니다."

"그리고 또 무슨 이야기가 있었나요?"

"얼마 후, 그들은 다시 모습을 나타냈습니다. 이번에도 그 의전관이 나에 대한 이야기를 하고 있었습니다. '우리 임금님은 나와 비슷합니다. 활쏘기의 명수에다가, 그리고 나처럼 임금님은 음악을 사랑하시고, 하루에 세 번씩 목욕을 하신답니다' 하고 의전관이 말했습니다."

그는 잠시 쉬었다가, 다시 말을 이었습니다.

골짜기를 보고 싶으면 산꼭대기로 올라가십시오. 산꼭대기를 보고 싶으면 구름 속으로 올라가십시오. 그러나 구름을 이해하고 싶다면 당신은 두 눈을 감고 명상하십시오.

칼릴 지브란과 차 한잔

"그 날 밤, 나는 맨몸으로 궁궐을 나왔습니다. 왜냐 하면 자신의 악덕은 임금 탓으로 돌리고, 임금의 미덕은 자기들이 취하는 그런 사람들 위에 더 이상 나는 앉아 있을 수 없었기 때문입니다."

"매우 신비로운 일이군요. 너무도 기묘해 무슨 말을 해야 할지……"

"그렇지 않습니다. 친구여, 당신은 내 침묵의 문을 두드려 너무나 하찮은 것만 얻었습니다. 이 위대하고 웅장한 자연의 울림을 느꼈을 때, 그깟 왕국을 버리지 않을 사람이 이 세상에 어디 있겠습니까? 독수리 무리들도 이 땅의 비밀을 알고 싶어 높은 하늘에서 내려와 두더지와 함께 살지 않습니까?"

예전의 임금님이 이야기를 계속했습니다.

"이 세상에는 꿈이 없는 세계에서 멀리 떨어지지 않도록 자신이 꿈의 왕국을 거부하는 사람들이 있습니다. 또한 휘장이 쳐진 진리와 덮개를 씌운 아름다움을 쳐다보았을 때 다른 사람들이 부끄러워하지 않도록 벌거벗은 왕국을 거부하고 자신들의 영혼의 덮개를 씌워주는 사람들도 있습니다. 그러나 이 모든 사람들보다도 더욱 위대한 사람은 슬픔의 왕국을 거부하고, 자신이 교만하고 허영에 찬 사람으로 보이지 않도록 행하는 사람입니다."

그는 일어나서 갈대에 의지한 채 말했습니다.

"지금 도시로 가서 성문 앞에 앉아 그 문을 통해 드나드는

인간을 비참하게 만드는 가르침이나 믿음이 무슨 가치가 있겠습니까? 또 그런 사람들의 슬픔과 고뇌를 절망으로 이끌어가는 고통이라는 감정은 허위입니다. 참된 인간이라면 스스로 택한 길을 묵묵히 가며 만족하는 것입니다.

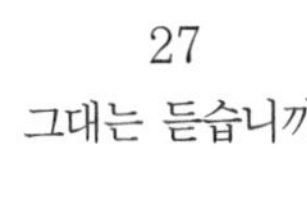

27

그대는 듣습니까

사람들을 자세히 관찰해 보십시오. 그리고 그들 가운데 왕으로 태어났지만 사실 왕국이 없는 사람, 또 아직 백성을 다스리고 있는 것 같지만 사실은 그가 부리고 있는 노예들의 노예가 된 사람이 있는지 찾아보십시오."

이렇게 말한 후 그는 내게 미소를 지어 보였습니다. 그의 입술 위로 수천 갈래의 여명이 비치는 듯했습니다.

그리고 그는 뒤돌아, 깊은 숲 속을 향해 걸어 들어갔습니다.

나는 도시로 돌아와, 그가 말해 준 대로 성문 앞에 앉아 지나가는 사람들을 관찰하기 시작했습니다.

그 날부터 오늘까지, 나의 몸 위로 그림자를 던지고 지나간 임금들은 무수히 많았습니다. 그러나 나의 그림자가 던져진 신하들은 거의 없었습니다.

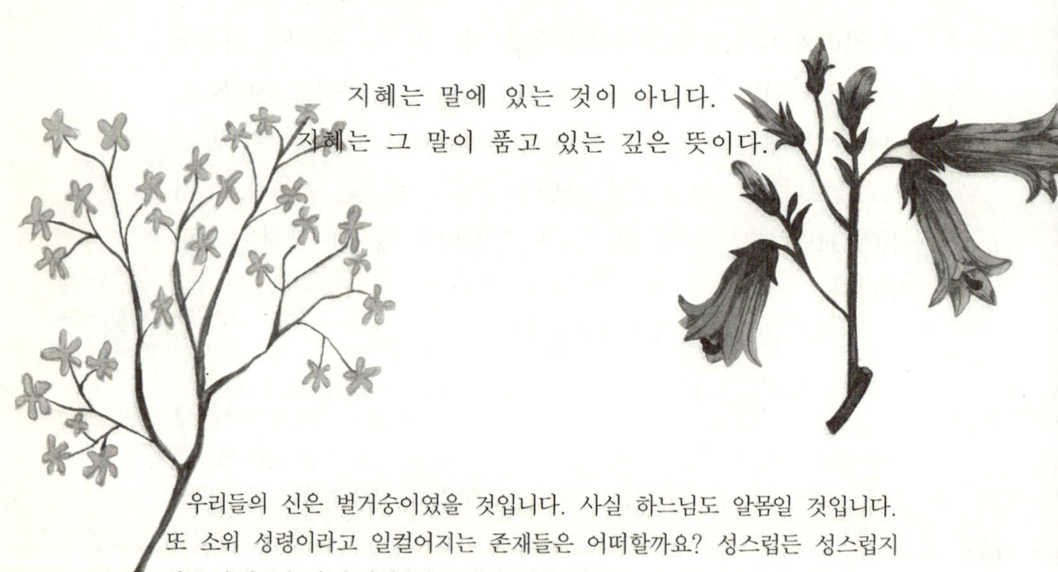

우리들의 신은 벌거숭이였을 것입니다. 사실 하느님도 알몸일 것입니다. 또 소위 성령이라고 일컬어지는 존재들은 어떠할까요? 성스럽든 성스럽지 않든 유령들은 우선 옷을 사는 법도 모릅니다.

칼릴 지브란과 차 한잔

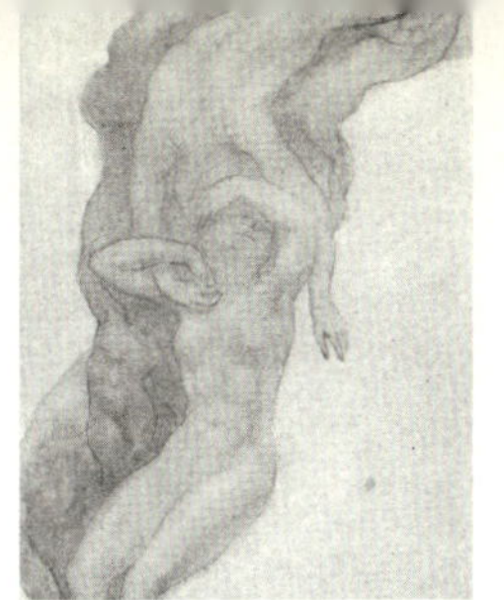

다리

　도시의 절반을 나머지 절반에 연결시키기 위해 앗시 강이 바다와 만나는 지점인 안티오크에 다리가 세워지고 있었습니다. 안티오크에 있는 노새의 등에 실려 산으로부터 운반된 커다란 돌들로 다리가 가설되었습니다.

　다리가 완공되었을 때, 그 기둥에는 그리스어와 아랍어로 '안티오쿠스 Ⅱ세 왕이 이 다리를 세우다'라고 새겨졌습니다.

　모든 사람들은 그 훌륭한 다리를 통해 거대하고 아름다운 앗시 강을 건너게 되었습니다.

　어느 날 저녁, 한 젊은이가 왕의 뜻을 새긴 기둥 쪽으로 내려가 숯으로 새긴 글을 지워버리고 다음과 같이 썼습니다.

　'이 다리의 돌들은 산꼭대기에서 노새에 의해 운반돼 온 것임. 이 다리를 왕래하는 당신은 이 다리의 가설자인 안티오크의 노새의 등을 타고 있는 것임.'

　젊은이가 써놓은 것을 읽으며 어떤 이는 웃고 어떤 이는 경탄했습니다. 또 몇몇 사람은 말했습니다.

　"오, 그래. 누가 이 짓을 했는지 우리는 알지. 그 미친 놈일

　영광과 권력, 그리고 부유함을 자랑하는 저 건물들의 위용을 보십시오. 그것들은 눈에 그린 마스카라와 붉은 루즈 뒤에 감춰진 나약한 여자의 거짓 마음이 숨쉬고 있는 석고 무덤입니다.

그대는 듣습니까

거야."

그러자 한 노새가 웃으며 다른 노새에게 말했습니다.

"우리가 저 돌을 옮기던 일이 생각나지 않아? 그런데 지금까지도 사람들은 이 다리가 안티오쿠스왕이 가설했다고 말하고 있으니……"

[보여줄 수 있는 사랑은]

보여줄 수 있는
사랑은 아주 작습니다.
그 뒤에 숨어 있는
보이지 않는
위대함에
견주어 보면.

우리는 태어나면서부터 자신이 누구라는 느낌을 갖기 시작합니다. 그렇지 않으면 생존하기도 힘들고, 자신을 남들 앞에 드러내기도 어렵습니다. 이렇듯 자아의 개념을 심어준 사람들은 원래는 좋은 의도였습니다.

칼릴 지브란과 차 한잔

천 가지 법률

　어느 왕국에 지혜롭고 위대한 왕이 있었는데, 그는 자신의 백성들을 위한 법을 제정하고 싶었습니다.

　그 나라의 천 개에 이르는 부족 대표자들을 모두 왕국으로 모이도록 명령하고, 그들로 하여금 법률을 정하도록 명령을 내렸습니다.

　그들은 곧 일에 착수했습니다.

　그러나 막상 그들이 양피지에 기록한 천 가지 조항의 법률을 왕 앞에 내놓았을 때, 그것을 읽은 왕은 비통한 눈물을 흘렸습니다. 왕은 그제서야 자신이 다스리는 왕국에 죄악의 형태가 천 가지나 있음을 깨달았습니다.

　그리하여 왕은 스스로 작업을 진행했으며, 마침내 완성했습니다. 그 법률은 단지 일곱 가지 항목뿐이었습니다.

　그러자 천 명의 대표자들은 화가 나서 그만 왕궁을 떠났고, 그들이 초안한 법률을 소중히 간직한 채 제각기 자신들의 부족으로 돌아갔습니다. 천 개의 모든 부족들은 각각 자기 부족의 현자(賢者)가 제정한 법률을 따랐습니다.

　인간의 역사는 분열의 역사입니다. 이것을 버리고 저것을 버리면서, 단지 자연에게만 집착해 왔습니다. 그러면서 우리는 불행해질 수밖에 없습니다. 행복이란, 존재 전체가 훌륭한 조화를 이루고 함께 어우러질 때에만 가능하기 때문입니다.

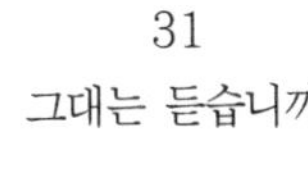

그리하여 오늘날까지도 그들은 천 가지 항목의 법률을 지키고 있습니다. 비록 위대한 나라이지만 천 개나 되는 감옥을 가지고 있고, 그 감옥에는 천 가지 항목의 법률을 위반한 사람들로 가득 차 있습니다.

대단히 위대한 나라입니다. 그러나 그 나라의 국민은 천 명의 입법자와 단 한 명의 현명한 왕의 자손에 불과합니다.

[이제, 나의 모든 것을]

이제, 나의 모든 것을
그대의 손안에
내어 맡깁니다.

내가하는 일을
이해하고, 존중하며, 사랑해주는
이를 만나면,
그의 손안에
나의 전부를 내어 맡길 수
있음은

그가 내게
자유를 주는 까닭입니다.

진실이 없는 사랑은 믿음의 땀이 배여 있지 않습니다. 그러한 사랑은 우리를 성장시키고, 우리의 의식을 넓혀주고, 우리의 잠재력을 일깨워 주는 역할을 훌륭히 하려 들지만, 허물어지기 쉬운 누각일 뿐입니다.

칼릴 지브란과 차 한잔

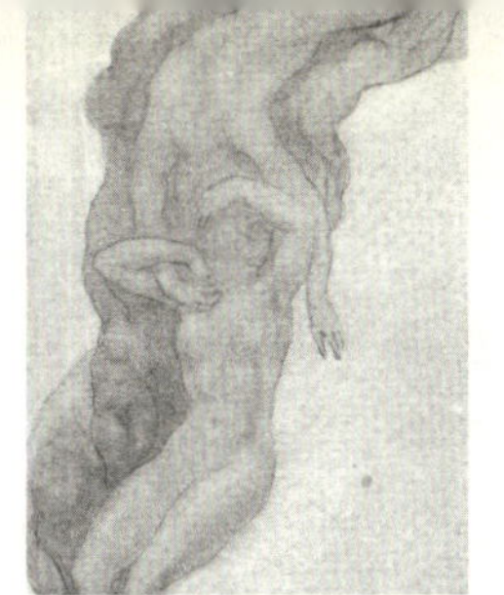

축제의 밤

　밤이 되자 어둠이 도시를 삼키고 궁전과 가게들과 집들이 불을 밝혔습니다. 거리는 화려한 옷차림의 사람들로 붐볐고, 그들의 얼굴엔 만족과 기쁨의 빛이 충만했습니다.

　나는 사람들이 없는 골목길을 혼자 걸으며 그들이 숭배하는 위대한 신을 생각하고, 동시에 가난 속에 태어나서 청빈하게 살다 세상을 떠난 그 시대의 천재를 또한 생각했습니다.

　나는 이 보잘것없는 마을의, 성령으로 밝힌 시리아의 횃불을 곰곰이 생각했습니다……. 고대로부터 방황을 계속하며 문명을 통과하고 다음엔 그의 진리를 지나온 성령.

　나는 공원에 이르러 낡은 의자에 앉았고, 벌거벗은 나무들 사이로 보이는 혼잡한 거리를 바라보았습니다. 그 때 축제에 참가한 사람들의 콧노래가 들려왔습니다.

　깊은 생각에 빠져 있던 나는 곁에 한 남자가 앉아 있음을 발견하고 깜짝 놀랐습니다. 그는 짧은 나뭇가지를 쥐고 땅 위에다 알아보기 힘든 그림을 그리고 있었습니다. 그가 다가오는 걸 보지도 듣지도 못한 나는 속으로 중얼거렸습니다.

　사람들이 행복에 젖어 있을 때는 시간과 모든 기억들이 망각의 숲으로 사라져 버립니다. 하지만 불행은 희망과 좌절을 동시에 만듭니다. 불행이나 불만은 미래나 희망을 만들든가, 또는 그 반대로 절망이나 비관을 만드는 것입니다.

'이 사람도 나처럼 혼자군.'

나는 한참 동안 그를 쳐다보았습니다. 비록 그의 차림새가 시대에 뒤떨어지고 머리도 길었지만, 그에게서 어떤 위엄을 느낄 수 있었습니다. 마치 내 생각을 꿰뚫어본 듯, 그가 깊고 은은한 목소리로 말했습니다.

"안녕하시오, 젊은이."

"안녕하십니까?"

나도 정중하게 인사했습니다.

이상하게도 상대의 마음을 편안하게 해 주는 그의 목소리가 여전히 내 귀에 맴돌고 있는 동안 그는 다시 그림을 그렸습니다.

내가 다시 그에게 말을 걸었습니다.

"이 도시엔 처음 오셨습니까?"

"네, 나는 이 도시뿐만 아니라 모든 도시에 처음 왔습니다."

그가 대꾸했습니다. 그를 위로하듯 내가 말했습니다.

"오늘 같은 축제일엔 사람들이 매우 친절할 뿐 아니라 시끌벅적하기 때문에 이방인도 자신이 이방인이란 사실을 잊어버리지요."

그가 지친 표정으로 대꾸했습니다.

"그러나 나는 다른 어떤 날보다 오늘 같은 날에 이방인이란 걸 더욱 실감한다오."

그렇게 말하고 그는 맑은 하늘을 올려다보았습니다. 그의 눈은 별을 향했고, 하늘에서 마음 속에 고이 간직해 온 고향을 발견하기라도 한 듯 그의 입술이 가볍게 떨렸습니다.

우리들은 물질면에서 저 산골의 주민들보다는 부유하지만 그들의 영혼은 우리들보다 더욱 숭고합니다. 우리들은 많은 씨를 뿌리지만 거두는 것은 하나도 없는 반면, 그들은 뿌린 씨를 고스란히 거두기 때문입니다.

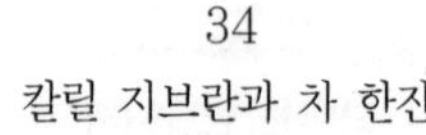

34

그의 엉뚱한 대답에 끌려 나는 계속 말을 걸었습니다.

"1년 중 오늘은 사람들이 다른 모든 사람들에게 친절하게 대하는 날이랍니다. 부자는 가난한 사람을 기억하고, 강자는 약자에게 동정심을 베푸는 날이죠."

그러나 시큰둥한 목소리로 그가 대답했습니다.

"그럴까요, 가난한 사람들에게 보내는 부자들의 자비는 권위적이고, 약한 사람들을 향한 강자의 동정은 단지 권력가들의 우월성을 떠올리게 될 뿐이오."

나도 그의 의견에 동감했습니다.

"훌륭하신 말씀이군요. 그렇지만 약하고 가난한 사람들은 부자들의 마음 속에 무엇이 생겼는지 까지는 알려고 하지 않습니다. 그리고 배고픈 사람들은 그들이 원하는 빵이 어떻게 반죽되어 구워지는지도 생각하지 않습니다."

그러자 그가 대답했습니다.

"받는 사람은 아무 생각이 없을지라도, 주는 사람은 그것이 교만이 아닌 형제에 대한 사랑과 친절한 도움이라는 것을 스스로 다짐하는 마음을 가지고 있어야 합니다."

그의 말에 놀라 나는 다시 한 번 그의 외모를 찬찬히 살펴보았습니다. 그리고 정신을 가다듬어 다시 말했습니다.

"당신은 도움이 필요해 보이는군요. 돈을 좀 드릴까요?"

그가 씁쓰레한 미소를 지으며 대답했습니다.

"고맙군요, 사실 내겐 너무도 도움이 필요해요. 하지만 금이

만일 우리가 세속적인 것에 대한 욕심을 버리고 그대신 어떤 종교적인 가르침을 따른다면 우리들은 내면에서 올바른 가치관을 정립할 수 있을 것입니다. 하지만 우리는 모두 성공을 위한 욕망을 부추기는 교육을 받았으니 어떻게 해야 합니까.

그대는 듣습니까

나 은은 아니랍니다."

나는 더욱 어리둥절해져서 물었습니다.

"그게 무엇입니까?"

"쉴 곳이 필요합니다. 나의 영혼과 생각을 쉬게 할 장소가 있었으면 해요."

"그럼 이 돈을 가지고 여관으로 가시면 되지 않습니까."

내가 고집스레 말하자 슬픈 표정으로 그가 말했습니다.

"여관마다 가보았고, 문마다 두들겼지만 허사였어요. 음식점도 모두 들어가 보았지만 나를 도와줄 사람은 하나도 없었어요. 나는 배가 고픈 게 아니라 마음에 상처를 입었고, 게다가 나는 지친 게 아니라 실망했어요. 내가 찾은 것은 지붕이 아니라 사람의 보금자리를 찾았습니다."

나는 속으로 중얼거렸습니다.

'정말 이상한 사람이야. 아까는 철학가처럼 말하더니, 이젠 미친 사람처럼 말하는군.'

내가 이런 생각을 하는 찰라, 그가 나를 보며 우울하게 목소리를 낮춘 채 말했습니다.

"그래요. 나는 미쳤어요. 그렇지만 미친 사람도 인간이기에 느끼는 외로움과 배고픔, 그리고 따스함을 가지고 있지요."

순간, 나는 그에게 사과했습니다.

"별뜻 없이 한 생각이었는데 죄송합니다. 제 호의를 받으시어 저의 숙소에서 쉬시면 어떨까요?"

돈 많고 권력을 가진 자들이 살고 있는 저 멋지고 당당한 저택들을 보십시오. 비단의 주렴이 드리워진 벽들 사이에는 위선과 기만이 서식하고 있고, 금빛으로 휘황찬란한 천장 아래에는 거짓과 허위가 난무하고 있습니다.

칼릴 지브란과 차 한잔

"당신의 문도 두드렸었죠. 수천 번이나 두드렸지만 아무런 대
꾸가 없었답니다."

그가 흥분된 어조로 말했습니다.

나는 이제 그가 정말로 미친 사람이라고 확신했습니다. 그럼
에도 나는 또 다른 제안을 했습니다.

"저와 함께 지금 저의 집으로 가시지요."

그가 천천히 고개를 들더니 말했습니다.

"만약 내가 누군지 알게 된다면 당신은 나를 당신 집에 초대
하지 않았을 것이오."

"누구……십니까?"

두려운 마음으로 내가 띄엄띄엄 묻자, 마치 바다가 포효하며
부르짖듯 그가 비통한 목소리로 말했습니다.

"나는 이 나라들이 파괴한 것을 세우는 혁명가요……수백 년
자란 나무의 뿌리를 뽑아 버리는 폭풍우요……나는 이 땅에 평
화가 아닌 전쟁을 주려고 온 사람이오. 지금의 인간들은 비참
함 속에서 만족하기 때문이오!"

그리고 그는 뺨에 눈물을 흘리며 우뚝 섰습니다. 그의 둘레에
은은한 빛이 퍼졌고, 그는 팔을 앞으로 내밀었습니다. 그 때 나
는 그의 손바닥에 못자국이 나 있는 걸 보았습니다.

나는 그 앞에 엎드리며 외쳤습니다.

"오, 주님!"

그가 괴로운 표정으로 말을 계속했습니다.

"너희들은 나의 명예를 기념하고 내 이름으로 전통을 만들어

인간들은 스스로 들꽃의 행복을 부정합니다. 그들은 자신들의 유한한 영
혼을 파괴하는 지상의 법을 만들어 놓고, 자기의 마음으로부터 스스로 깊은
무덤을 만들고, 사랑과 갈망으로 주위에 어두운 벽을 쌓고 있습니다.

그대는 듣습니까

그것을 좇았다. 그러나 나 자신은 이 세상을 동쪽에서 서쪽으로 헤매는 이방인일 뿐이며, 아무도 나를 알아보지 못한다. 여우도 자신의 굴이 있고 하늘을 나는 새들도 둥지가 있는데, 사람의 아들인 나는 머리를 쉴 곳이 없도다.”

그 순간 나는 고개를 들어서 눈을 뜨고 사방을 둘러봤습니다. 내 앞에 뿌연 안개기둥이 서 있었으며, 저 먼 내세(來世)에서 울려나오는 떨리는 목소리가 밤의 적막을 가르는 것을 들었습니다. 나는 정신을 가다듬고 주위를 보았습니다.

그러자 저 멀리서 노래를 부르고 있는 한 무리의 사람들이 보였습니다.

내 마음 속에서 한 목소리가 말했습니다.

“마음이 미래의 위대함으로 커지는 걸 막아주는 것이 마음에 상처를 입지 않게 해 주는 가장 큰 힘이 된다. 목소리로 나오는 노래는 달콤하지만, 마음의 노래는 순수한 하늘의 목소리인 것이다.”

인간은 망각의 늪으로부터 빠져나와 마침내 진정한 자아를 찾는 열렬한 희망을 신에게서 특별히 부여받았습니다. 그리하여 자신의 진정한 자아를 발견한 사람은 자기 자신과 인류와 세상을 위하여 진정한 삶의 진실을 보게 됩니다.

칼릴 지브란과 차 한잔

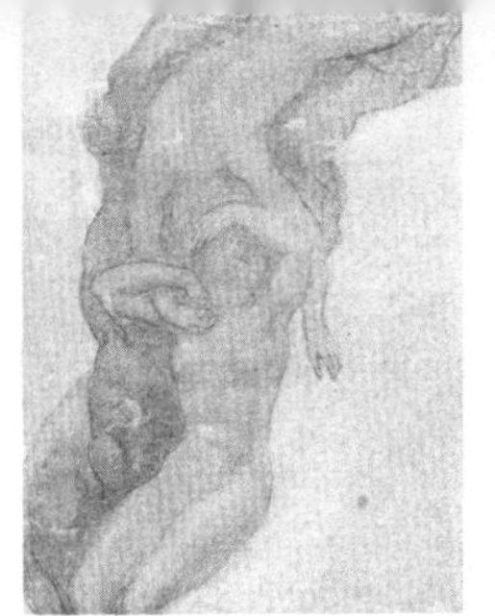

별난 여인

나는 친구에게 말했습니다.

"저 남자 팔에 기대어 있는 저 여자 보이지? 그녀가 저렇게 내 팔에 기댄 것이 바로 어제였는데."

친구가 말했습니다.

"내일은 그녀가 내 팔에 기댈걸."

나는 말했습니다.

"그 남자 옆에 바짝 다가앉고 있는 저 여자를 좀 봐. 내 옆에 가까이 앉은 것이 바로 어제였는데."

그가 대답했습니다.

"내일엔 그녀가 내 옆에 앉을걸."

나는 말했습니다.

"저 봐, 그녀가 그 남자의 잔에 든 술을 마시고 있어. 어제는 내 것을 마셨는데."

그는 말했습니다.

"내일은 내 술을 마실걸."

그 때 내가 말했습니다.

남을 평가한다는 생각은 잘못된 것입니다. 그런데 세상의 종교는 남을 심판한다는 잘못을 저지르고 있습니다. 종교는 우리에게 무엇이 좋고 나쁘며, 무엇이 옳고 그른가, 무엇이 선하고 악한가에 대한 생각만 주입시키기에 여념이 없습니다

그대는 듣습니까

"그녀가 사랑에 빠져 복종하는 눈빛으로 그를 바라보고 있는 것 좀 봐. 어제는 나를 저렇게 바라보았는데."

친구가 말했습니다.

"내일은 그녀가 나를 그렇게 바라보게 될걸."

나는 말했습니다.

"그녀가 지금 그 남자 귀에 대고 사랑의 세레나데를 소곤거리는 게 들리지 않아? 바로 그 사랑의 노래를 어제는 내 귀에 속삭였는데."

친구가 말했습니다.

"내일은 그녀가 그 노래를 내 귀에 속삭일 거야."

나는 말했습니다.

"아니, 저것 좀 봐. 그녀가 그 남자를 포옹하고 있어. 나를 포옹했던 게 바로 어제였는데."

친구가 말했습니다.

"내일은 그녀가 나를 포옹할 거야."

그래서 나는 말했습니다.

"참으로 별난 여자로군."

그러자 그가 대답했습니다.

"그녀는 생명과 같은 사람이라 모든 남자들에 사로잡혔고, 죽음과 같아서 모든 남자들을 정복할 것이고, 영원과 같아서 모든 남자들을 안고 있는 것이겠지."

영혼이 우리 이성과 정열을 인도하도록 함으로써 일상을 살고 있는 우리의 영혼이 매일 다시 부활함으로써 살 수 있고, 불사조처럼 자신의 재 속에서 다시 일어나게 하십시오.

칼릴 지브란과 차 한잔

철학가와 청소부

한 철학가가 거리의 청소부에게 말했습니다.

"참으로 당신은 불쌍하군요. 당신의 일은 너무나 힘겹고 또한 더러운 일이군요."

그러자 청소부가 대답했습니다.

"고맙습니다, 선생님. 그런데 선생님께서는 어떤 일을 하시는 지 말씀해 주시지 않겠습니까?"

그러자 철학가가 말했습니다.

"나는 인간의 마음과 행동, 그리고 욕망에 대해 연구합니다."

그 청소부는 계속 빗자루를 쓸면서 미소 띤 표정으로 말했습니다.

"저 역시 선생님이 불쌍하게 생각되는군요."

나의 친구들이여! 우리가 이해할 수 없는 신에 대한 경멸은 삼가고, 우리가 이해할 수 있는 서로에 대해서 많은 대화를 가지는 것이 현명합니다. 그리하여 우리가 곧 신의 숨결이며 향기임을 깨달아야 할 것입니다.

그대는 듣습니까

은자

두 사람이 산골짜기를 걸어가고 있었습니다. 한 사람이 산기슭을 가리키며 말했습니다.

"저 위에 작은 암자가 보이지요? 그 곳엔 속세와 인연을 끊고 살아가는 사람이 있지요. 그는 오로지 신만을 추구할 뿐, 속세에서는 아무것도 구하지 않습니다."

그러자 다른 사람이 말했습니다.

"그가 암자에서의 고독한 생활을 떠나 속세로 돌아와서 우리들과 기쁨과 슬픔을 함께 나누고, 결혼 축제에서 우리들과 함께 춤추고, 죽은 사람의 관 곁에서 사람들과 함께 슬퍼할 때에야 비로소 신을 찾을 수 있을 것입니다."

첫 번째 사람도 마음 속으로 그게 옳다고 확신했으나, 그의 확신에도 불구하고 이렇게 말했습니다.

"당신 말이 맞아요. 그러나 그 은자는 훌륭한 사람입니다. 그리고 훌륭한 사람이 속세를 떠나 있음으로 해서 많은 사람들의 겉치레적인 미덕보다 더 좋은 일을 할 수도 있지 않겠습니까?"

인간의 가치관 형성에 영향을 끼친 고매한 가르침은 그의 재능에 의해 현실에서 멀리 떨어져 나온 한 남자의 이상(理想)에서 나온 것이었습니다. 단 한 번의 사고력이 피라미드를 세웠고, 이슬람의 번영을 가져왔습니다.

칼릴 지브란과 차 한잔

손님

어느 길 사거리에서 만난 그는 모자와 지팡이밖에 아무것도 없었고, 얼굴엔 검은 고통의 그림자가 드리워져 있었습니다.

나는 그와 인사를 나눈 다음 청했습니다.

"저희 집에 오셔서 손님이 되어 주십시오."

나의 아내와 아이들은 현관까지 마중나와 우리를 맞이했고, 그는 미소를 띠었으며, 모두들 그가 온 것을 매우 환영했습니다.

식탁에 둘러앉았을 때, 그의 조용한 태도와 베일에 가린 듯한 신비스러움에 우리는 모두 매우 즐거웠습니다.

저녁 식사를 마친 후 화롯가에 모여 앉았을 때 나는 그의 방랑에 대해 물었습니다. 그는 매일 밤 쉬지 않고 참으로 많은 이야기들을 들려주었습니다.

하지만 지금 내가 기억하는 것은 그가 온화한 사람이긴 하나 그의 지나온 날들은 아픔으로 가득했고, 그러한 방랑길에서의 굴욕과 인내에 대한 내용들이었습니다.

사흘 후에 그가 우리와 헤어졌을 때, 우리는 손님이 떠났다기 보다는 가족 중의 한 사람이 해가 졌는데도 밖에 나가 아직 들

슬픔에 찬 영혼은 그와 똑같은 영혼과 만날 때 안식을 취하게 됩니다. 마치 한 나그네가 낯선 고장에서 다른 나그네를 만났을 때 느끼는 것처럼, 슬픈 영혼들은 서로 사랑으로 맺어집니다. 그 사랑은 매우 아름답습니다.

그대는 듣습니까

어오지 않은 것 같은 느낌을 느꼈을 뿐이었습니다.

[그대와 나의 관계는]

그대와 나의 관계는
내 삶 속에서
가장 아름다운 것입니다.

내가 알고 있는
다른 어떤 이의
삶을 통해 보아도
더 이상 아름다운 관계를
나는 알지 못합니다.

그것은 영원한 것입니다.

꽃과 풀들이 아름다움을 잃지 않도록 슬픔과 고통의 물방울을 한 방울도 떨어뜨리지 마세요. 내 가슴에 슬픔의 눈물을 흘리지 마세요. 그것들이 내 무덤 위에서 가시돋친 나무로 자라게 될지도 모르니까요.

44
칼릴 지브란과 차 한잔

괴물

　오랫동안 방랑 생활을 하다가, 머리는 사람의 형상을 했으나 다리는 강철로 만들어진 괴물을 만났습니다.

　그 괴물은 쉬지 않고 흙을 먹고 바닷물을 마셨습니다. 나는 한참 동안 괴물을 지켜보다가 이렇게 말했습니다.

　"넌 채워지는 적이 없었나 보구나. 너의 배고픔과 갈증은 그 무엇으로도 채워지지 않겠구나?"

　괴물이 대답했습니다.

　"아니, 난 만족했소. 나도 먹고 마시는 게 지겨워졌는데, 내일이 되면 먹을 흙과 마실 바닷물이 갑자기 사라질까봐 그걸 생각하면 두려워서 견딜 수가 없소."

　인간은 무엇인가로부터 깨어나려고 애를 씁니다. 악몽의 충격은 불과 몇 초의 경험일지라도 그 위력이 커서 마치 죽음을 체험한 듯한 마취 상태의 기분이 됩니다. 악몽에서 빠져나와 안도의 한숨을 몰아쉴 때가 되면 서서히 상황은 익숙해집니다.

45

그대는 듣습니까

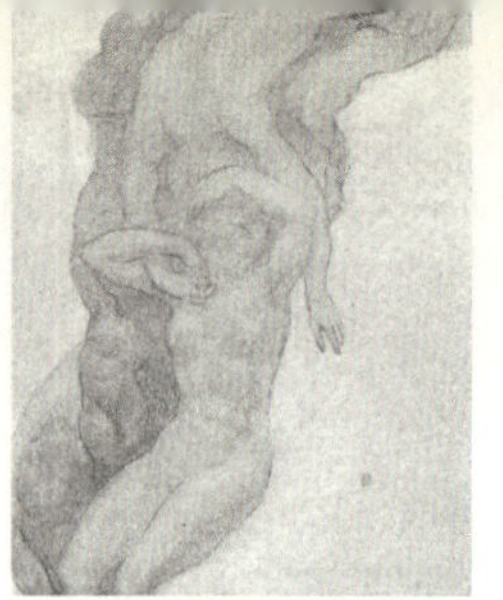

구두 수선공

한 철학가가 다 닳아버린 구두를 가지고 구두 수선 가게에 왔습니다.

철학자가 구두 수선공에게 말했습니다.

"구두를 좀 수선해 주십시오."

구두 수선공이 말했습니다.

"난 지금 다른 사람의 구두를 수선하고 있는 중입니다. 당신 구두를 수선하기 전에 다른 구두를 먼저 고쳐야 합니다. 그러니 당신 구두를 여기에 놓고 오른편에 있는 다른 구두를 신고 가십시오. 그리고 당신 구두는 내일 찾으러 오십시오."

그러자 철학가는 화를 내며 말했습니다.

"내 것도 아닌 남의 구두를 신고 갈 수는 없소."

구두 수선공은 말했습니다.

"그래요. 당신은 정말 철학가가 맞나요? 다른 사람의 구두로는 당신 발을 쌀 수 없다니 유감이로군요. 바로 이 거리에 나보다 솜씨 좋고 철학가들을 잘 이해하는 다른 구두 수선공이

작은 것에서 만족을 찾는다는 것은 어려운 일이 아닙니다. 인간이 지닌 많은 문제점으로부터 자유로이 된다는 일도 어떤 특별한 집중력을 가질 때에는 가능합니다. 내적인 추구 속에는 많은 것들이 들어 있으므로, 모든 것을 말끔히 청소할 수 있습니다.

칼릴 지브란과 차 한잔

있을 것이니, 수선하려거든 그에게나 가보십시오."

[그 깊은 떨림]

그 깊은 떨림.
그 벅찬 깨달음.
그토록 가까운 느낌.
그대를 처음 본 순간
시작되었습니다.

지금껏 그날의 떨림은
생생합니다.
단지, 천 배나 더 깊고,
천 배나 더 애틋해 졌을 뿐.

나는 그대를 영원까지 사랑하겠습니다.
이 육신을 타고나 그대를 만나기
훨씬 전부터 1나는 그대를 사랑하고 있었나 봅니다.
그대를 처음 본 순간 그것을 알아 버렸습니다.

운명.
우리 둘은 이처럼 하나이며,
그 무엇도 우리를 갈라 놓을 수는 없습니다.

혼자 힘으로 이성을 다스리기에는 그 기운이 모자라며, 또 그 정열을 따
르는 이 없는 스스로를 태워 버리는 불꽃입니다. 그래서 우리 영혼으로 하
여금 이성을 정열의 높이에까지 높여 노래할 수 있도록 하십시오.

그대는 듣습니까

개

개 세 마리가 마당에서 햇볕을 쬐며 이야기를 나누고 있었습니다.

첫 번째 개가 꿈꾸듯 말했습니다.

"문명한 나라에 산다는 것은 정말 멋진 일이야. 우리가 바다 밑으로, 땅 위로, 그리고 하늘까지 자유롭게 여행하는 것을 생각해봐. 그리고 개들의 안락한 생활을 위해, 더구나 우리의 눈과 코와 귀를 위해 갖가지 발명품들이 생겨난 것을 한번 생각해 봐."

두 번째 개가 말했습니다.

"우리는 무엇보다 예술을 존경하고 있지. 우리는 조상들이 한 것보다 더 리듬 있게 달을 보며 짖고 있잖아. 그리고 우리가 물 위에 비친 우리 모습을 보면 조상들에 비해 용모가 더 깔끔해졌다는 것도 알 수 있잖아."

바로 그 때, 그들은 사냥꾼이 자신들을 잡으려고 다가오는 것을 보았습니다. 개들은 일제히 자리에서 뛰어올라 냅다 거리로 뛰었습니다.

그들이 달릴 때 세 번째 개가 말했습니다.

구름 위에 올라갈 수 있는 능력을 가진 것은 언제나 하나의 개체(個體)입니다. 다시 말해서 더 많은 자유를 얻기 위하여 태양을 향해 홀로 날아오르다가 결국 깃털과 온몸이 태양의 열기에 불타서 죽고마는 이카로스의 새와 같은 것입니다.

칼릴 지브란과 차 한잔

"이런 세상에! 살고 싶으면 있는 힘을 다해 뛰어라. 문명이
우리를 쫓아오고 있다."

[사랑하는 이여]

사랑하는 이여,
우리들 모두는
어딘가 쉴 곳이
있어야만 합니다.

내 영혼이 쉴 자리는 아름다운 작은 숲
그대에 대한 나의
이해가 사는 그곳입니다.

　아름다움이란 어디서 얻어집니까? 아름다움을 볼 수 있는 사람은 누구입
니까? 티 하나 없이 맑은 눈을 가진 사람, 눈에서 편견과 관념과 이기성라
는 과거의 먼지가 밝게 씻기워져 나간 사람만이 아름다움을 볼 수 있습니
다.

사기꾼

　오래 전에 속세를 떠난 예언자가 살았습니다. 그는 한 달에 세 번씩 큰 도시로 내려가 장터에서 사람들에게 자선과 나눔에 대한 설교를 하곤 했습니다. 그는 대단한 달변가여서 그의 명성이 온 나라에 퍼졌습니다.

　어느 날 저녁, 그의 집으로 세 사람이 찾아왔습니다.

　예언자와 그들은 인사를 나누었습니다.

　"언제나 당신은 자선과 나눔에 대해 설교해 왔습니다. 당신은 많이 가진 자가 적게 가진 자에게 자선을 베풀어야 한다는 것을 가르치려고 노력했습니다. 이제 당신이 명성을 얻음으로써 당신이 부자가 되었다고 우리는 생각합니다. 그러니 당신의 부(富)를 우리에게 나누어 주십시오."

　그러자 그 예언자는 말했습니다.

　"여보시오. 지금 내겐 침대와 이불과 물주전자 외에 아무것도 없소. 그게 필요하다면 가져가시오. 나는 금이나 은 같은 것은 갖고 있지 않소."

　의복은 우리에게 가장 먼저 찾아온 구속이었으며, 우리 스스로 그 속박을 즐기고 있습니다. 태양 아래 알몸을 내놓고 온몸으로 그 영양분을 섭취하십시오. 바람 속에 온몸을 내맡기십시오. 그렇지 않으면 감옥에 갇힌 죄수나 다름없습니다.

"이런, 사기꾼. 대단한 협잡꾼이군! 당신은 자기 자신은 정작
어느 쪽으로도 성공하지 못했으면서 사람들에게 그것을 가르치
고 설교했을 뿐이군."

[그대는 내가 말하는 것 보다]

그대는 내가 말하는 것보다
훨씬 더 많은 것을 듣고 계십니다.
그대는
의식의 소리에 귀기울이고 계십니다.

나의 말로는 데려갈 수 없는 곳까지
그대는
지금
나와 함께
가고 계십니다.

비록 시간의 발굽이 당신의 가슴을 무겁게 짓밟고 지나간다 한들 어떻습
니까? 당신 홀로 고독의 술잔을 마시는 건 당신에게 좋은 일입니다. 당신
은 기쁨의 술잔도 역시 혼자 마시게 될 것입니다.

51
그대는 듣습니까

그대는 듣습니까

우리 곁을 스쳐가는 그대, 바람이여. 그대는 지금 달콤하고 부드럽게 노래하는가, 한숨 쉬며 슬퍼하는가.

우리는 그대를 듣습니다. 하지만 볼 수는 없습니다. 그대는 우리의 정신을 포용하는 사랑의 바다와도 같지만, 정신을 빠뜨리게 하지는 않습니다.

그대는 그대 자신을 들판과 초원에 퍼뜨리면서 언덕을 오르고 계곡을 내려갑니다. 그대는 힘있게 올라가고, 부드럽게 내려오며, 우아하게 번져갑니다. 그대는 억압받는 백성들에게는 자비로운 왕과 같지만, 거만한 자와 힘센 자에게는 엄격합니다.

가을에도 계곡을 따라 슬퍼하고, 나무들은 그대의 구슬프게 우는 소리를 울려 퍼뜨립니다. 겨울이 되면 그대는 그대 앞의 장애물을 부수고, 모든 자연은 그대를 거역합니다.

봄이 오면 그대는 선잠에서 깨어납니다. 그래서 아직은 작고 미약하지만, 그대의 가녀린 움직임을 통해 들판은 서서히 잠에서 깨어나기 시작합니다.

여름이면 그대는 날카로운 태양의 창과 뜨거운 열의 화살에

당신이 누군가를 좋아한다면 나도 그를 좋아하게 될 것은 의심할 바 없습니다. 우리는 언제나 같은 사람을 좋아해 왔으니까요. 당신은 같이 살고 싶은 사람, 가장 마음이 편한 사람은 백만 명 중에 하나도 발견하기 어려울 겁니다.

칼릴 지브란과 차 한잔

강타를 당해 죽은 듯 침묵의 베일 뒤에 숨어 버립니다.

늦가을에 그대는 몸부림치고, 벌거벗은 나무들의 수줍음을 비웃겠지요?

그대는 겨울에 분노하며, 눈덮인 밤의 묘지를 돌며 춤을 추겠지요?

그대는 진정 봄에는 나른해지고 그대의 사랑과 모든 계절의 청춘을 상실한 채 슬픔에 잠기겠지요.

그대는 여름에는 죽어 있거나 과일의 가슴 속에, 또는 포도밭의 눈(眼) 속에, 혹은 타작하는 밀의 귀 속에 잠들어 있겠지요?

그대는 도시 거리에서 오염된 한숨을 가져오고, 언덕에서는 꽃의 향기로운 숨결을 날아옵니다.

위대한 영혼이란 삶의 슬픔을 이겨내며 말없이 그 즐거움과 만납니다.

그대는 장미의 귀에 대고 비밀을 속삭입니다. 때로는 장미가 걱정할 때도 있지만, 그러다가 곧 즐거워합니다. 이런 것이 인간의 영혼과 같은 신의 길이기도 합니다.

그대는 남쪽으로부터 사랑만큼이나 따뜻하게 오며, 북쪽에서는 죽음처럼 차갑게 옵니다. 동쪽에서는 영혼의 만남처럼 부드럽게 오고, 서쪽에서는 분노와 복수처럼 맹렬하게 옵니다. 그대는 시대만큼 변화무쌍하며, 나침반의 네 지점으로부터 위중한 소식을 급히 전하러 오는 사자(使者)처럼 옵니다.

우리는 만일 누군가를 생각하고 있지 않을 때는 누군가를 사랑하고 있지 않다고 단정합니다. 그러나 그 사람을 생각하고 있는 것이 곧 사랑인가? 멀리 세상을 떠난 친구를 위한 애절한 마음이 없다면, 삶은 무정하고 건조할 뿐입니다.

그대는 듣습니까

때로 그대는 사막을 지나며 사나운 모습으로 돌변하여, 순진한 대상들을 밟아 모래산에 매장합니다.

그대는 새벽녘에 나뭇잎과 나뭇가지 사이를 헤집고 즐거워 날뛰는 바람입니까? 고개 숙여 꽃들이 인사하고, 그대의 감미로운 숨결에 못이겨 풀이 하늘거리는 계곡 사이를 꿈처럼 흘러가는 바람입니까?

그대는 대양에서 태어나 대양의 깊은 심연을 뒤흔들며, 그대의 분노로 배가 난파되고 선원들이 실종되기도 합니다.

그대는 아이들이 집 주위에서 놀고 있을 때 그들의 머리카락을 쓰다듬어 주는 부드러운 산들바람입니까?

그대는 우리들의 마음과 한숨과 숨결, 그리고 미소를 어디로든지 가져갈 수 있습니다. 그대는 우리들의 흔들리는 영혼의 횃불을 생명의 지평선 너머로 데려가기도 하고, 때로는 공포의 동굴로 끌고 가려 합니다.

고요한 밤에 그대에게 자신들의 비밀을 알리는 마음이 있습니다. 그리고 새벽이면 그대의 부드러운 감촉에 눈을 뜹니다.

그대의 날개 사이에서, 고통받는 자는 슬픔에 찬 노래의 여운을 남겨두고, 고아들은 자신의 찢겨진 가슴의 파편을, 억압당하는 자는 자기의 고통스러운 한숨을 그대의 날개 사이에 남겨둡니다. 이방인은 그대의 망토깃 안에 자신의 열망을 남겨두고, 버림받은 자는 자신의 짐을, 그리고 타락한 여인은 자신의 절망을 남겨둡니다.

사랑이여! 나는 약하기 그지없습니다. 당신이 그토록 강하면서 왜 나와의 다툼은 합니까? 당신이 옳으실진대 나를 왜 억압하는 것입니까? 어이하여 당신은 나를 저버리십니까?

54

그대는 겸손하여 이런 것들을 보존합니까, 그렇지 않으면 대지와 같아서, 그녀가 가져온 모든 것을 매장합니까?

그대에게도 이런 비탄과 애도의 소리가 들립니까? 내민 손을 보지 않고 가난한 자의 탄식도 듣지 않는 거만하고 힘센 자와 같습니까, 그대는?

오, 모든 듣는 자들의 삶이여, 그대는 듣습니까?

[당신께서 무엇이 되시건]

당신께서 무엇이 되시건
저는 실망하지 않습니다.
당신이 어떻게 되어야만,
혹은 무엇을 하여야만 한다는
편견 어린 욕심이 제겐 없습니다.
당신의 모습을 미리 헤아려 보고픈 바람도
가지고 있지 않습니다.
그저, 당신 그대로의 모습을 발견할 뿐.
당신이 저를 실망시킬 리 없는 까닭입니다.

나는 벌거벗은 나무에 꽃이 피고 열매가 열리고 머지않아 낙엽이 지는 걸 봅니다. 그리고 나뭇가지가 떨어져 점이 박힌 뱀으로 변하는 걸 봅니다. 나는 새가 노래하고 지저귀며 높이 날아오르는 걸 봅니다. 아, 이것이 인생인가요.

그대는 듣습니까

밤

　잠 속에서 우리들은 삶을 꿈꾸며 살아갑니다. 우리들은 낮에
는 육체를 혹사시키다가 밤에 얻은 편안함으로 감사하며 보냅
니다.

　흔히 밤을 휴식의 시간이라 말하지만, 사실 밤은 누구인가를
찾고 무언가를 추구하는 시간입니다.

　낮은 우리에게 지식이라는 힘을 주고 우리의 손이 할 수 있는
기술을 가르쳐 줍니다. 태양 역시 그 빛을 받으며 자라나는 모
든 것을 가르쳐 줍니다. 하지만 그것들을 별을 향해 끌어올리
는 것은 바로 밤입니다.

　숲 속의 나무와 정원의 꽃 위에 결혼 예복을 입히고, 화려한
파티를 열고, 새로운 꿈의 장소를 만드는 것도 밤입니다. 그리
고 이 거룩한 침묵 속에서 내일이라는 미래의 '시간'을 탄생시
키는 것입니다.

　따라서 그대와 함께 있으면서 사랑을 추구하고 양식을 찾고
성취를 기다리는 것입니다. 그리고 그대가 새벽잠에서 깨어난
다음 그 기억이 사라져도 꿈의 식탁은 여전히 준비되어 있고

　영혼이 사랑에 파묻히면 그 광채가 더 빛나게 될 것입니다. 그렇지만 나
약한 자에게는 불꽃이 그들을 흡수하여 재로 만들 수도 있습니다. 그래서
바람결에 흩날리며 사막 한가운데 흩어지는 한낱 미세한 먼지에 불과하기
도 합니다.

칼릴 지브란과 차 한잔

새로운 보금자리 또한 마련되어 있습니다.

우리들이 비록 육체 안에서 움직이지만 우리는 영혼입니다. 등잔 안에 기름처럼 담겨져 있어도 우리는 어둠 속에서 찬란히 타오르는 불꽃입니다.

만약 우리가 단지 육체만에 지나지 않는다면, 그대들 앞에서 하는 내 말은 공허와 다름이 없습니다. 마치 죽은 자가 죽은 자를 부르는 것처럼……. 그대 안에서 죽지 않은 모든 것은 낮이든 밤이든 자유롭고 또한 구속할 수도 없습니다. 이것이 가장 '높으신 분'의 뜻이기 때문입니다.

붙잡을 수도, 새장에 가둘 수도 없는 바람과 같이, 그대들은 '그 분'의 숨결입니다. 그리고 나 또한 '그분'의 숨결입니다.

[때로 그대가]

때로 그대가
말씀을 꺼내시기도 전에
저는
이미 그대의
마지막 말마디를 듣고 있습니다.

고통이란 우리의 모든 감각의 껍질이 벗겨지는 것입니다. 마치 과일의 씨앗이 햇빛을 보기 위해서는 부서져야 하듯, 기적들을 기쁨으로 간직할 수 있다면 고통 또한 기쁨 못지 않은 경이로움을 가져다줄 것입니다.

그대는 듣습니까

그대의 삶

　형제여, 그대의 삶은 타인들의 집들과는 멀리 동떨어져 있는 외딴집입니다. 그것은 이웃의 눈길이 안으로 미치지 못하는 집입니다. 그것이 어둠에 싸여도 이웃의 전등이 비출 수 없습니다. 양식이 떨어져도 이웃에 있는 가게들이 떨어진 양식을 채워줄 수 없습니다.

　만약 그대의 집이 사막에 있었다 해도, 그대는 타인들의 손으로 가꾸고 심은 타인들의 정원으로 옮길 수도 없습니다. 만일 그것이 산 위에 있다 해도 그대는 그것을 타인들의 발에 밟힌 계곡에 내려놓을 수 없습니다.

　나의 형제여, 그대 영혼의 삶은 외로움에 싸여 있습니다. 만일 그런 외로움과 고독에 둘러싸여 있지 않은 삶이라면 그대는 '그대'일 수 없고, 나 또한 '나'일 수 없습니다.

　외로움과 고독이 없었다면 나는 그대의 목소리를 들으며 그것이 내 목소리였다고 믿을 것이며, 또한 그대의 얼굴을 보면서 그것이 거울을 통해 본 나 자신이라 믿었을 것입니다.

　어느 누구도 실체를 추구하며 살 수는 없습니다. 어떤 실체를 위한 맹목적인 삶이 영위되어서는 안 됩니다. 특히 자기 자신도 이해하지 않은 채 어떤 실체를 추구한다는 것은 자기 자신에게서의 도피에 지나지 않습니다.

칼릴 지브란과 차 한잔

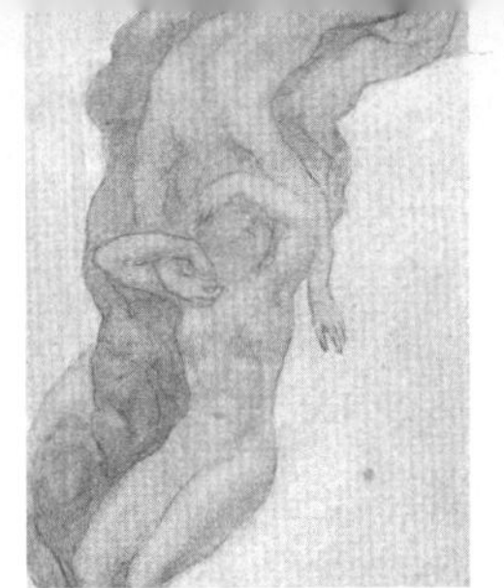

시간

"자비로우신 분이시여, 시간이 두렵습니다. 시간은 흘러가면서 우리의 젊음을 빼앗아가는 대신에 우리에게 주는 것은 무엇입니까?"

그가 대답했습니다.

"그대여, 한 줌의 기름진 흙을 집어보십시오. 그 때 그 흙 속에 씨앗이 보입니까, 아니면 벌레가 보입니까? 만일 그대의 손이 넓고 힘이 세다면 씨앗은 숲이 될 수도 있고, 벌레는 한 무리의 천사가 될 수도 있을 것입니다. 그리고 씨앗을 숲으로, 벌레를 천사로 만드는 것 이외에 세월이 만들 수 있는 것이 또 무엇이 있겠습니까? 봄은 그대 자신의 가슴 속에서 깨어나는 것이고, 여름은 오로지 그대 자신의 풍성함을 깨닫는 것입니다. 가을은 그대의 존재 안에 아직 성숙되지 않은 곳을 성숙하게 해 주는 것이며, 겨울은 모든 계절의 꿈을 잉태한 잠이 아니고 또 무엇이겠습니까?"

희망은 내일이나 미래와 행복에 대한 오늘보다 더 나은 발전을 추구하는 마음이며 자신의 발전에 대한 열망이며, 현재보다 더 좋은 것을 갖고자 하는 욕망이며, 사회적인 진보와 더욱 행복한 세상에 대한 꿈 등을 의미하는 것입니다.

그대는 듣습니까

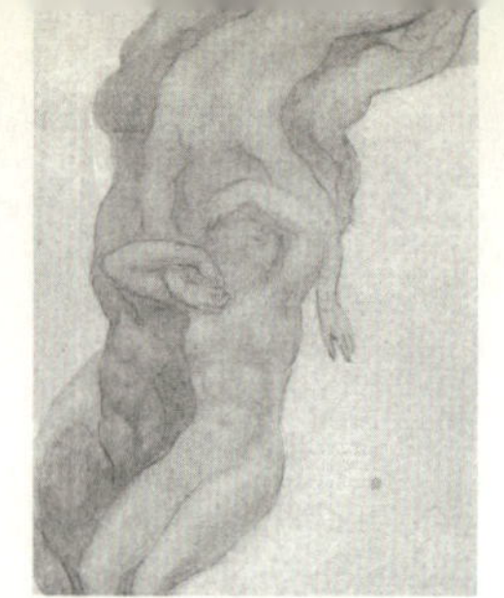

길

내 집이 나에게 말합니다.

"당신의 과거가 여기에 살고 있으니, 당신은 나를 떠나지 마세요."

그러자 길이 나에게 말합니다.

"나는 당신의 미래이니, 그대는 나를 따라오세요."

그래서 나는 나의 집과 길 둘 다에게 말했습니다.

"나에게는 과거가 없고, 또한 미래도 없습니다. 만일 내가 이곳에 머문다면 계속해서 머물 것이고, 만일 내가 길을 떠난다면 계속 앞으로 나아갈 뿐입니다. 사랑과 죽음만이 세상 모든 일을 바꿀 수 있습니다."

우리들이 느끼는 사랑의 갈등은 교활한 마음이나 주저하는 가슴으로 해결될 수 있는 것이 아닙니다. 어떤 수단도 없으며, 어떤 어려움이 종말에 이르게 되지도 않습니다. 사랑은 그저 흘러가는 물일 뿐입니다.

칼릴 지브란과 차 한잔

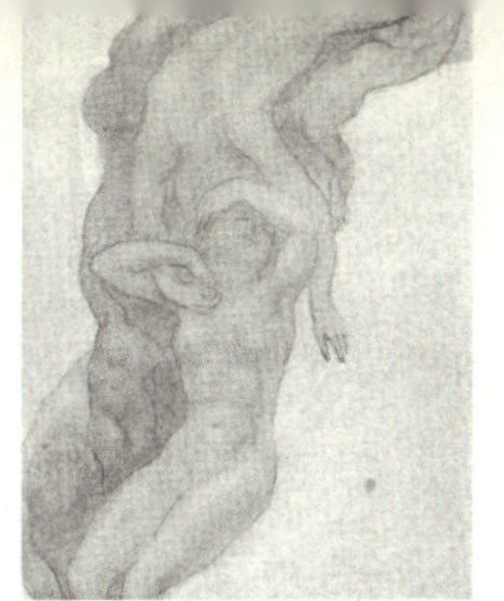

베풂

한 부자가 말했습니다.

"베푸는 것에 대하여 말씀해 주십시오."

자애로운 이가 대답했습니다.

"그대들이 가지고 있는 것을 내어줄 때 그것은 베푸는 것이라 할 수 없습니다. 진정한 베풂은 그대들 자신을 주는 것입니다."

혹 내일이면 필요할까 걱정하여 간직하고 지키는 재물 이외에 그대들이 품고 있는 진실은 무엇입니까.

성지(聖地)를 향해 가는 순례자들을 따라가면서 불안하여 제 뼈다귀를 흔적도 없는 모래 속에 묻는 개에게 무엇을 줄 수 있겠습니까.

또 부족할까 하고 걱정하는 것, 그것이 바로 부족함 아니겠습니까?

집의 샘이 가득 찼는데도 목이 마를까 걱정하고 있다면 그 갈증을 어떻게 풀어줄까요?

많은 것을 가지고 있으면서도 조금밖에 베풀지 않는 사람들, 그들은 누군가 알아주기를 기대하며 베풉니다. 그런 감추어진

사심 없이 베푸는 것은 은밀하고도 고고해야 하며, 욕망이 고개를 들지 않아야 합니다. 가진 것이 없어도 전부를 베풀 수 있는 마음이야말로 생명을 믿고 생명의 존엄을 믿는 사람들이므로, 아무리 해도 그들의 주머니가 비는 일은 없습니다.

그대는 듣습니까

욕망이 그의 베풂을 더럽히고 맙니다.

그런데 가진 것은 별로 없으나 자기가 가진 모든 것을 베푸는 사람들이 있습니다. 그들이 바로 삶을, 삶의 자비로움을 믿는 사람들이며, 그들의 주머니는 언제나 다시 채워지는 것입니다.

세상에는 베푸는 것을 진정 기쁨으로 하는 사람들도 있습니다. 이 기쁨이야말로 진정한 행복입니다.

또 기쁨이나 고통도 없이 그저 베푸는 사람들, 자기가 미덕을 행한다는 생각도 없이 베푸는 사람들이 있는데, 그들은 계곡의 나무들이 무심코 그 주위에 향기를 뿜어내듯이 그저 베풉니다. 이러한 손길을 통해 '신'의 말씀이 전해지고, 이들의 눈길을 통해서 '신'은 지상을 향해 미소짓습니다.

무언가 필요로 하는 것이 있을 때 베푸는 것도 좋지만, 그전에 미리 알아서 베푸는 것이 더욱 좋습니다. 따라서 자애로운 사람들에겐 그 베풂을 받을 사람들을 찾는 기쁨이 그 베푼다는 자체보다 더욱 큽니다.

그대들이 지금 움켜쥐고 있는 것은 무엇입니까?

그대들이 가진 것은 언젠가는 주어야 할 것입니다. 그러니 지금 베푸십시오. 베풂의 시기를 나중에 뒷사람에게 넘기지 말고 그 때를 잡으십시오.

그대들은 종종 말합니다.

"베풀어야지. 하지만 그 대가는 있어야 한다."

우리 자신들이 황금의 먼지에 눈 멀고 쓸데없는 이야기로 귀를 채우면서 생활할 때, 우리 후손들은 어떻게 생각할까요. 그러므로 현재의 운명을 흔드는 출세주의자들로부터 도망쳐야 합니다.

그러나 그대들 과수원의 나무들이나, 그대들 목장의 가축들은 그렇지 않습니다. 그들은 베푸는 것이 곧 자신들의 삶입니다. 그렇지 않으면 자멸하기 때문입니다.

진실로 낮과 밤을 맞이할 만한 사람이라면 그대들의 적은 물이나마 그의 잔에 부어주어도 괜찮지 않은가요.

게다가 그대들의 베풂을 받아주는 그 용기와 믿음, 나아가 그 사랑이 품고 있는 것보다 더 큰 보상이 어디 있겠습니까.

그런데 사람들로 하여금 아무런 부끄러움도 없이 자신의 가슴을 헤치며 그 찢겨지고 벌거벗겨진 자랑하는 마음을 보려 하는 그대들은 어떠합니까?

우선 그대들 자신이 베풀 수 있는 그릇이 될 수 있는가를 스스로에게 물어보십시오.

진실로 삶을 베푸는 자는 삶 그 자체뿐이며, 그대들은 단지 증인일 뿐입니다.

그리고 그대들 받는 자들이여, 빚을 지는 거라고 생각지 마십시오. 그런 마음은 그대들 자신에게나 또한 베푸는 자에게도 커다란 짐이 될 뿐입니다.

차라리 베푸는 그와 함께 그 베풂의 날개를 타고 오르십시오.

빚을 지고 있다는 생각 자체가 아낌없는 대지를 어머니로, 신을 아버지로 받들고 있는 그의 자애로움을 의심하는 일이 되는 것입니다.

우리들은 욕망의 노예들이지만, 산골의 주민들은 만족의 자손들입니다. 우리들은 인생의 잔에 담긴 고통과 절망과 두려움과 피로에 쌓인 술을 마시지만, 그들은 영롱한 영혼의 술을 마십니다.

63

그대는 듣습니까

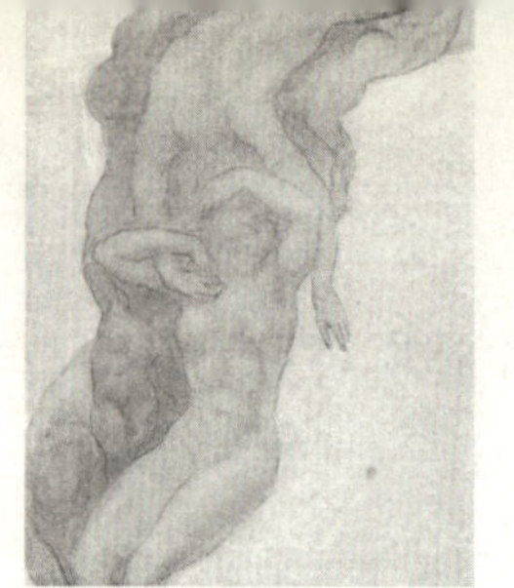

자연

인생은 우리들을 존재하게 하고, 운명은 우리를 움직이게 합니다. 우리는 단지 우리 앞에 있는 장애물밖에는 보지 못하며, 또한 우리를 공포에 떨게 하는 목소리밖에 듣지 못합니다.

우리들 앞에 아름다움의 빛이 찬란하게 나타나면 우리는 가까이 다가갑니다. 그리고 그의 옷깃을 더럽히며 그리움의 이름으로 숭고한 모습을 빼앗아 버립니다.

거룩하고 아름다운 사람이 우리 곁을 지나가면, 우리는 무서워서 몸을 움츠리거나 그의 이름으로 악행을 저지르며 사랑을 따라갑니다.

현자(賢者)가 자신의 힘에 겨운 멍에를 쓰고 우리들 사이를 걸어갑니다. 그것은 꽃송이의 숨결보다도, 달콤한 미풍보다도 더 부드럽고 따사롭습니다.

지혜는 모퉁이에서 우리에게 손짓합니다. 그러나 우리는 지혜에 가치를 두지 않아 그것을 따르는 자를 오히려 경멸합니다.

우리는 자신의 식탁에서 맛있는 음식과 넘치는 음료수만을 즐기려고 합니다. 그러나 마침내 그 식탁은 굴욕의 장소로 만들

악몽을 우리는 두려워합니다. 그래서 두려움에 젖은 땀을 내보내며 심장을 고동치게 합니다. 잠에서 깨어나긴 했지만 아직도 악몽의 영향이 남아 있으므로, 마치 생쥐가 구멍을 통해 밖으로 나갔으나 아직 꼬리는 구멍 안에 남아 있는 것과 같은 느낌입니다.

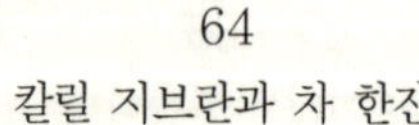
칼릴 지브란과 차 한잔

어져 버립니다.

　자연은 우리에게 관용을 베풀며 자연의 아름다움 속에서 기쁨을 찾으라고 전합니다. 그렇지만 우리는 자연의 침묵이 무서워서 복잡한 도시로 도망쳐 나오며, 마치 사나운 늑대들로부터 도망치려는 양떼들처럼 무리 속에 파묻히려 합니다.

[하기 어려운 말을 하는 것]

하기 어려운 말을 하는 것.
이것은 한 인간에 대한 일종의 시련입니다.
내가 당신을 시험할 때마다
당신은 늘 기대 이상의 모습을
보여주셨습니다.

바로 그러한 때,
아주 이상한 느낌에 휩싸이곤 합니다.

-당신과 더불어 있는 먼 유년의 기억 같은 것.
-그 아름다움.
나는 찬란한 벌판을 봅니다.
벌판에서 나는 당신과 더불어 아이이곤 합니다.

　식물은 토양으로부터 자양분을 빨아들입니다. 그리고 양떼들은 풀을 뜯어먹으며 살고, 늑대는 그 양을 먹이로 삼습니다. 들소는 늑대를 살육하고, 사자는 그 들소를 사냥하면서, 죽음의 어두운 그림자가 자기를 노리는 것은 모릅니다.

65

그대는 듣습니까

진실된 사랑

　태양이 서쪽 하늘을 물들이고 감미로운 달빛이 꽃밭 위로 쏟아질 때, 우리는 나뭇등걸에 앉아 나뭇가지 사이로 푸른 카펫 위에 뿌려놓은 은조각들처럼 반짝이는 별들을 바라보고 있었습니다. 멀리 계곡에서 들려오는 시냇물의 조잘거리는 소리가 들려왔습니다.

　고요한 어둠이 내려앉을 때 새들이 길다란 나뭇가지들 사이로 둥우리를 틀고, 꽃들은 그 꽃잎을 접을 때 고요한 어둠이 내려앉고, 나는 풀잎 사이에서 발자국 스치는 소리가 들렸습니다. 가만히 살펴보니 젊은 연인 한 쌍이 다정한 모습으로 내가 앉아 있던 나무 쪽으로 다가오는 것이었습니다. 우리는 서로가 잘 보이지 않는 나무 아래에 앉아 있었습니다.

　주위를 둘러본 후, 젊은 남자가 말했습니다.

　"내 곁으로 와요, 나의 사랑. 그리고 내 가슴에 기대어 미소를 지어요. 그대의 행복은 내 미래의 상징이니 그 기쁨만을 생각해요. 찬란한 미래가 우리 앞에 펼쳐져 있어요.

　그대의 마음에서 의심을 품고 있다고 나의 영혼은 일깨워 주

　사랑은 허영이나 사치가 아닙니다. 우리가 그런 사랑을 이용한다면 우리는 영원히 풀 수 없는 문제를 만들고 있는 셈입니다. 사랑은 하나의 이상향이 아니라, 마음이나 이상이 더 이상 최상의 요인이 아닐 때만이 경험할 수 있는 실체입니다.

칼릴 지브란과 차 한잔

는군요. 나는 진실된 말만을 하고 있어요. 사랑에 있어 의심은 죄악이라오.

그대는 머지않아 아름다운 달빛이 환히 비추는 이 거대한 대지의 주인이 될 것이오. 그대는 곧 내 궁전의 안주인이 될 것이오. 그리하여 모든 시종들이 그대의 명령에 복종하게 될 거예요.

미소를 지어요, 나의 사랑. 아버지의 궤 속에서 황금이 미소 짓듯 내 심장은 그대에게 행복만을 안겨드릴 것이오. 열두 달 내내 즐거운 여행이 우리를 기다리고 있소.

우리는 일년 동안 아버지의 황금을 쓰며 즐거운 시간을 보낼 것이오. 스위스의 푸른 호수 위에서, 또 이탈리아와 이집트의 사적들을 구경하면서, 그리고 레바논의 거룩한 삼나무 숲에서 휴식을 취하면서. 우리가 만나게 될 왕녀들은 그대의 보석과 의상을 보고 부러워할 것이오.

이 모든 일들을 그대를 위해 하겠소. 그대는 만족하오?"

잠시 후, 나는 그들이 마치 부유한 자들이 가난한 사람들의 가슴을 짓밟고 그 위를 걸어가듯 꽃들 위로 유유히 걸어가는 것을 보았습니다. 그들이 나의 시야에서 사라졌을 때 나는 사랑과 물질을 비교하기 시작했고, 마음 속으로 그들의 위치를 분석해 보았습니다.

황금! 믿을 수 없는 사랑의 원천, 허황된 빛과 부(富)의 샘물, 독이 든 샘물, 구시대의 절망!

사랑은 책임이나 의무를 동반하지 않습니다. 우리가 무슨 일을 의무로써 강제로 행한다면 거기에 사랑이 깃들여 있을 리 없습니다. 사랑이 묶여 있는 의무는 그것을 파괴합니다.

그대는 듣습니까

깊은 사색에 잠겨 배회할 때, 쓸쓸하고 여린 표정의 남녀 한 쌍이 내 곁을 지나 풀밭 위에 앉았습니다. 그들은 근처 농막에서 시원하고 호젓한 장소를 찾아온 젊은이들이었습니다.

잠시 동안 침묵이 흐른 후, 나는 시름에 지친 입술에서 한숨과 함께 새어나오는 말을 들었습니다.

"눈물을 거두어요, 나의 사랑. 우리의 눈을 뜨게 하고 우리의 마음을 노예로 만든 사랑이 우리에게 인내의 축복을 내릴 수도 있으니, 우리가 지금 순간 살아 있는 것만으로도 위안을 얻어야 해요.

우리가 맹세하고 신성한 사랑의 영역으로 들어왔으니 어떠한 역경 속에서도 우리의 사랑은 깊어 갈 것이오. 우리가 가난이라는 장애와 불행의 쓰라림, 이별의 허망함을 겪고 있는 것도 사랑으로 인한 것이니, 나는 그대가 후회하지 않는 인생을 걸어가도록 모든 일들을 도와줄 힘이 생길 때까지 역경과 맞서 싸울 것이오.

하느님은 우리의 안타까운 마음이 그의 제단 위에 태워지는 향으로 여기실 것이며, 우리에게 용기를 내려주실 것이오.

안녕, 나의 사랑. 우리를 비춰주는 저 달빛이 사라지기 전에 나는 떠나야 하오."

사랑으로 모든 것을 태울 듯한 열정과 갈망으로 인한 절망적인 고통, 인내의 결연한 달콤함이 섞인 목소리가 말했습니다.

"안녕, 내 사랑"

그들은 헤어졌고, 그들의 슬픈 사랑의 노래는 나의 젖은 가슴

한 여자를 사랑하며 그녀를 반려자로 삼고, 그녀의 발에 자신의 눈물과 피와 땀을 쏟으면서, 또한 그녀의 손에 자기가 애써 가꾼 열매와 고생이 만든 수확을 쥐어 주는 기쁨, 그 은밀한 사랑의 즐거움을 아십니까.

칼릴 지브란과 차 한잔

에 슬픔으로 스며들어 점점 약해져 갔습니다.

나는 점점 어두워지는 자연을 바라보며 깊은 생각에 빠졌으며, 순간 무한한 공간의 진실을 깨달았습니다. 그 어떤 강력한 힘도 요구할 수 없는 것, 세월의 흐름으로도 지워질 수 없고, 슬픔으로도 사라지지 않는 것, 스위스의 푸른 호수에 의해서도, 이탈리아의 아름다운 사적들로도 발견할 수 없는 것입니다.

그것은 꾸준한 인내를 가지고 힘을 모으며, 어떠한 역경에 굴하지 않고 자라나며, 겨울에는 따뜻하게 해 주고, 봄에는 꽃을 피우며, 여름에는 서늘한 바람을 안겨주고, 가을에는 결실을 맺게 하는 것.

아, 나는 진정한 사랑을 발견했습니다.

[마음이 행하는 바를]

이제야 깨달았습니다.
당신에 관해 가졌던
모든 근심은,
내 안에 살고 있는
치졸함과 두려움에서
비롯되었다는 것을.

새벽이 오면 사랑은 나를 잠에서 깨워 먼 들판으로 데리고 갈 것이며, 한낮에는 새와 함께 태양의 열기를 피할 수 있는 나무 그늘을 찾게 할 겁니다. 저녁이 내리면 사랑은 내가 노을 속에 휴식하면서 자연의 노래를 들을 수 있게 합니다.

사랑과 미움

사랑과 미움

사랑과 미움

사랑과 미움

사랑과 미움

사랑과 미움

사랑과 미움

사랑과 미움

사랑과 미움

사랑과 미움

사랑과 미움

랑과 미움

사랑과 미움
사랑과 미움
미움
사랑과 미움
사랑과 미움
사랑과 미움
사랑과 미움
사랑과 미움
사랑과 미움

2부

당신을 사랑해요
나 역시 당신의 사랑을 받을 만한 사람이 되고 싶소.
당신은 날 사랑하지 않지요, 당신은 미워요.
그렇다면 나는 당신의 미움을 받을 만한 사람이 되고 싶소.

남자와 여자

　어느 햇살 따스한 봄날, 한 남자와 여자가 창가에 앉아 있었습니다. 그들은 서로 가까이 다가앉아 이야기를 나누었습니다.

　"당신을 사랑해요. 당신은 잘생겼고, 게다가 넉넉한 재산이 있고 항상 깔끔한 차림을 하고 계시네요."

　그러자 남자가 말했습니다.

　"그대를 사랑하오. 그대는 아름다운 사상(思想)이며, 손으로 잡기에는 너무 떨어져 있는 내 꿈 속의 노래와 같아요."

　그러자 여자는 샐쭉해져서 돌아앉으며 말했습니다.

　"이제 그만 당신을 떠나겠어요. 저는 사상도 아니고, 당신 꿈 속의 노래도 아니예요. 저는 단지 한 사람의 여자일 뿐이에요. 저는 당신이 나를 원하길 바라고, 한 남자의 아내가 되고 아이의 어머니가 되고 싶을 뿐이에요."

　그리고 그들은 헤어졌습니다.

　남자는 속으로 중얼거렸습니다.

　"또 다른 하나의 꿈이 지금 안개 속으로 사라지고 있구나."

　여자는 말했습니다.

　거짓된 사랑은 마음이 오염되어 사랑을 베풀려는 사람을 망설이게 하거나 혼란스럽게 합니다. 바로 이런 점이 우리의 삶을 고통스럽고 짜증나게 만듭니다. 우리는 사랑한다는 그 순간에 이미 사랑을 잃고 있습니다.

사랑과 미움

"나를 안개와 꿈으로 생각하는 남자는 대체 어떤 사람일
까?"

[무엇을 사랑 할 것인가]

무엇을 사랑할 것인가-
하는 것은 인간의 근원적인 문제입니다.
만약 우리가 이것에 대한 결론을 얻게 된다면
-사랑이 무엇이건 간에-
우리는 이것이 다름 아닌 진실한 영혼들이
서로 사랑하는 방법이라는 것,
넉넉하고 지속적인 사랑은
이밖에 달리 있지 않음을
깨닫게 됩니다.

생명은 우리의 침묵 속에서 노래하고 우리가 살며시 잠이 들면 꿈에 나
타납니다. 심지어 우리가 기운을 잃어 지쳤을 때에도, 생명은 좋은 힘을 얻
어 의기양양합니다. 게다가 우리 스스로 자신의 쇠사슬에 얽매여 있을 때에
도 생명은 자유롭습니다.

칼릴 지브란과 차 한잔

모래 위의 글씨

한 사람이 다른 사람에게 말했습니다.

"아주 오래 전, 밀물이 밀려오는 바닷가에서 나는 지팡이 끝으로 하얀 모래 위에다 한 줄의 글을 썼습니다. 사람들은 그 시를 읽다가 바닷물에 지워질까 무척 신경을 썼지요."

다른 사람이 말했습니다.

"나도 그 모래 위에 글을 한 줄 썼습니다. 그러나 썰물 때여서 넓은 바다의 파도가 그것을 씻어 버렸습니다. 그런데 당신은 어떤 말을 썼나요?"

첫 번째 사람이 대답했습니다.

"나는 존재한다라고 썼습니다. 그런데 당신은 무어라고 썼나요?"

다른 사람이 말했습니다.

"나는 위대한 저 바다의 일개 물방울에 지나지 않는다."

지혜의 깨달음은 우리가 아무런 가식 없이 움직일 때 존재하는 것입니다. 적은 것으로 만족할 줄 아는 지혜로운 사람은 소유한다는 것으로부터 자유로울 수 있습니다. 적게 가진 자가 행복하다는 것을 우리는 가끔 잊고 삽니다.

사랑과 미움

추억의 도시

　젊은 시절의 삶은 우리 곁에 가장 가까이 서서 우리 뒤에 있는 것들을 가르쳐 주었습니다.

　우리는 들판 한가운데에 있는 기이한 형상의 도시를 바라봅니다. 그 곳에서는 온갖 매연이 솟아오르고, 형형색색 조각품들이 눈에 띄었습니다. 그러나 안개에 가리워진 전체적인 형태는 선명하게 드러나 보이지 않습니다.

　우리는 말합니다.

　"자비로우신 이여, 이것이 무엇입니까?"

　자비로운 이가 대답합니다.

　"추억의 도시입니다. 잘 살펴보세요."

　거대한 꿈틀거림으로 몸을 움츠리고 있는 공장들을 살펴보았습니다. 그리고 나는 영혼들이 절망에 빠져 절규하거나, 또는 희망에 들떠 즐겁게 노래하며 돌아다니는 언어들의 성스런 곳도 보았습니다. 그리고 나는 신앙으로 만들어지고, 의혹으로 파괴된 사원들도 살펴보았습니다. 마치 구걸을 하기 위하여 위로 뻗어 올린 손들처럼 하늘 높이 솟아 있는 사원의 탑들도 보았

　나라는 존재는 멸시와 경멸을 받아야 했던 과거의 고통스러운 기억 외에는 아무런 의미도 주지 않는 것인가요? 나의 존재는 영원의 신이 희망처럼 비추는 진실을 위해 마음의 빗장을 열어주게 하지는 않나요?

습니다.

강물처럼 흘러가고 있는 욕망의 지역도 보았습니다. 또한 침묵으로 지켜지고 도둑들에게 약탈되는 비밀스런 보물 창고도 보았습니다. 용기로 세워지고, 두려움으로 무너지는 진보의 탑들도 보았습니다.

어둠이 꾸며 주었던, 깨우침이 붕괴된 꿈의 궁전들, 약한 자들이 살고 있는 초라한 거처와 그 속에서 자기 부정이 생겨나는 고독한 장소들, 지혜로써 밝혀지고 어리석음 때문에 어두워지는 장소들, 사랑하는 사람들이 술을 마시다 공허하게 비웃음을 당하는 곳들.

삶이 잠깐 동안 공연되었을 뿐인데, 그 곳으로 죽음이 비극과 인연을 맺기 위해 다가오고 있습니다.

그렇습니다. 이 곳이 바로 추억의 도시입니다. 멀리 떨어져 있는 보이지 않는 도시인 것입니다.

그 때 자비로운 이가 내 앞을 지나치면서 말했습니다.

"이제 그만 저를 따라오세요. 많은 시간을 머물렀군요."

내가 물었습니다.

"자비로운 이여, 지금 어디로 가는 겁니까?"

그가 대답했습니다.

"미래의 도시로."

내가 말했습니다.

"부디 나를 불쌍히 여기소서. 여행으로 나는 너무 지쳐 있습니다. 자갈길을 걸어와서 발이 아프고, 이제는 몸도 가눌 수가

우리가 벌거벗은 알몸으로 뛰어다닌다면 가슴을 잃어버리고 피로에 지쳐 있는 사람들은 그러한 행동을 이해하지 못할 것입니다. 하지만 옷으로부터 과감히 해방되어 자유를 즐기십시오.

77

사랑과 미움

없습니다."

"그래도 그만 따라오세요. 이 곳은 겁쟁이들만이 머물러 있는 곳입니다. 추억의 도시를 돌아보는 것은 어리석은 일입니다."

[사람은 언제나]

사람들은 언제나
누군가가 나타나기를 갈망합니다.

자신의 최선의 모습을
자각하도록 해주며,
자신들이 감추어진 자아를 이해하고, 믿어주며,
최선을 다할 것을 일깨워주는.

우리가,
타인에게
그리 하여줄 수 있을 때,
뒷걸음질쳐서는 안됩니다.

그저
귓전으로 흘려들어서는
안됩니다.

어머니는 모든 것입니다. 어머니는 우리가 슬플 때 위안이 되고, 우리가 불행할 때 희망이 되고, 우리가 약할 때 힘이 됩니다. 어머니는 사랑과 자비와 동정과 관용의 원천입니다.

칼릴 지브란과 차 한잔

사랑과 미움

한 여자가 남자에게 말했습니다.

"당신을 사랑해요."

그러자 그 남자도 말했습니다.

"나 역시 당신의 사랑을 받을 만한 사람이 되고 싶소."

그 여자가 말했습니다.

"당신은 날 사랑하지 않지요?"

남자는 여자를 단 한 번 힐끗 쳐다보았을 뿐 아무 말도 하지 않았습니다.

그러자 그 여자는 크게 상심하여 소리쳤습니다.

"당신은 미워요."

그 남자가 다시 말했습니다.

"그렇다면 나는 당신의 미움을 받을 만한 사람이 되고 싶소."

사랑은 내 욕망의 불꽃을 가라앉히고 당신으로 하여금 자유롭고 고결하게 살 수 있도록 하는 거예요. 유한한 사랑은 사랑하는 사람의 소유를 필요로 하지만, 무한한 사랑은 사랑 그 자체를 필요로 합니다.

뱀과 종달새

뱀이 종달새에게 말했습니다.

"당신은 하늘을 날아다닐 수는 있지만, 인생의 맛이 중후하게 깃들인 역사의 침묵 속에 흐르는 대지의 깊은 구석 구석은 가 볼 수가 없겠군요."

그러자 종달새가 뱀에게 응수했습니다.

"그래요, 당신은 아는 것이 너무 많고 현명해서 그 어떤 것들 보다도 훨씬 지혜롭지요. 하지만 당신이 날 수 없다니 참 안됐 습니다."

종달새의 말을 무시하면서 뱀이 말했습니다.

"당신은 저 은밀한 곳의 비밀들을 볼 수도 없고, 숨어 있는 제국의 보물들 사이로 여행할 수도 없군요. 나는 어제 루비 동 굴에 누워 있었는데, 그 곳은 마치 잘 익은 석류의 가슴과도 같았고, 희미한 빛줄기에도 찬란하게 불붙는 장미처럼 변하기 도 했답니다. 그런 신비로운 광경을 볼 수 있는 자가 나 이외 에 또 어디 있겠습니까?"

종달새가 말했습니다.

어떤 지혜로운 사람과 어리석은 부자가 만나 교육과 부유에 대하여 토론 했습니다. 그들이 헤어졌을 때 서로에게 남은 건 아무것도 없었습니다. 지 혜로운 사람에게는 쓸데없는 몇 마디 말의 여운이, 그리고 부자에겐 단지 안개 속 같은 몽롱함만이 남았습니다.

칼릴 지브란과 차 한잔

"태고의 수정빛 추억 속에 누워 있을 수 있는 분은 당신 이외에 아무도 없을 거예요. 그러나 당신이 노래를 부를 수 없다니 참으로 애석한 일이군요."

뱀이 힘주어 가며 말했습니다.

"나는 땅 속 깊은 곳까지 뿌리를 내리고 있는 나무들을 알고 있답니다. 그 뿌리를 섭취하면 비너스보다 더 아름다워지지요."

종달새가 말했습니다.

"대지의 신비스런 비밀을 풀어헤쳐 볼 수 있는 분은 당신밖에 없을 것입니다. 그렇지만 당신이 날 수 없다니 안됐습니다."

그러자 뱀이 말했습니다.

"어떤 산 밑에는 신비로운 자줏빛 냇물이 흐르고 있습니다. 그 물을 마시면 신처럼 영생(永生)하지요. 하지만 그 어떤 새나 짐승도 그 자줏빛 냇물을 발견할 수는 없을 겁니다."

종달새가 대답했습니다.

"당신이 원한다면, 신처럼 당신 역시 죽지 않을 수도 있겠군요. 하지만 당신이 노래를 부를 수 없다니 안됐습니다."

뱀이 말했습니다.

"나는 땅 속에 묻힌 채 아직 발견되지 못한 사원도 알고 있습니다. 그 곳엔 어쩌다 한 번씩 들르곤 하지요. 그 사원은 지금은 잊혀진 어떤 거인족이 세운 것으로, 그 곳의 벽에는 시간과 공간을 초월한 역사의 비밀들이 조각되어 있습니다. 그리고 그 조각을 해석하게 되면 다른 모든 이해를 초월하는 초자연적인

우리는 단지 눈앞의 것밖에 볼 수 없습니다. 물체는 측량할 수 있기에 물질이라고 불리어집니다. 그러나 우리의 존재는 물질이 아니기 때문에 측량이 불가능합니다. 우리의 존재는 양(量)이 아닌 질(質)입니다.

사랑과 미움

것들까지도 모두 이해하게 된답니다."

종달새가 말했습니다.

"당신이 원한다면, 당신의 유연한 몸으로 시간과 공간에 대한 모든 지혜가 당신을 감싸겠군요. 그러나 진정 당신이 날 수 없다니 안됐습니다."

뱀은 기분이 상해서 방향을 돌려 자신의 구멍으로 들어가며 중얼거렸습니다.

"돌대가리 가수 같으니!"

종달새는 하늘 높이 날며 노래를 불렀습니다.

"당신이 노래할 수 없다니 참 안됐어요. 너무나 안됐군요. 그대 지혜로운 분이여, 하늘을 날 수 없다니!"

태초부터 인간은 자신의 이미지에
적절한 이름을 붙여가며 숭배해 왔다.
오늘날 우리는 그 존재를 신이라 부르고 있다.

결국 인생은 공허한 울림만을 갖게 됩니다. 그러한 의미를 알지 못하는 사람들은 단순한 사람들입니다. 그들에게로 좀더 가까이 다가가 보면 그들은 지식으로 쌓여 이러한 사실에 대하여 아무런 부담을 느끼지 않습니다.

칼릴 지브란과 차 한잔

참새와 평화

꽃이 만발한 나무가 옆의 나무에게 말했습니다.

"오늘은 참 따분하고 무료하구나."

옆 나무가 대답했습니다.

"정말 지루하군."

바로 그 때 참새 한 마리가 나뭇가지들 중 하나에 와 앉았습니다.

그러자 또 한 마리의 참새도 날아와 옆에 있는 가지에 앉았습니다.

그 중 한 마리가 짹짹거리며 말했습니다.

"내 짝이 나를 떠나 버렸어."

다른 참새가 외쳤습니다.

"내 짝도 떠나 버렸어. 아마 다시는 돌아오지 않을 거야. 그렇지만 뭐 내가 상관할 게 뭐 있어?"

그리고 두 마리 참새는 지저귀며 수다를 떨기 시작했습니다. 마침내 그들은 싸움을 하고 거칠고 시끄러운 분위기로 만들어 갔습니다.

우리들 대부분은 사랑의 울타리로 서로를 에워싸이길 원합니다. 우리들 각자 자신의 희생이 없다면 그곳엔 사랑이 있을 수 없습니다. 우리는 사실 어떻게 사랑하는지를 모르기 때문에, 사랑을 받지 못하는 것입니다.

사랑과 미움

　그러는 사이 다른 두 마리 참새가 하늘에서 미끌어지듯 내려와 쉴새없이 지껄이는 두 마리의 참새 곁에 조용히 앉았습니다. 그러자 그 곳은 갑자기 평온한 기운이 감돌았습니다. 그리고 그 네 마리는 서로 짝을 지어 함께 날아갔습니다.

　첫째 나무가 옆 나무에게 말했습니다.

　"너무 시끄러웠어."

　옆 나무가 대답했습니다.

　"이제는 누가 뭐라 해도 모두 평화롭고 고요하군. 저 높은 하늘이 평화를 만들면 그 밑을 감도는 공기 역시 평화롭게 변화되는 것 같애. 바람 속에서 내게 좀더 가까이 오지 않겠어?"

　그러자 다른 나무가 말했습니다.

　"평화를 위하여, 이 봄이 다 가기 전에 말이지?"

　그리고 그 나무는 옆 나무를 껴안으려고 자기 몸을 세차게 흔들었습니다.

모든 이에게 있어
신에 대한 생각은
서로 같지 아니합니다.
아무도 타인에게
자신의 종교를 강요할 수 없습니다.

- 1920년 9월 14일 메리 해스켈 -

　우리는 단지 우리가 행복하다고 느낄 때에만 희망으로부터 자유롭습니다. 우리에게 내일이 중요해지는 이유는 오늘이 불행하고 병들고 억눌리고 착취당하고 있다고 느끼기 때문입니다.

칼릴 지브란과 차 한잔

강

거대한 강물이 흐르는 카디샤의 계곡에서 두 개의 작은 시냇물이 만났습니다. 그들은 서로 이야기를 했습니다.

한 시냇물이 말했습니다.

"당신은 어떻게 왔죠? 당신이 지나온 길은 어땠어요?"

다른 시냇물이 대답했습니다.

"내가 지나온 길은 험난했어요. 물레방아의 바퀴가 부서지고, 농작물에 물을 대던 농장 주인이 죽었죠. 아무 일도 하지 않고 햇빛 아래에 앉아 게으름만 피우는 사람들의 더러움을 지나 겨우 내려왔어요. 그런데 당신이 지나온 길은 어땠어요?"

다른 시냇물이 말했습니다.

"내가 지나온 길은 아주 다르군요. 향기로운 꽃과 수줍어하는 수양버들 사이로 언덕을 내려왔어요. 남녀가 예쁜 은컵으로 나를 떠서 마셨고, 꼬마들이 장밋빛 발로 물을 튀겼어요. 내 주위엔 온통 웃음과 노랫소리뿐이었죠. 당신이 지나온 길이 그처럼 즐겁지 않았다니 안됐군요."

그 때 강물이 큰 소리로 말했습니다.

지금 자신이 어떤 상황에 처해 있든지 간에 자신을 지키는 것이 우리 인간들의 의무입니다. 현실 속에서 밟지 못하는 천국의 계단은 영원히 우리를 떠돌게 합니다. 우리는 단지 방랑자로 이 세상에 태어난 것이 결코 아닙니다.

85

"어서 들어와, 이리 들어오라고. 우리는 바다로 가고 있어요.
이야기는 그만하고 어서 들어와요. 이제 나와 함께 있어야지.
우리는 바다로 가고 있는 거예요. 어서 들어와요. 나에게로 오
면 모든 슬픔과 기쁨을 잊게 될 거예요. 그리고 우리의 어머니
인 근원지인 바다에 다다르면 우리가 지나온 모든 길을 머잖아
잊게 될 거예요."

보여줄 수 있는
사랑은 아주 작습니다.
그 뒤에 숨어있는
보이지 않는
위대함에
견주어 보면.

- 1922년 4월 28일 칼릴 지브란 -

진리란 침잠하여 고이지 않습니다. 따라서 진리에 이르는 구도의 길이나
안내가 있을 수 없으며, 말이라는 그 자체도 보잘것없는 것에 불과합니다.
우리가 진리를 발견할 때 그것은 무존재의 결과로 나타날 수 있기 때문입
니다.

칼릴 지브란과 차 한잔

두 왕비

샤와키스 시에 한 왕이 살고 있었습니다. 남녀노소를 막론하고 모든 사람들이 그를 사랑했습니다. 심지어 들판의 동물들까지 그에게 인사하며 다가왔습니다.

그러나 그의 아내인 왕비만은 그를 사랑하지 않는다고 모든 백성들이 말했습니다. 아니, 그를 미워하기까지 한다고 했습니다.

어느 날 이웃 나라의 왕비가 샤와키스의 왕비를 만나러 왔습니다. 그들은 이야기를 나누었습니다. 자연스럽게 그들은 남편의 이야기를 하게 되었습니다.

샤와키스의 왕비가 격한 감정을 나타내며 말했습니다.

"결혼한 지 오래 되셨어도 변함 없이 누리시는 당신의 행복이 부러워요. 전 제 남편을 미워해요. 그는 저에게 전혀 신경을 쓰지 않아요. 저는 정말 세상에서 제일 불행한 여자랍니다."

그러자 이웃 나라 왕비가 그녀를 마주보며 말했습니다.

"당신이 댁의 남편을 사랑하는 것 바로 그게 진리예요. 써버리지 않은 정열을 남편을 위해 영원히, 그리고 더욱더 쏟아야 해

마음은 그 어떤 벽을 만들어 배타적이 될 수도 있고, 자기만의 울타리를 만들 수도 있습니다. 그러나 사랑은 그렇게 자기 벽을 쌓아 자기만을 감싼다거나 그 누구와도 비교하는 것이 아닙니다. 사랑에는 많은 희생이 따릅니다.

사랑과 미움

요. 마치 정원에 깃들인 봄처럼. 그것이 여자의 행복이랍니다.
도리어 저와 제 남편을 불쌍히 여겨주세요. 우리는 이제껏 서로
말도 안 하고 인내로써 참고 생활하고 있을 뿐이랍니다. 그런데
도 당신이나 다른 분들은 이것을 행복이라고 믿고 있군요."

[그대 어깨에 놓인]

그대
어깨에 놓인
인생의 손이 무겁고
밤이 무미(無味)할 때,

바로
사랑과 믿음을 위한
시간입니다.

그대는 알고 계십니까?
얼마나 삶의 무게가 덜어지는지,
얼마나 우리의 밤이 즐거워지는지,

모든 것을 믿고

또
사랑할 때면.

  사실 사랑에는 슬픔이 뒤따를 수 없습니다. 슬픔이란 우리 자신이 스스로
만들었거나 생각이 낳은 것이며, 시간의 소산이기 때문입니다. 잎새, 꽃송
이, 때로는 열매에 깃들인 사랑에는 슬픔이 없습니다.

선물

먼 옛날, 베샤레 시에 온 백성들로부터 사랑받고 존경받는 한 어진 왕자가 살고 있었습니다.

그런데 그 어진 왕자를 너무나 싫어하는 아주 가난한 사람이 있었습니다. 그는 틈만 나면 왕자를 비방하고 다녔습니다.

왕자는 이 모든 사실을 알고 있었지만 모르는 척하고 지냈습니다.

그러던 어느 겨울 밤, 왕자는 그를 생각하다가 묘안을 생각해 냈습니다. 왕자는 하인을 시켜 밀가루와 비누와 설탕을 넣은 자루를 그 사람의 집 문 앞에 놓고 오도록 시켰습니다.

짐을 지고 간 하인이 그에게 말했습니다.

"왕자님께서 당신에게 이 선물을 전하라고 하셨습니다."

그 가난한 사람은 왕자로부터 뜻밖의 호의를 받고서 그 선물들이 자신에 대한 왕자로부터의 존경의 표시라고 착각하여 갑자기 의기양양해졌습니다.

금세 마음이 교만해진 그는 성당의 주교에게 달려가서 이 사실을 떠벌렸습니다.

해결해야 할 근본 문제에 접근하지 못했을 때 우리의 마음은 조급하게 될 것입니다. 그러나 모든 문제를 아무렇지 않은 듯 의연히 대처해서 그것으로부터 완벽한 자유를 우리 마음속에 키울 수 있다면 얼마나 좋을까요.

사랑과 미움

"왕자가 나에 대해 얼마나 관심이 많은지 주교님은 모르시 겠죠?"

그러자 주교는 잠시 생각하더니 이렇게 말했습니다.

"아, 왕자님은 얼마나 현명한 분이신가! 그러나 당신은 얼마 나 멍청한가! 왕자님은 이 물건들을 통하여 당신에게 무언가 상징적인 의미를 전하고 계신 거야. 즉, 밀가루는 바로 당신의 텅 빈 위장을 위해, 비누는 당신의 더러운 겉모습을 위해, 또 설탕은 당신의 불만스런 혓바닥을 달콤하게 하라는 뜻이지."

그 날 이후 그 사람은 스스로의 자책감에 휩싸여 왕자에 대한 증오는 전보다 더 커졌고, 그에게 왕자의 깊은 뜻을 설명해 준 주교를 훨씬 더 미워하게 되었습니다.

그러나 그는 이제 침묵할 줄도 알게 되었습니다.

형제들이여, 말해보라, 그대들 중 누가 이 삶의 잠으로부터
깨어나지 않을 수 있겠는가?
사랑의 하얀 손가락이 잠든 그대의 영혼을 깨울 때.

불이익을 당하기 전까지 절대 자신을 드러내지 않는 사람을 멀리하십시 오. 그리고 겉으로는 선행을 하면서도 악한 생각을 품고 있는 사람, 또 남 의 약점을 딛고 자신을 추켜세우려는 사람을 멀리하십시오.

칼릴 지브란과 차 한잔

시

아테네로 가는 길목에서 우연히 두 시인이 만나게 되었습니다. 그들은 서로 만나게 된 것을 기쁘게 생각했습니다.

한 시인이 다른 시인에게 물었습니다.

"최근엔 어떤 작품을 쓰셨나요? 그리고 그것을 음악으로 연주한다면 어떤 식으로 할 수 있나요?"

다른 시인이 자랑스러운 듯 대답했습니다.

"이제까지의 내 시들 가운데 제일 훌륭하다고 자부할 수 있는 작품을 방금 완성했습니다. 아마 지금까지 그리스어로 씌어진 시 중에서 가장 훌륭한 작품일 겁니다. 이 시는 지극히 높은 존재이신 제우스에게 바치는 기원의 시입니다."

그러고 나서 그는 소매 없는 외투 밑에서 양피지를 꺼내며 말했습니다.

"여기 보세요. 나는 이것을 항상 지니고 다닌답니다. 나는 이것을 기꺼이 당신에게 읽어줄 수 있습니다. 자, 우리 무화과나무 그늘에 가 앉읍시다."

그 시인은 자신의 시를 읽었습니다. 그것은 매우 긴 시였습니다.

마음의 감옥에 갇혀 있는 사람은 마음을 비우는 세계에 접근하지 못합니다. 그 비움의 세계는 과학의 힘으로 탐색하는 것이 아니라, 눈을 감고 마음을 가라앉히는 연금술을 터득해야만 탐색이 가능합니다.

사랑과 미움

다 듣고 난 후 다른 시인이 친절하게 말했습니다.

"훌륭한 시로군요. 이 시는 불후의 명작이 될 겁니다. 그리고 이 시로써 당신은 찬양 받게 될 겁니다."

첫 번째 시인이 말했습니다.

"당신은 요즘 무슨 시를 쓰고 계시나요?"

다른 시인이 대답했습니다.

"나는 별로 쓰지 못했어요. 정원에서 놀고 있는 아이들을 떠올리면서 단지 여덟 줄만을 썼을 뿐입니다."

그리고 그는 그 여덟 줄을 암송했습니다.

첫 번째 시인이 말했습니다.

"좋은데요."

그리고 그들은 헤어졌습니다.

2천 년이란 세월이 지난 오늘날, 한 시인이 쓴 여덟 줄의 시는 모든 사람의 입에 오르내렸고, 그 작품은 많은 사랑을 받으며 소중히 여겨졌습니다.

하지만 다른 시인의 시는 오랜 세월 동안 도서관과 학자들의 서재에만 전해지며 많은 사람들에게 사랑 받지도 못하고 읽혀지지도 않았습니다.

마음과 생각 속에 매달린 사람은 눈앞의 현실에만 집착하려는 경향이 있습니다. 마음의 눈이 약한 사람은 자신이 나아갈 길의 한 치 앞도 보지 못할 뿐만 아니라, 어깨를 기댈 정도의 담보다 높은 이상은 보지 못합니다.

칼릴 지브란과 차 한잔

목소리

1

용기가 내 가슴 속 깊은 곳에 씨를 뿌리면, 나는 그것들을 잘 일구고 거두어 그것을 배고픈 사람에게 나누어줍니다.

영혼은 작은 포도나무를 소생시키고, 나는 그 포도들을 술로 빚어 목마른 사람에게 건넵니다.

하늘이 등잔에 기름을 채워주면, 나는 등불을 밝혀 내 집 창 가에 놓아둡니다.

내가 이런 일을 하는 것은 단지 그들과 함께 살기 때문이며, 만일 나의 일상을 훼방하는 것이 있다면 스스로 죽음을 택할 것입니다.

죽음은 자신의 조국에서 추방당한 예언자와, 자신의 고향에서 망명해 온 시인에게 더욱 잘 어울리기 때문입니다.

세상은 폭풍우 같은 혼란의 연속이므로 우리는 침묵으로 일관 합니다. 태풍의 분노는 마침내 시간의 탑 속으로 삼켜지지만, 한 숨은 신의 영생 속에서 지속된다는 것을 우리는 알고 있습니다.

침묵이란 소란스러운 것이 아닙니다. 더욱더 많은 노력이 드는 혼돈과 수 련과 금욕적인 생활과 의지에 따른 것은 침묵에 이를 수 없습니다. 그런 사 실을 있는 그대로 보도록 하십시오. 그 속에 침묵이 존재합니다.

사람들은 얼음처럼 차가운 물질에 연연합니다. 생명의 급소를 파열시켜 우리 가슴을 불태우는 사랑의 불꽃을 우리는 찾습니다. 물질은 고통 없이 인간을 살해하지만, 사랑은 인간을 고통 속에서 부활시킨다는 것을 나는 알고 있습니다.

인류는 각종 종파와 종족들로 나뉘어져 있으며, 그것은 곧 제각각의 국가와 영토에 속하는 것입니다.

우리 자신이 때로는 이방인이며 때로는 국외자임을 우리는 보았습니다. 그러나 모든 땅은 우리의 조국이며, 모든 인간 가족은 우리의 종족입니다.

인간은 약하고 스스로 분열되어 있음도 우리는 알고 있습니다. 인류는 손바닥만한 지구를 서로 갈라 울타리를 치고 생활합니다.

인간은 영혼의 신비를 파괴하기 위해 모이고, 욕망의 사원을 건설하는 데 몰두해 있습니다.

우리는 비탄에 잠긴 채 홀로 서서 우리 안에서 나오는 희망의 소리를 듣습니다.

"사랑의 고통으로 괴로워하면서 인간의 가슴에 생명을 키우듯이, 어리석음도 그와 같은 방법으로 지혜의 길을 인도합니다. 고통은 위대한 기쁨을 안겨주고, 어리석음은 완전한 지식을 가르쳐 줍니다. 영원한 지혜는 바로 이 땅에 헛된 것은 아무것도 창조되지 않았다는 것입니다."

사랑의 불꽃으로 정화되고 눈물로 씻겨진 맑은 영혼은 사람들이 수치나 치욕이라고 부르는 것보다 훨씬 더 고귀합니다. 사랑은 인간의 가슴에 깃들인 숭고한 애정을 모욕하는 낡은 관습이나 법률 따위에도 얽매이지 않습니다.

칼릴 지브란과 차 한잔

비탄에 잠겨 홀로 서서 듣고 있습니다. 그리고 우리는 그 곳에서 간절한 염원으로 살아가는 사람들의 이야기를 듣습니다.

내 민족이 칼을 들어 국가에 대한 사랑 때문이라고 말하면서 이웃 나라를 정복하고, 재산을 약탈하며, 남자들을 살해하고, 어린아이들을 고아로 만들며, 여인들을 과부로 만들고, 그 나라 아들들의 피로 땅을 물들이며, 먹이를 찾아 헤매는 야수들에게 그 나라 청년들의 살덩이를 던져준다면, 나는 새로운 조국과 민족을 증오할 것입니다.

우리가 태어난 곳을 기억할 때면, 우리는 자신도 모르는 사이에 고향의 그리움에 젖게 됩니다.

나그네가 먹을 것과 잠자리를 구할 때 그를 내쫓아 버린다면 우리의 기쁨은 비탄으로 변하게 됩니다.

그 때 그리움은 위안이 되어 말할 것입니다.

"빵을 필요로 하는 사람에게 거절하고, 쉴 곳을 구하는 사람에게 침대를 거절한 집은 파괴되고 멸망할 것이다."

우리의 조국에 대한 사랑으로 인해 우리가 태어난 곳을 사랑합니다.

우리의 세계와 내 조국에 대한 사랑으로 인해 나라를 사랑합니다.

우리의 모든 것을 다 바쳐 사랑하는 이 세상은 땅 위의 신성한 영혼인 인간의 언덕이기 때문입니다. 성스러운 인간성은 땅 위의

오, 자유여! 우리에게 구원의 밧줄을 내려주소서! 시작의 고통은 우리의 영혼을 덮고 있는 밤처럼 캄캄합니다. 그러나 새벽은 올 것입니다. 고통의 시간이 우리의 곁을 스쳐 지나며 조롱하는 동안, 우리는 험한 가시덤불의 이곳저곳을 헤매입니다.

사랑과 미움

기쁨입니다. 우리의 인간성은 지금 누더기 옷으로 알몸을 감싼 채 야윈 두 볼에 눈물을 흘리며 폐허 위에 서 있습니다. 그리고 슬픔과 비탄이 가득 찬 목소리로 노래를 부르고 있습니다.

인간성은 외로이 울부짖지만 아무도 신경 쓰지 않습니다. 그러나 누군가 다가와 눈물을 닦아주며 번민을 위로해 주기도 합니다. 그러면 다른 사람들은 이렇게 말합니다.

"내버려두십시오. 비탄은 약한 자들을 더욱 슬프게 만들 따름입니다. 인간성이란 땅 위에 존재하는 성스러운 기쁨입니다. 아름다운 사랑에 대해 이야기하고 삶의 질곡을 노래하면서 사람들 사이로 흐릅니다."

사람들은 비웃고 그 말과 가르침을 조롱합니다. 옛날 나사렛 예수가 그 비웃음을 들었고, 그 때문에 예수는 십자가에 못박혔습니다. 소크라테스 역시 그 조롱을 당했고, 사람들은 그에게 독약을 마시게 했습니다.

오늘날 많은 사람들은 나사렛 예수와 소크라테스의 말을 듣고 그들과 이야기를 나누지만, 사람들은 그들을 죽이지 못합니다. 그러나 사람들은 그들을 조롱하면서 '경멸이란 죽음보다도 더 가혹하고 쓰라린 것'이라고 말합니다.

예루살렘은 나사렛 예수를 죽일 수 없습니다. 그는 영원히 살기 때문입니다. 아테네 사람은 소크라테스를 파멸시키지 못합니다. 그 역시 우리 가슴에 영원히 살기 때문입니다.

인간성을 믿으면서 신의 자취를 따라가는 사람을 조소와 경멸

이 세상에 존재하는 모든 아름다움과 위대함 역시 한 인간의 마음속에서 일어나는 단 한 번의 영감에 의해서 창조되어집니다. 순간을 스쳐 지나가는 상념이 이 세계를 탄생시킵니다.

칼릴 지브란과 차 한잔

은 이기지 못합니다. 왜냐 하면 그들은 우리 속에 영원히 살기
때문입니다.

3

당신은 우리의 형제이며, 우리는 우주적인 성령의 자식들입니
다. 우리들은 똑같은 진흙으로 만들어진 두 육체의 포로입니다.
삶의 연장선 위에서 우리들은 동반자이며, 숨어 있는 진실을
이해하는 데 있어서는 내조자입니다. 당신은 인간이며 우리는
당신을, 우리 형제를 사랑합니다.

당신이 원하는 것은 우리에게 말하십시오. 내일이 오면 당신
은 심판이 될 것이며, 당신의 말은 심판 앞에서 증거가 될 것
이며, 그 재판의 증언이 될 것입니다.

당신이 원하는 것은 무엇이든 우리에게서 가져가십시오. 그러
나 당신은 자신이 정당한 권리가 있는 자신의 몫과 내가 탐욕
으로 취한 것들 외에는 아무것도 빼앗아가지 못할 것입니다.
만일 당신이 눈앞의 계산에만 만족한다면, 당신은 그 금액을
가질 가치가 있습니다.

당신이 하고자 원하는 것을 우리와 같이 행하십시오. 그대는
우리의 실체를 만질 수 없기 때문입니다.

우리의 온몸을 갈기갈기 찢는다 해도 당신은 우리의 영혼을

부디 나의 이마에 번뇌의 주름이 지게 하지 마세요. 바람이 내 이마를 쓸
어 고뇌의 흔적을 들판으로 실어가지 않도록 해 주세요. 그대여, 살아 있는
동안 나는 당신을 아낌없이 사랑했습니다. 죽어서도 나는 당신을 사랑할 것
입니다.

사랑과 미움

다치게 할 수 없으며, 파괴할 수도 없습니다. 온몸을 사슬로 묶어 차라리 우리를 감옥 속의 어둠으로 던져 넣으십시오.

그렇다 해도 당신은 우리의 생각을 가두지는 못할 것입니다. 사상이란 무한하며, 한계가 있는 우주를 뚫고 지나가는 바람처럼 자유로운 것이기 때문입니다.

당신은 우리의 형제이며, 동시에 우리는 당신을 사랑합니다.

당신이 자신의 양심 앞에 호소할 수 있을 때, 우리는 당신을 사랑합니다.

당신과 우리는 하나의 믿음, 그 믿음의 자식들입니다. 그리고 그 많은 가지들을 지배하는 바람으로, 선택된 사람들은 믿음의 완벽함을 지지해 주는 신성한 도구와도 같은 것입니다.

우리는 당신을 사랑합니다.

진실에 대한 당신의 사랑은 모든 사람들의 마음에서 솟구치고 있습니다. 우리는 지금 눈이 멀어 그 진실을 볼 수 없지만, 그러나 그 진실은 마음이 만들어낸 것이기 때문에 그것을 성스럽게 여기고 있습니다. 그 진실은 언젠가 우리의 진실과 만날 것이고, 마치 꽃향기처럼 서로 합류될 것이며, 한 덩어리로 굳게 뭉쳐 사랑과 아름다움의 영속성으로 이어질 것입니다.

우리는 당신을 사랑합니다.

당신이 강하고 잔인한 사람들 앞에서는 약하며, 부유하고 탐욕스런 자들의 궁전 앞에서 가난하고 궁핍하게 보인다는 것을 알았기 때문입니다.

당신을 위해 흐느껴 우는 눈물을 통해서 당신에게 미소지으

자연스럽게 다가온 아픔일 때는 우리는 그것을 으스러지도록 안고 뒹굴어야 합니다. 그것은 신이 우리에게 자신을 치유하고자 하는 더 높은 의식을 허용한 손길이기 때문입니다.

칼릴 지브란과 차 한잔

며, 당신의 고통들을 비웃고 있는 정의의 두 팔 안에 당신이
안겨 있는 것을 보았습니다. 당신은 우리의 형제이며, 우리는
당신을 영원히 사랑합니다.

4

　　당신은 우리의 형제입니다. 그런데 왜 당신은 우리와 싸우려
고 합니까?
　　왜 당신은 내게로 다가왔으며, 당신의 성공을 위해 많은 사람
들을 울게 합니까?
　　어찌하여 당신은 죽음을 쫓아 먼 나라로 가기 위하여 아내와
어린 자식들을 버리려 합니까?
　　당신의 피로 명예를 사고, 당신 어머니의 슬픔으로 높은 지위
를 사려는 자들을 위해서인가요? 전쟁터에서 그의 형제들과 싸
우는 것이 그렇게도 고결한가요?
　　그렇다면 카인의 영상을 떠올리며 '하난'의 찬가를 부릅시다.
　　형제여, 그들은 말하고 있습니다. 자기를 보존하는 것은 대자
연의 첫 번째 법칙이라고. 그러나 우리는 보아 왔습니다. 그들
이 특권을 탐하여 당신들에게 자기의 전략을 명령하며 당신의
형제들을 더욱 쉽게 노예로 복종시켜 가는 것을.
　　그와 마찬가지로 그들은 존재에 대한 사랑이란 즉 자신들의
권리를 다른 사람들이 강탈하는 것을 조장하는 것이라고 말해

　인간은 항상 꿈을 가득 안고서 죽음의 순간까지도 지구를 완전히 떠난다
는 것을 슬퍼하지 않습니다. 왜냐 하면 인간은 어떤 죽음도 단순한 죽음으
로 끝나는 것이 아니라 새로운 부활을 의미한다는 것을 알기 때문입니다.

99
사랑과 미움

왔습니다.

인간의 행위 중에서 다른 사람의 권리를 보호하는 것이야말로 가장 고결하고 훌륭한 것이라고 우리는 말합니다. 그리고 만약 우리의 존재가 다른 사람을 파멸시키는 조건이 된다면 우리는 죽음이 더욱 달콤한 것이라고 떳떳하게 말할 것입니다.

그리고 만일 내 자신을 죽이는 길만이 명예롭고 사람을 사랑하는 길이 된다면, 나는 기쁘게 죽음의 시간이 오기 전에 내 스스로의 손으로 영원으로 떠날 것입니다.

자아에 대한 사랑이란 맹목적인 논쟁을 일으키고, 그 논쟁이 투쟁을 낳으며, 그 투쟁은 권위와 권력을 생기게 하여 마침내 이 모든 것으로 하여금 경쟁과 억압의 원인이 되게 합니다.

영혼은 지혜의 힘과 정의가 무지와 독재 위에 서 있는 것으로 보고 있습니다. 그리하여 영혼은 쇠를 불러 날카로운 칼을 준비하면서 세상이 무지와 부정을 퍼뜨리는 것을 거부합니다.

그 힘이 바로 바빌론을 파괴하고 예루살렘을 무너뜨렸으며, 로마를 비천하게 만든 것입니다. 그 힘이 바로 피흘리는 자와, 군중들이 위대하다고 말하는 작가들이 그 이름을 찬양하는 학살자들을 만든 것입니다. 그리고 책들은 그들의 전쟁을 마치 순결한 피로 대지를 물들였을 때 대지가 땅을 등에 업어 옮겨 준 것처럼 언급하고 있습니다.

형제여, 도대체 무엇이 당신으로 하여금 당신을 속인 사람을 찬양하게 하고, 당신에게 해를 끼친 사람을 갈망하게 하는 것입니까?

당신의 심장의 고동소리로 우리의 영혼을 깨워주십시오. 한 조각의 구름이 번개가 칠 때 번쩍임으로써 계곡과 산꼭대기의 공간을 비추어 주듯, 자유의 힘으로 이 먹구름들을 흩어 버리고 우리를 멍에로부터 벗어나게 해 주십시오.

칼릴 지브란과 차 한잔

진실된 힘이란 정의와 자연의 법을 수호하는 지혜입니다.

숱한 나쁜 행각을 저지르면서도 그것을 정당화시키는 권력자들의 생리란 과연 어디에서 생성된 것입니까?

정의의 이름으로 행해지는 죄악에 열광하는 사람들은 무엇을 말하려는 것입니까?

당신은 우리 형제이며, 우리는 당신을 사랑합니다. 그리고 사랑이란 곧 정의를 의미합니다.

만일 당신에 대한 우리의 사랑이 모든 사람에게 정의롭게 행해지지 않는다면, 우리는 단지 사랑이라는 황홀한 겉치레 속에 이기주의의 죄악을 감추고 있는 사기꾼에 불과할 뿐입니다.

5

영혼은 우리를 고달픈 현실에서 벗어나게 해 주는 감미로운 친구입니다. 영혼은 우리의 삶이 고통스러워질 때 우리를 위로해 주기도 합니다.

자신의 영혼에 대해 친구가 아닌 사람은 인간에 대해서는 적이 됩니다. 자신 속에서 친구를 발견하지 못하는 사람은 절망의 늪에서 영원히 헤어나지 못합니다. 왜냐 하면 삶이란 인간들이 모여 사는 동네에서만 샘솟는 것이며, 인간이 없는 곳에서는 나오지 않기 때문입니다.

태어나기 전에 우리의 영혼을 맺어주고 우리를 모든 시간 동안 서로의 포로가 되게 한 것은 무엇일까요? 인간의 생명은 태양에서 시작되는 것도 아니고, 무덤에서 끝나는 것도 결코 아닙니다. 그러나 사랑하는 진실한 영혼은 아름답습니다.

사랑과 미움

우리는 이러한 말을 했고 앞으로도 이렇게 말할 것입니다. 만일 우리가 그것을 말하기 전에 죽어야 한다면, 미래가 그것을 말할 것입니다. 미래란 영원의 책 속에 감추어진 비밀들을 끄집어내려는 속성을 지니고 있기 때문입니다.

우리는 사랑의 찬란함과 아름다움의 빛 속에서 살고 있습니다.

삶 속에 있는 우리를 바라보세요. 사람들은 우리를 자신의 삶으로부터 절대로 분리시키지 못합니다.

만일 그들이 눈동자의 빛을 꺼버린다면, 우리는 귀로 사랑의 노래와 아름다움과 환희의 선율을 들을 것입니다. 또한 만일 그들이 귀를 막아버린다면 우리는 아름다움의 향기와 사랑하는 사람들의 달콤한 숨결이 묻은 미풍의 느낌으로 환희를 찾아낼 것입니다.

만일 우리가 하늘을 부정한다면, 우리는 우리의 영혼과 함께 살아야 합니다. 왜냐 하면 영혼이란 사랑과 아름다움의 딸이기 때문입니다.

우리는 모든 것을 위해 존재하며, 또한 모든 것 속에 존재합니다. 내가 오늘 홀로 말했던 것들이 다가올 미래에는 사람들 앞에서 공공연히 선포될 것입니다.

그리고 오늘 우리가 홀로 말한 것들을, 내일이면 많은 사람들이 말하게 될 것입니다.

하늘의 품안에서 태어나 밤의 비밀과 함께 성장한 사랑은 영원과 불멸을 제외한 그 어느 것에도 만족하지 않으며, 오직 신성(神聖) 앞에서만 경건하게 설 수 있습니다. 오, 사랑이여!

칼릴 지브란과 차 한잔

왕

　사딕 왕국의 시민들은 왕에 대한 불만이 쌓인 나머지 함성을 지르며 궁전을 포위했습니다. 그러자 왕이 한 손에는 왕관을, 한 손에는 왕홀을 들고 궁전 계단을 내려왔습니다. 군중들이 왕의 위엄에 찬 모습을 보고 조용해지자, 그들 앞에 서서 왕은 말했습니다.

　"여러분, 여러분은 어느 누구도 이제 더 이상 나의 신민(臣民)이 아닙니다. 나의 왕관과 왕홀을 여러분에게 내놓겠습니다. 나도 여러분 중의 한 사람이 되겠습니다. 단지 한 인간으로서, 이 왕국을 더 살기 좋은 곳으로 만들도록 여러분과 함께 일하겠습니다. 왕이 있어야 할 필요는 없습니다. 논과 밭으로 가서 함께 일합시다. 내가 갈아야 할 논과 밭을 가르쳐 주십시오. 이제는 여러분 모두가 왕입니다."

　군중들은 놀라움으로 침묵만 지킬 뿐이었습니다. 왜냐 하면 그들이 불만의 근원이라고 여겼던 왕이 이제는 왕관과 왕홀을 그들에게 넘기고, 그저 평범한 시민의 한 사람으로 되돌아갔기 때문입니다.

　생활하는 사람이여, 우리에게는 앞으로 어떻게 해야 하느냐가 중요한 것이 아니라, 지금 우리 자신의 행동이 중요합니다. 우리는 미래의 행동에 관심을 쏟고 있지만, 그것은 현재 행위의 한 도피 수단일 뿐입니다.

사랑과 미움

이제 사람들은 저마다 자기의 갈 길로 갔고, 왕은 그들 중 한 사람과 들판으로 나갔습니다.

그러나 사딕 왕국은 왕이 없다고 해서 결코 더 좋아지지 않았고, 알지 못할 불만의 그림자는 여전히 온 나라를 뒤덮고 있었습니다. 곳곳에서 사람들은 다시 왕의 통치를 받아야 한다고 주장했고, 그들을 이끌어 갈 왕이 있어야 한다고 외쳤습니다. 남녀노소 가릴 것 없이 모두 한결같이 이렇게 말했습니다.

"우리에게 왕이 있어야 합니다."

그래서 그들은 들판에서 일하는 왕을 찾아내어 그를 왕의 자리에 다시 앉히고 왕관과 왕홀을 되돌려 주었습니다. 그리고 그들은 말했습니다.

"이제 지혜와 정의로 백성들을 다스려 주십시오."

왕이 말했습니다.

"나는 진실되이 나라를 다스릴 것입니다. 하늘과 땅에 계신 신들이 내가 지혜와 정의로써 백성들을 다스릴 수 있도록 도와 주시기를 기원합니다."

어느 날, 왕 앞에 사람들이 나타나 백성들을 부당하게 대하고, 그들을 하찮은 존재로만 여기는 남작에 대해 고했습니다.

그러자 왕은 즉시 남작을 불러 말했습니다.

"인간의 생명은 소중하고 평등하거늘, 그대는 들판에서 일하는 백성들의 생명이 얼마나 소중한지 헤아리지 않은 것으로 벌

우리의 간절한 소망을 들어주십시오. 오, 자유여. 오, 세상의 전지전능하신 모든 권능자이시여! 우리를 인도해 주십시오. 우리의 영혼과 생명을 살찌워 사악한 가슴 속의 적을 몰아내고, 영원히 평화롭게 쉬게 하여 주소서.

칼릴 지브란과 차 한잔

을 받아 마땅하오. 영원히 이 왕국을 떠나시오."

다음날엔 다른 사람들이 왕에게 와서 언덕 너머에 사는 백작 부인의 잔인함에 대해서, 그녀가 얼마나 그들을 비참하게 만들었는지에 대해서 고했습니다. 즉시 그 백작 부인이 궁중으로 불려왔습니다.

그녀에게도 추방을 선고하면서 왕은 이렇게 말했습니다.

"들판을 가꾸고 포도밭을 돌보는 사람들은 그들 스스로 마련한 빵을 먹지만, 그들이 짜낸 포도주를 마시는 우리들보다 더 고귀한 사람들이오. 당신은 그것을 몰랐으므로 이 왕국으로부터 멀리 떨어진 곳으로 떠나시오."

다음에 백성들은 성당을 짓기 위해 그들에게 돌을 나르게 하고 나무를 자르도록 하면서도 아무것도 주지 않은 주교를 고했습니다.

그들은 배가 고파 굶주리고 있는데, 주교의 성당 금고에는 금과 은이 가득 차 있었던 것입니다.

왕은 주교를 소환했습니다. 주교가 왔을 때 왕은 그에게 말했습니다.

"그대의 가슴에 달고 있는 십자가는 사람들에게 새로운 생명을 주라는 뜻이 아니오. 그러나 그대는 사람들에게서 생명을 빼앗았을 뿐 아무것도 주지 않았소. 그러므로 그대는 이 왕국을 떠나 영원히 돌아오지 못할 것이오."

이와 같이 한 달 내내 자신들에게 지워진 부담을 호소하기 위

사람이 어떤 대상에 대해 욕망을 품으면, 그것은 자라나서 머지않아 더 커지고 결국 익어서 떨어지고 사라집니다. 우리는 이런 과정을 거치며 살아왔습니다. 반면에 영원한 것에 도달하려는 느낌은 계속 반복됩니다.

사랑과 미움

해 백성들이 왕을 찾아왔습니다. 그리하여 한 달 내내 압제자들이 추방당했습니다.

사딕 왕국의 백성들은 감격해서 마음 속으로 갈채를 보냈습니다.

그러던 어느 날, 시민들이 왕궁을 에워싸고 왕을 만나기를 청했습니다. 그러자 왕이 한 손에는 왕관을, 한 손에는 왕홀을 들고 나타났습니다.

왕이 말했습니다.

"이제 나에게서 더 무엇을 원하시오? 보시오, 당신들이 나로 하여금 갖기를 원했던 것을 다시 되돌려 주겠소."

그러나 그들은 외쳤습니다.

"아닙니다. 당신은 합법적인 우리들의 왕입니다. 당신은 이 나라에서 독사들을 제거하시고 늑대는 한 마리도 부르지 않았습니다. 그래서 우리는 폐하께 감사의 노래를 드리려고 왔습니다. 왕관은 폐하의 위엄이고, 왕홀은 폐하의 영광입니다."

그러자 왕이 말했습니다.

"난 아니오. 여러분 자신들이 왕입니다. 여러분이 나를 약하다고 여기고 잘못 다스린다고 여길 때, 그것은 여러분 자신이 약하고 잘못 다스리는 것입니다. 이 나라가 여러분의 뜻 안에 있으므로 잘되어 가고 있습니다. 나는 단지 여러분의 마음일 뿐이며, 여러분의 행동 없이는 존재할 수 없습니다. 다스리는 자는 어느 곳에도 없습니다. 통치는 자기 스스로를 다스리는 데에만 존재할 뿐입니다."

그러고 나서 왕은 왕관과 왕홀을 들고 그의 성 안으로 들어갔

사람들은 삶이 항상 존재하여 왔던 것처럼 영생을 구원합니다. 즉 어제의 기쁨이 오늘 다시 반복되고, 내일에도 지속되기를 바랍니다. 하지만 욕망이란 오늘이 불만족스러울 때 일어나는 것입니다.

칼릴 지브란과 차 한잔

고, 시민들은 만족해서 각자의 일터로 되돌아갔습니다.

그 후 모든 사람들은 저마다 자신을, 한 손에는 왕관을 들고 또 한 손에는 왕홀을 든 왕으로 생각했습니다.

[두 사람이 만날 때는]

두 사람이 만날 때는
물가에 나란히 핀 백합과 같아야 합니다.
봉오리를 오무리지 않은 채,
금빛 수술을 온통 드러내 보여주는,
호수를, 나무를, 하늘을 비추어내는
두 송이의 백합처럼.

닫힌 마음들이 너무나 많습니다.
내가 당신에게 다가갔을 때
우리는 몇 시간이나 이야기를 나누었습니다.
그대의 시간을
그토록 오래 차지하기 위해
무엇보다도
나는 당신을 향해 열려 있어야 합니다.

그리고 그대에게
드리는 것이 거짓 없는
'나 자신'이 아니면 결코 안됩니다.

'마음의 평화'. 사실은 마음이 없는 곳에 평화가 있는 법이므로, 마음의 평화란 불가능합니다. 마음은 늘 문제를 안고 있어 평화란 절대 오지 않습니다. 그것이 마음입니다.

사랑과 미움

정신병자

정신 병원의 정원에서 나는 창백한 얼굴을 한 사랑스럽고 앳되 보이는 한 젊은이를 만났습니다.

그의 곁에 앉아서 나는 물었습니다.

"여기 왜 왔지요?"

놀란 눈으로 그는 날 보더니 대답했습니다.

"좀 이상한 질문이지만, 답변하지요. 아버지는 자신이 이루지 못한 꿈을 저에게서 찾으려 하셨습니다. 삼촌도 마찬가지였고요. 또 어머니는 내가 그 유명한 외할아버지를 닮기를 원하셨죠. 누이는 내가 선원인 자기 남편을 따르기를 바랐죠. 또 형은 내가 멋진 운동 선수라고 자부하는 그를 좋아하게 되기를 바랐어요. 그리고 선생님들도 그들이 생각했던 바대로 철학박사·음악가·논리학자 등 자신의 모습이 조금이라도 투영된 인간이 되기를 원했습니다.

그래서 나는 이 곳으로 왔습니다. 하지만 나는 여기에서야 비로소 제정신이 와 올바른 것들을 발견할 수 있었습니다. 적어도 나는 본연의 나 자신이 될 수 있었던 것입니다."

어떤 제도 안에서의 순응은 더 이상의 발전을 기대할 수 없습니다. 세속적이든 종교적이든 순응을 통해서 권위가 강화되며, 이것을 보통 사람들은 평안이라고 부릅니다. 그러나 순응은 정신을 마비시키기도 합니다.

칼릴 지브란과 차 한잔

그러더니 갑자기 나에게 돌아서며 그는 다시 말했습니다.

"말해 주세요. 당신도 교육이나 좋은 충고를 받기 위해 이곳
으로 억지로 끌려왔나요?"

나는 대답했습니다.

"아뇨, 난 방문객이에요."

그러자 그가 말했습니다.

"아, 당신은 담 저편에 있는 정신 병원에 살고 있군요."

유년 시절 우리가 사랑하던 것들은
나이가 들어서 까지
오래도록 우리 마음속에 남는다.
우리네 삶 속에서
가장 아름다운 것은
우리의 영혼이
추억의 자리를 더듬는 것이다.

세계로부터 우리는 이방인입니다. 이 세상엔 나의 말을 이해하는 사람이
아무도 없습니다. 우리 마음에 갑자기 이상한 기억이 되살아나, 우리의 눈
은 이상한 형상과 슬픈 망령을 보게 됩니다.

사랑과 미움

사랑의 노래

옛날에 한 시인이 아름다운 연가(戀歌)를 썼습니다. 그는 그 시의 사본을 많이 만들어 남자건 여자건 그가 아는 모든 사람에게 보냈습니다. 한 번밖에 만난 적이 없는 멀리 사는 젊은 아가씨에게까지 보냈습니다.

며칠 후 그 젊은 아가씨에게서 편지가 왔습니다. 편지에서 그녀는 말했습니다.

"당신이 저에게 써보내신 연가를 보고 저는 마음에 충격을 받았어요. 지금 바로 오셔서 제 부모를 만나봐 주세요. 우리는 약혼할 수 있을 거예요."

시인은 답장을 써서 그녀에게 전했습니다.

"친애하는 이여, 그것은 모든 남녀의 사랑을 노래한 시인의 가슴에서 나온 얘기일 뿐이랍니다."

그러자 그녀는 다시 서신을 보내왔습니다.

"언어를 희롱하는 위선자, 거짓말쟁이! 오늘부터 당신이 죽는 날까지 나는 당신으로 인해 모든 시인들을 저주할 겁니다!"

타인에 대해서는 신경쓰지 마십시오. 그들의 문제는 그들의 문제일 뿐입니다. 그들의 문제에 뛰어들어 그들을 날카로운 이성의 칼날로 심판하지 마십시오. 중요한 것은 당신 자신의 문제에 대하여 어떤 기준을 갖느냐 하는 것입니다.

칼릴 지브란과 차 한잔

개와 고양이

어느 날 영리한 개 한 마리가 고양이들이 모여 사는 곳을 지나가게 되었습니다.

그런데 그 고양이들은 무엇엔가 열중한 나머지 개가 다가오는 것도 몰랐습니다. 그 개는 무슨 일로 고양이들이 저렇게 모여 있는지 궁금하여 가던 발길을 멈추었습니다.

그 때 무리 중에서 덩치가 크고 제법 근엄해 보이는 고양이 한 마리가 일어서서 좌중을 한번 훑어보고는 말하는 것이었습니다.

"형제들이여, 기도합시다. 아무런 의심 없이 우리가 기도한다면 머잖아 쥐들이 비오듯 쏟아져내릴 것이오."

그 말을 들은 개는 속으로 웃음을 참지 못하고 이내 발길을 돌렸습니다.

"세상에, 무식하고 어리석은 고양이들이구나! 책을 보거나, 선조님들 말씀을 들어보거나, 기도하고 간청했을 때 믿음 속에서 쏟아져내리는 것은 쥐가 아니고 뼈다귀들인데."

우리는 자기 자신을 깊이 들여다보지 못합니다. 그러면서 어떻게 다른 삶의 인생을 전체적으로 바라볼 수 있겠습니까? 먼저 우리 자신으로부터 출발해서 우리 자신을 더 많이 이해할 수 있을 때 우리는 더 자비롭게 될 것입니다.

사랑과 미움

쥐와 고양이

어느 저녁에 한 시인이 농부를 만났습니다. 시인은 허름한 모습이었고, 농부는 비록 용기가 없었지만, 그들은 무언가 서로 통하는 게 있어 진지하게 얘기를 나누었습니다.

농부가 말했습니다.

"제가 요즘 들은 얘기를 해드리지요. 쥐 한 마리가 덫에 잡혔답니다. 쥐가 그 안에 놓아둔 치즈를 맛있게 먹고 있는 동안, 덫 밖에서는 고양이가 쳐다보고 있었답니다. 그것을 느낀 순간 쥐는 발발 떨었죠. 이내 그는 덫 안에 있는 게 오히려 안전하다는 걸 알게 되었죠.

그 때 고양이가 말했답니다.

"친구야, 너는 마지막 음식을 먹는 셈이군."

"그래."

쥐가 대답했답니다.

"목숨은 오직 하나만을 갖고 있는 거야. 그러니까 죽음도 한 번만 갖지. 그런데 너는 목숨을 아홉 개나 가졌다고 하던데, 그건 네가 아홉 번 죽을 것이라는 걸 뜻하는 게 아닐까?"

우리는 복종을 강요당하며 살고 있습니다. 우리는 독재자의 치밀한 지배 수단으로, 우리의 튼튼한 육체와 허약한 정신이 그들의 권력 기구로 전락되어서 이용당하고 있습니다.

칼릴 지브란과 차 한잔

이야기를 마치고 농부는 시인을 향해 물었습니다.

'그런데 그게 무슨 뜻일까요?'

시인은 그에게 대답하지 않고, 마음 속으로만 중얼거렸습니다.

"아니, 내가 목숨을 아홉 개나 갖다니, 그렇다면 아홉 번이나 죽을 거잖아. 차라리 덫에 잡힌 쥐처럼 목숨이 하나뿐이라면 얼마나 좋을까. 마지막 식사로 한 조각 치즈를 먹는 농부의 목숨처럼 말야. 그런데 나는 사막과 밀림에 사는 사자들과 같은 족속은 아닐 텐데?"

사랑은 사랑에 빠진 이로 하여금 존재의 비밀을 알지
못하도록 눈멀게 하는 짙은 안개이다.
그리하여 우리들 마음은 산자락을 뛰어다니는 휘청거리는
욕망의 환영만을 볼 수 있으며, 침묵의 계곡으로부터 소리
없는 아우성만을 들을 뿐이다.

모든 사람들은 어떤 결과를 얻기 위해 힘을 사용합니다. 모든 지도자들은 그의 힘을 선을 위하여 사용하였다고 말합니다. 그것이 권력자들의 목적이며, 따라서 권력을 갖고 있는 이들은 모두 그와 같은 길을 걷고 있습니다.

사랑과 미움

언니

　고통으로 가슴이 터질 듯하고, 두 눈에는 눈물이 메마르고, 마음이 답답해서 터질 지경이 되면, 사람은 그것을 털어놓는 것 외에 다른 방법이 없답니다.

　또한 슬픔에 잠긴 사람은 슬픔 속에서 기쁨을 발견하고, 연인들은 꿈 속에서 편안함과 위로를 만납니다.

　언니, 괴로운 내 얘기를 듣고 우는 것은 기도와 같으니까 나와 같이 울어주세요. 그리고 자비의 눈물을 흘리세요. 그것은 자선과 같은 거랍니다. 왜냐 하면 눈물은 살아 있고 예민한 좋은 영혼에서 나타나는 것으로, 결코 가치 없는 것이 아니기 때문이랍니다.

　내가 귀족이고 부자인 남자와 결혼한 건 순전히 아버지의 뜻이었어요. 아버지는 대부분의 사람들처럼 가난을 두려워해서 상자에 금화를 자꾸 넣어 부를 늘리는 게 삶의 유일한 기쁨이었답니다. 그리고 좋지 못한 날을 대비해서 위엄 있는 귀족의 신분까지 갖추고 있었지요. 이제 나는 내 모든 사랑과 꿈을 통해 나 자신을 발견했어요. 나는 내가 싫어했던 금으로 만든 제

사랑은 복잡미묘한 것이 아닙니다. 단지 우리의 마음이 산만하여 그 사랑을 복잡하게 만들었을 뿐입니다. 우리들 마음이 너무도 많은 것들로 가득 차 있어서 한 가지 일에 몰두할 수가 없는 것입니다. 그래서 사랑을 알지 못하고 있는 것입니다.

칼릴 지브란과 차 한잔

단 위에 놓인 희생물이고, 내가 경멸했던 명예를 상속받은 사람이라는 걸 알았습니다.

나는 모든 일에 친절한 관대한 남편을 존경해요. 그는 내게 행복을 가져다주려고 애를 쓰고, 내 마음을 기쁘게 하려고 자신의 부를 과시한답니다. 그렇지만 나는 이미 모든 것들이 한 순간의 것이고, 그 모든 것은 신성한 사랑보다 가치가 없다는 걸 깨달았어요.

언니, 나를 비웃지 마세요. 나는 드넓은 사랑의 하늘을 날고, 새처럼 고동치는 여자의 마음이 원하는 걸 생각하는 깨어 있는 사람이니까요. 그것은 술을 좋아하는 영혼이 오랫동안 갈구해 온 술을 꽃병에 채우는 것과 같답니다. 또한 그것은 행복과 불행, 기쁨과 고통, 웃음과 슬픔의 이야기가 씌어 있는 책과 같답니다. 세상이 시작된 후 여자를 위해 창조된 여자의 나머지 반쪽인 진정한 짝이 없이는 어느 누구도 이 책을 읽지 못합니다.

그래요. 나는 여자들 가운데서 영혼의 목적과 사랑의 의미를 가장 많이 아는 여자가 되었습니다. 나는 나의 멋진 말들과 아름다운 마차와 반짝이는 보석함……, 이 모든 것들이 가난한 젊은 남자의 사랑스러운 눈길보다 형편없이 무가치하다는 것을 깨달았습니다…… 내 아버지의 뜻과 잔인함에 눌려 지낸 그 젊은이는 일상의 좁고 우울한 철창 속에 갇혀 있답니다.

그렇다고 나를 구원하려 하지 마세요. 내 사랑의 힘을 깨닫게 해 준 불행이 나에겐 커다란 위안이에요. 이제 나는 눈물 뒤에

사랑은 연기 없는 불꽃입니다. 우리는 그 연기에 너무나 익숙해 있어서 우리들의 머리와 가슴은 온통 연기로 뒤덮여 있습니다. 그래서 우리들은 사랑을 어둡게 볼 수밖에 없는 것입니다.

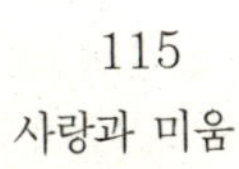

115

사랑과 미움

올 것을 기다리고, 죽음이 나를 이끌어 내 영혼의 동반자를 만나 이 이상한 세상에 오기 전에 행동했던 것과 같이 그를 품에 안기게 되길 기다린답니다.

나를 나쁘다고 생각 마세요. 나는 아내로서의 충실한 의무를 다 하고, 참을성 있고 정숙하게 인간의 법과 규칙을 따르고 있습니다. 나는 진심으로 남편을 공경하고 존경합니다. 그러나 사실 그 안에는 마음의 동요가 감추어져 있는 거지요. 왜냐 하면 신께서는 지금의 남편을 알기 전에 만난 내 사랑에게 이미 나의 일부를 보내셨기 때문입니다.

하늘은 예정되지 않은 남자와 내가 평생을 함께 해야 하는 고통의 삶을 원하시는 거지요. 그래서 나는 하늘의 뜻에 따라 묵묵히 나의 시간을 허비하고 있지요. 그런데 만일 내세의 문이 열리지 않는다면 나는 내 영혼의 아름다운 반쪽으로 남아 지금의 현재가 과거로 된 그 과거를 돌이켜볼 거랍니다. 나는 겨울을 바라는 봄처럼 삶을 바라고 있어요. 그리고 험준한 길을 올라 산꼭대기에 오른 사람처럼 인생의 장애물을 깊이 생각해 봐야겠어요.

그러고는 여인은 편지를 멈추고 손으로 얼굴을 감싸며 비통하게 울었습니다. 그녀의 깊은 마음은 비밀의 펜에 맡겨놓았습니다. 그녀의 마음은 연인들의 영혼과 꽃의 요정들이 숨는 피난처인 푸른 하늘과 어우러지고, 재빠르게 흩어져 버리는 마른 눈물을 다시 쏟곤 했습니다. 얼마가 지나자 그녀는 다시 편지를 쓰기 시작했습니다.

사랑은 자신 안에 거룩하게 자리잡은 사람에게만 생겨납니다.
사랑은 차가운 가슴을 따스하게 하는 빛과 같은 것입니다.
사랑은 우리가 공간을 마련할 때 그 공간 속에서 피어오르는 불꽃입니다.

칼릴 지브란과 차 한잔

그 젊은이를 기억하시나요? 그의 눈에서 강렬하게 내비추는 빛과 그의 얼굴에 드러난 슬픔을 기억하시나요? 하나밖에 없는 자식을 떼어놓은 어머니의 눈물을 이야기할 때 그의 안타까운 미소를 기억하시나요? 저 멀리 있던 계곡이 메아리로 울려퍼지던 그의 맑은 목소리를 그대로 흉내낼 수 있나요?

그가 사물들을 깊은 눈으로 오랫동안 바라본 후 이상한 말로 그것들과 얘기하고, 고개를 숙여 마음 속의 커다란 비밀을 말하기가 두려운 듯 한숨 쉬던 걸 기억하시나요? 그의 꿈과 믿음을 기억하세요? 한 청년이 어린아이에게 베푼 동정을 기억하시나요? 나의 아버지가 세상의 욕심보다 더 욕심이 많고, 이어받은 권위보다 더욱 강한 권위로 그를 바라보던 걸 모두 기억하시나요?

언니는 인간이 경시당하는 이 세상에서 나는 희생자이자 무지의 희생양이라는 걸 아시겠어요? 언니는, 이 동생이 자신의 가슴 속에 있는 비밀을 말하고 내면의 생각을 쏟아내며 무서운 밤의 적막 속에 앉아 있는 것을 동정하시나요? 언니의 가슴 속에도 사랑이 찾아갔다는 걸 알기 때문에 나는 분명히 언니가 나를 동정하리라는 것도 알고 있어요.

새벽이 왔습니다. 그 처녀는 깨어 있는 동안에 만났던 것보다 더욱 달콤하고 소중한 꿈을 찾기 위해 깊은 잠 속으로 빠져들어갔습니다.

오, 가장 사랑하는 이여, 신이 당신을 축복해 주시기를. 나에게 당신은 그 무엇보다도 소중하고 나 자신에 더욱 밀접한 관계에 놓여 있습니다. 내 속에서는 이 친밀함과 더불어 이러한 감미로움만이 자라고 있을 뿐입니다.

사랑과 미움

소녀의 슬픔

언제나 생명이 죽음이라는 걸 보여주는 두려운 상징 같은 저택이 고요한 밤의 날개 아래 서 있습니다. 시들어 가는 백합이 꽃잎에 기대듯 그 집에는 아리따운 소녀가 부드러운 손으로 머리를 받치고 상아로 된 책상 앞에 앉아 있습니다.

그녀는 스스로 자유의 거대한 생명의 흐름을 느끼고 싶어 감옥의 벽을 뚫기 위해 안간힘을 쓰는 가엾은 죄수 같다고 생각하며 사방을 둘러보았습니다.

그녀는 암울한 분위기에 휩싸여 슬픔으로 마치 밤의 유령처럼 흘러갔습니다. 소녀는 홀로 고통스러운 눈물을 흘리며 고독을 배워 갔습니다. 그녀는 더 이상 괴로움을 참지 못하여 새의 깃털을 잉크에 담아 양피지에 가슴 속의 소중한 비밀들을 눈물로 써내려 갔습니다.

보다 더 성숙하고 존귀한 사랑은 '영원'과 '불멸' 이외의 어떠한 것에도 무너지지 않는 사랑입니다. 이러한 사랑은 신성하며, 경외스럽기까지 합니다. 오직 그 사람만을 위하여 존재한다고 하는 사랑만이 진실된 사랑인 것입니다.

밤길에서

이 세상의 모든 것들이 밤의 무서운 적막으로 암흑에 휩싸였을 때, 나는 죽음의 유령들이 사는 계곡을 홀로 두려움에 떨며 걸어갔습니다.

밤이 깊어지자 유령들이 날개를 퍼덕이며 내게 몰려들었습니다. 거대한 몸으로 공포스러운 유령이 내 앞에 우뚝 서서 나를 유심히 바라보았습니다. 벼락 같은 소리로 그가 말했습니다.

"너는 나를 상당히 두려워하는구나! 너는 가느다란 거미줄보다도 약하기 때문에 그것을 숨길 수 없구나. 너의 이름은 무언가?"

나는 커다란 바위에 기대서서 놀란 정신을 가다듬었습니다. 그리고 떨리는 작은 목소리로 대꾸했습니다.

"내 이름은 압달라입니다. '신의 노예'라는 뜻이지요."

우리는 신이 차려놓은 밥상을 향해 신비로움 때문에 한 발짝씩 다가섭니다. 그러한 것은 분명 추구가 아닙니다. 우리들은 이미 알고 있는 것을 갈망하고 있을 따름입니다. 즉 알고 있다는 것에 바탕을 둔 행동입니다.

사랑과 미움

어제와 오늘

어떤 부자가 정원을 거닐고 있었습니다. 조심스럽게 발걸음을 떼어 놓으며, 그의 머리 위에는 시체를 보고 달려드는 독수리가 있는 듯한 불안에 휩싸였습니다. 그는 인간들이 그림과 조각들로 꾸며놓은 호숫가로 갔습니다. 그 호수 주변에는 하얀 석고로 만든 조각들이 늘어져 있었습니다.

그는 그 곳에 앉아 여인을 연상케 하는 석상의 입에서 물이 졸졸 흐르는 것을 바라보았습니다. 지금 그는 잘 꾸며진 정원에서 처녀의 볼에 난 사마귀처럼 볼록한 곳에 앉아 있는 것입니다.

그의 곁에 기억이 다가와 앉아, 그의 인생 이야기 속에 들어 있는 과거를 그의 눈앞에 펼쳐 보였습니다. 그는 그것을 읽는 동안 쏟아지는 눈물로 앞을 가렸고, 신이 만든 시간의 여울은 그의 가슴에 슬픔을 심어주었습니다. 그는 고뇌에 싸여 말했습니다.

"나는 어제 초록 동산 위에서 양떼를 몰았지. 인생을 즐기며, 파이프를 물고 나의 기쁨에 대해 말했었지. 그러나 오늘은 나

물질의 세계와 정신의 세계 사이에는 꿈같은 황홀한 길이 있습니다. 그 길은 우리에게 닫혀 있으며, 우리는 그 길의 뒤편에 도사리고 있는 무서움을 모르고 있기 때문에 그렇게 생활할 뿐입니다.

는 탐욕의 포로가 되어, 물질은 나를 더욱 큰 부유함으로 이끌었으며, 마침내 더욱 커진 부유함은 슬픔을 잉태하고, 절망을 가져다주었어. 나는 지저귀는 새와 같았고, 이곳 저곳을 자유로이 날아다니는 나비와도 같았지. 들판을 거니는 나의 발걸음은 꽃봉오리 위를 스치는 산들바람보다 더 가벼웠어.

그러나 나는 사람들의 타성 속에 스스로 죄수가 되어 버렸어. 나의 옷 안에서, 식탁에서, 그리고 사람들의 친절과 칭찬을 얻기 위한 모든 행동에서 나는 얼마나 가면을 쓴 채 이기적으로 행동했는가. 나는 나의 이런 모습을 즐기기 위해 태어나기라도 한 듯했어. 그래서 부유함은 나로 하여금 슬픔의 정원을 거닐게 했고, 나는 무거운 황금을 실은 낙타와 같은 신세로 그 무거운 짐에 깔려 죽어가고 있어.

광활한 들판과 흘러가는 맑은 시냇물은 어디 있는가?

또 나의 신성함은 어디에 있단 말인가?

이 모든 것들이 나에게서 떠나갔어. 설혹 지금 내가 비웃을지라도 결국 많은 노예들밖에는 아무것도 남지 않았어. 진정한 기쁨은 사라지고, 내가 지은 궁전 같은 저택은 이미 행복의 분위기를 잃어버렸어.

한때 나는 아름다운 미덕과 친구 같은 사랑, 그리고 동반자로서의 차분함을 지닌 베드윈의 딸과 함께 돌아다니기도 했었지. 그러나 오늘 나는 목을 길게 늘어뜨리고 유혹의 눈초리로 번뜩거리며 목걸이와 거들과 팔찌를 위해 자기 몸을 파는 여인들 사이를 걷고 있다.

지금 우리가 즐거움과 기쁨에 도취되어 있는데도 저 높은 산꼭대기에 올라가서 고뇌와 번민의 깊은 골짜기를 내려다보며 힘껏 소리쳐 보고 싶은 심정은 왜 생겨나는 것일까요?

사랑과 미움

과거에 나는 젊은 친구들과 지냈으며, 우리는 어린 양처럼 나무 사이를 달렸었어. 우리는 함께 행복의 노래를 불렀고, 들과 목장에서 기쁨을 나누었지. 그런데 오늘 나는 탐욕스런 야수들 틈에 있는 어린 양이 되었구나. 내가 거리를 걸을 때마다 증오의 눈들이 나를 바라보고, 시기하는 손가락은 나를 가리키고 있다. 나는 대지의 즐거움 속에서도 잔뜩 찡그린 얼굴들과 우쭐대는 모습들만 볼 뿐이다.

"어제 나는 인생과 자연에 대한 아름다움을 어찌 이해하지 못했는가? 그런데 오늘 나는 오히려 부유함으로 더욱 가난하구나. 어제는 자애로운 지배자로 군중들과 함께 있었지 아니한가? 하지만 오늘은 포악한 군주에게 아첨하는 노예처럼 황금 앞에 서 있다. 나는 내 영혼의 보물을 부유함이 앗아가고 무지의 어두운 동굴로 나를 이끌었음을 알지 못하였네! 게다가 영광이라는 것은 고통과 함정 이외에 아무것도 아니라는 것을 깨닫지 못했었네!"

그런 뒤 그 부자는 자리에서 일어나 그의 저택을 향해 천천히 걸어가며 한숨을 지었고, 애기를 계속했습니다.

"과연 부유함이란 무엇인가? 황금과 보석을 갖고 있는 사람은 신을 섬길 수 없는가? 그렇지 않다면 부유함으로는 인간은 결코 진정한 삶을 구할 수 없단 말인가? 이렇게 많은 돈을 가지고도 여전히 나는 단순한 삶의 목적과 의미를 구하지 못한 것이란 말인가? 누가 나에게 황금의 가치에 관한 훌륭한 생각을

운명은 거대한 문명과 현대의 고통스러운 물살로 다가와 우리를 자연의 푸른 잔디에서 끌어내 도시의 희생물로써 사람들의 거친 발밑에 갖다놓았습니다. 이제 우리 운명은 스스로의 힘으로 그 거대한 벽을 깨고 나아가지 않으면 안 됩니다.

칼릴 지브란과 차 한잔

말해다오. 누가 나에게 아름다움을 보는 눈을 뜨게 해 주는 대신 나의 보석들을 가져갈 것인가?"

그가 저택의 문에 도달했을 때, 예레미야가 예루살렘을 향한 것처럼 그는 자기가 살고 있는 도시를 뒤돌아보았습니다. 그는 그 도시를 향해 선서하듯 손을 높이 들었습니다. 그리고 커다란 목소리로 울부짖었습니다.

"오, 절망의 구렁텅이에서 헤매는 황량한 가슴의 소유자들이여! 과연 누가 비애를 추구하며, 잘못된 판단을 하고, 무지로 이야기한단 말인가? 언제까지 당신들은 엉겅퀴와 가시풀을 먹으며, 과일과 목초를 바닷 속으로 던져버릴 것인가? 언제까지 당신들은 황량하고 외로운 곳에 살며 인생의 정원에서 돌아설 날은 언제인가? 당신들을 위해 언제까지나 비단옷을 만들어 주었는데도 무엇 때문에 당신들은 넝마와 누더기를 입고 있겠는가?

오, 사람들이여! 지혜의 등불은 꺼졌으니 다시 기름을 채워라. 이제는 나그네가 잘 가꾸어진 포도밭을 파괴하니, 그것을 지키도록 힘쓰라. 도둑이 여러분의 평화를 훔쳐가니 주의하라."

그 때 한 가난한 사람이 나타나 보시(布施)의 손을 내밀었습니다. 그 부자는 가난한 사람을 보자 잠시 떨리던 입술이 평온해졌습니다. 그리고 그의 슬픈 얼굴은 환하게 퍼졌으며, 그의 눈은 친절의 미소로 빛났습니다. 그것은 바로 호숫가에서 통곡했던 어제가 오늘은 그에게 기쁨을 가져다준 것입니다. 그는

그대가 갖고 있는 술잔은 도공(陶工)이 갓 구워낸 바로 그 잔이 아닌가요? 그대의 영혼을 달래주는 저 피리는 칼로 파서 만든 바로 그 나무가 아닌가요? 그대가 기쁠 때에는 그대의 마음 속을 깊이 들여다보세요. 그러면 그대는 깨닫게 됩니다.

사랑과 미움

거지에게 다가가 사랑과 우정에서 우러나는 키스를 했고, 그 거지의 손에 돈을 듬뿍 주었습니다. 그리고 그는 연민에 가득 차 말했습니다.

"나의 형제여, 가져가시오. 그리고 내일 당신의 친구들과 같이 다시 와 당신들이 필요한 모든 것을 가져가시오."

가난한 사람은 비가 내린 후 떨어진 꽃과 같은 미소를 머금은 채 서둘러 떠났습니다.

그리고 그 부유한 사람은 저택에 들어가 얘기했습니다.

"심지어 부자까지도 인생의 모든 것은 선한 것이야, 선한 것들은 인간을 깨우쳐 주기 때문이지. 부유함은 악기와 같은 거야. 그 악기는 연주할 수 없는 사람들에게는 그저 주어지는 것일 뿐 그 이상 아무것도 아니지. 부유함이란 사랑과 같은 것이야. 그래서 부유함은 자기를 다룰 줄도 모르면서 자기에게 접근하려고 하는 사람을 파괴하고 말지. 그러나 그 부유함을 자유롭게 나눠주는 사람은 자신의 삶을 아름답게 승화시키는 것이지."

자아의 껍질이 벗겨질 때 우리는 무한한 바다를 느끼게 됩니다. 우리의 본질은 육체에 제한된 것이 아니라 진정한 영혼이며, 우리의 육체가 불태워진 뒤에도 영원히 사그러지지 않을 것입니다.

칼릴 지브란과 차 한잔

하이에나와 악어

　해질 무렵, 나일 강변에서 하이에나가 악어를 만났습니다. 그들은 멈춰 서서 서로 인사를 나누었습니다.

　하이에나가 말했습니다.

　"어떻게 지내시오, 선생?"

　악어가 대답했습니다.

　"나에게는 나쁜 일만 생기는군요. 내가 때때로 고통과 슬픔을 이겨내지 못해 눈물을 흘릴 경우, 사람들은 언제나 '그것은 악어의 눈물이야'라고 쉽게 말해 버립니다. 이런 말 자체가 그 어떤 나쁜 일보다도 나에게 큰 상처를 줍니다."

　그러자 하이에나가 말했습니다.

　"당신은 자신의 고통과 슬픔만을 얘기하는군요. 하지만 나를 보세요. 나는 세상에서 아름다움만을 찾아서 보려 합니다. 그것은 경이롭고 신비한 힘을 가지는 것이죠. 완전한 기쁨을 내게서 빼앗아 간다 해도 나는 햇빛이 미소짓듯 웃습니다. 그러면 밀림에 사는 사람들은 당신에게 말하듯 '그것은 하이에나의 웃음이야'라고 잘라 말하죠."

　우리의 생각들, 우리의 편견과 선입견들과 관념을 비워야 합니다. 그래서 공간을 마련해야 하며, 동시에 정의에 대한 문제도 해결해야 합니다. 그렇게 되면 누구에게도 정의로울 수 있고, 나아가 원수에게조차 정의로울 수 있습니다.

또 하나의 고독

또 하나의 고독

또 하나의 고독

또 하나의 고독

또 하나의 고독

또 하나의 고독

또 하나의 고독

또 하나의 고독

또 하나의 고독

또 하나의 고독

또 하나의 고독

또 하나의 고독
또 하나의 고독
의 고독
또 하나의 고독
또 하나의 고독
또 하나의 고독
또 하나의 고독
또 하나의 고독
또 하나의

3부

나의 고독 저편에는
또 하나의 고독이 있습니다.
그 동떨어진 고독 속에 살고 있는 자에 비한다면
나의 소외는 기껏해야 미세한 먼지에 지나지 않고,
나의 침묵은 한낱 그들의 미약한 소음일 뿐입니다..

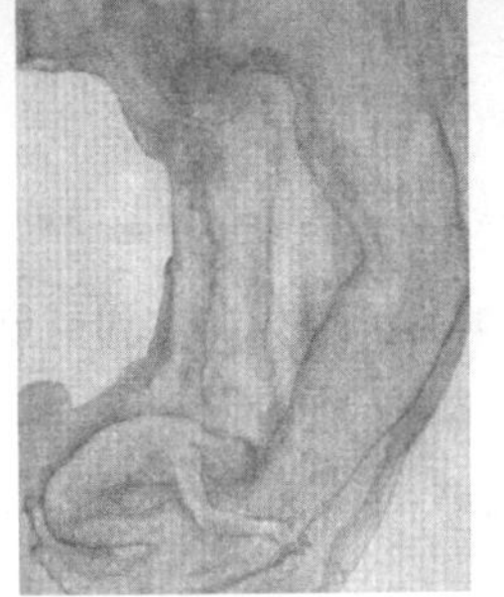

개구리

　어느 무더운 여름날, 개구리 한 마리가 그의 친구에게 말했습니다.

　"밤에 우리들이 흥겹게 노래하는 것이 혹 마을사람들의 밤잠에 방해나 되지 않을까 걱정이야."

　그러자 그의 친구가 대답했습니다.

　"글쎄, 그들이 얘기를 주고받는 낮 동안에는 오히려 우리의 침묵이 부담스럽지 않을까?"

　"그래도 우리들이 한밤중에 지나치게 노래를 많이 부르면 안 될 것 같애."

　"낮 동안에는 사람들이 지나치게 소란을 피운다는 것도 잊어선 안 돼."

　개구리가 다시 말했습니다.

　"그렇다면 하느님께서 금지한 울음 때문에 이웃에게 피해를 주는 식용 개구리에 대해선 어떻게 생각해?"

　그러자 그의 친구가 다시 물었습니다.

　"그래, 그러면 너는 이 마을에 와서 되지도 않는 소리로 시끄

　만일 내가 한 인간의 마음 속에 새로운 한 공간을 열어줄 수 있다면 내가 살아온 생은 헛되지 않을 것입니다. 인생 자체는 사물일 뿐, 기쁨도 고통도 행복도 불행도 아닙니다. 자신만을 위한 삶을 살지 마십시오.

또 하나의 고독

럽게 떠들어대는 정치가나 목사나 과학자에 대해선 어떻게 얘기할 거니?"

개구리가 말했습니다.

"사실, 그런 인간들보다는 우리가 더 나아야지. 밤에는 침묵하자. 설령 달님과 별님이 우리의 노래를 듣고 싶어하더라도 마음 속으로만 노래하자. 적어도 하루나 이틀, 아니 사흘 밤까지 만이라도 침묵을 지키는 거야."

친구가 말했습니다.

"좋아, 좋은 생각이야. 너의 그 아름다운 마음이 어떤 결과를 가져오는지 한번 지켜보도록 하자."

그 날 밤 개구리들은 모두 침묵했습니다.

이튿날 밤도, 사흘째 밤에도 침묵은 계속되었습니다.

그런데 그 사흘째 되던 날 아침, 이상한 일이 생겼습니다. 호숫가에 살고 있는 수다쟁이 여인이 식사를 하러 아래층으로 내려와서는, 그의 남편에게 큰 소리로 말했습니다.

"사흘 동안 계속 한잠도 못 잤어요. 개구리들의 시끄러운 소리가 내 귀 가까이 있을 때는 안심하고 잠이 들었는데 지금은 이상해요. 아마도 무슨 일이 생겼나 봐요. 그들이 침묵해 버린 지 사흘이 지났거든요. 어쩌죠? 난 잠을 이룰 수가 없어 미칠 지경이란 말이에요."

이 얘기를 들은 개구리가 그의 친구에게로 몸을 돌려 미소를 지으며 이렇게 말했습니다.

"침묵을 지키는 우리도 정말 미칠 뻔했지?"

꿈이란 사막의 신기루와 같은 것입니다. 멀리서 바라보면 아름다운 오아시스로 보이지만, 가까이 다가가면 그 신기루는 흔적도 없이 사라져 버립니다.

칼릴 지브란과 차 한잔

그의 친구가 말했습니다.

"맞아. 밤의 침묵이 우리를 무겁게 짓눌렀지. 이제야 깨달았어. 그들이 시끄러움으로 자신들의 공허를 메꾸어 평온을 지키듯, 우리도 우리를 위해서는 노래를 중단할 필요가 없다는 사실이야."

그리고 그 날 밤, 달님과 별님이 개구리들에게 노래를 청하자 그들은 다시 밤의 노래로 불렀습니다.

[어떤 인간도]

어떠한 인간관계도
타인에 대한 소유권도 인정하지는 않습니다.
어떠한 두 개의 영혼도
절대적으로 다른 까닭입니다.

사랑이나 우정을 통해서
두 사람은 단지 나란히 서서
혼자서는 도달하기 어려운 곳을 찾아내려
손을 들어 한 방향을 바라보는 것입니다.

자유는 우리 가슴 속에 있습니다. 어떤 것으로부터의 자유가 아니라 모든 것을 회의하고 질문할 수 있는 자유입니다. 이 의식은 집중적이고 진취적이기에 모든 종류의 의식이나 예속, 그리고 순응 등에서 과감히 벗어날 수 있습니다

131
또 하나의 고독

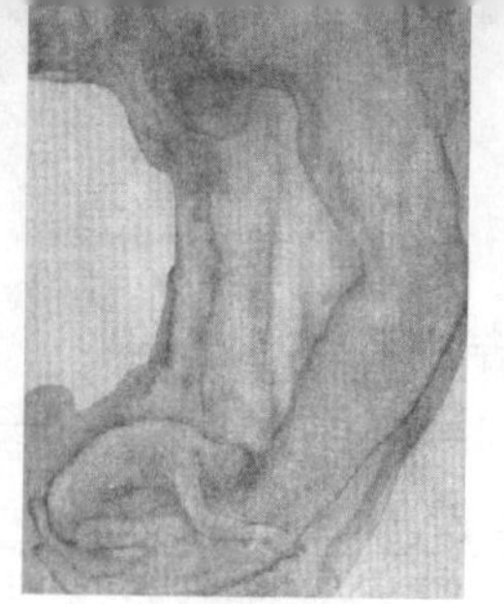

석류

　아주 옛날, 커다란 과수원에서 석류나무를 많이 가지고 있는 한 농부가 있었습니다.

　석류가 익은 가을이면 그는 석류들을 은쟁반에 담아 다음과 같은 쪽지와 함께 문 앞에 놓아두었습니다.

　〈누구든지 한 개씩 가져가시오. 당신을 환영합니다〉

　그런데 많은 사람들이 해마다 그 농부의 집 앞을 지나갔지만, 탐스러운 그 석류는 아무도 집어가지를 않았습니다.

　어느 가을이 되자, 그는 골똘히 생각한 끝에 은쟁반에 석류를 담아 문 앞에 놓아두는 대신 다음과 같은 글을 쓴 큼직한 간판을 높이 내걸었습니다.

　〈이 나라에서 제일 좋은 석류가 있음. 다른 석류보다 좀더 비싸게 팔고 있음〉

　그러자 동네의 모든 사람들이 석류를 사기 위해 앞다투어 그의 과수원으로 달려왔습니다.

　자아 의식은 삶의 움직임 속에서 매순간마다 응답하고 있는, 깨닫고 있는 존재 속으로 찾아오는 것입니다. 의지는 자율적인 생각들을 짓밟으며 일어나는 것입니다. 그러므로 의지란 바로 욕망의 필수적인 요소입니다.

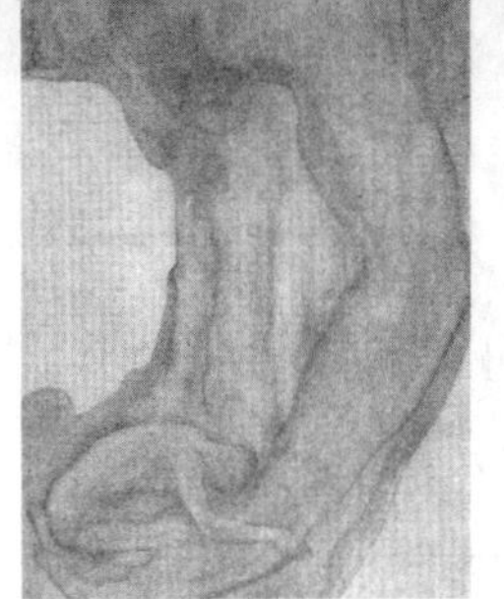

비평가

해가 질 무렵, 말을 타고 바다를 찾아다니며 방랑하던 한 남자가 길가의 어느 숙소에 이르렀습니다.

그는 말에서 내려 모든 여행자들이 그러하듯 문 옆에 있는 나무에 말을 매고 여관으로 들어갔습니다.

모두가 잠든 한밤중에, 도둑이 와서 그 여행자의 말을 훔쳐갔습니다. 아침에 잠에서 깨어난 그 남자는 자기 말이 없어진 것을 알고 하필이면 도둑이 자기의 말을 훔쳐갔다는 사실에 슬퍼했습니다.

그러자 같이 머물렀던 사람들이 그의 주위에 둘러서서 제각기 한 마디씩 말을 뱉기 시작했습니다.

첫 번째 사람은 말했습니다.

"마굿간 밖에다 말을 매어둔 당신이 어리석었소."

두 번째 사람이 말했습니다.

"더욱 어리석은 것은 그 말의 다리를 묶어두지 않았다는 것이오."

세 번째 사람이 말했습니다.

우리는 추한 것으로부터 무디고 무감각해지기를 원하며, 그렇게 함으로써 역시 우리 자신을 아름다운 것에 대하여 둔감하도록 만듭니다. 죽은 것이나 살아 있는 것의 권위에 대한 순응은 야릇한 만족을 주기도 하기 때문입니다.

133

"바다에 오는 사람이 말을 타고 오다니, 그건 아무래도 바보 같은 짓이오."

네 번째 사람이 말했습니다.

"게으르고 걸음이 느린 사람만이 말을 타는 법이지."

이런 얘기를 다 듣고 난 여행자는 매우 놀라 사람들을 향해 말했습니다.

"여러분, 내 말이 도둑맞은 일로 인해 이렇게도 빨리 당신들이 나의 결점과 잘못을 알아내는군요. 그런데 왜 아무도 내 말을 훔쳐간 도둑에 대해서는 한 마디도 비난을 하지 않지요?"

인생이 즐거움으로만 가득 찬 것은 아니다.
인생은 소망이며 결단이다.

우리 인생에서 가장 귀한 두 가지 보배는 아름다움과 진실입니다. 그 아름다움은 사랑으로 충만한 마음 속에서 찾을 수 있고, 진실은 땀 흘려 일하는 사람의 손에서만 볼 수 있습니다.

칼릴 지브란과 차 한잔

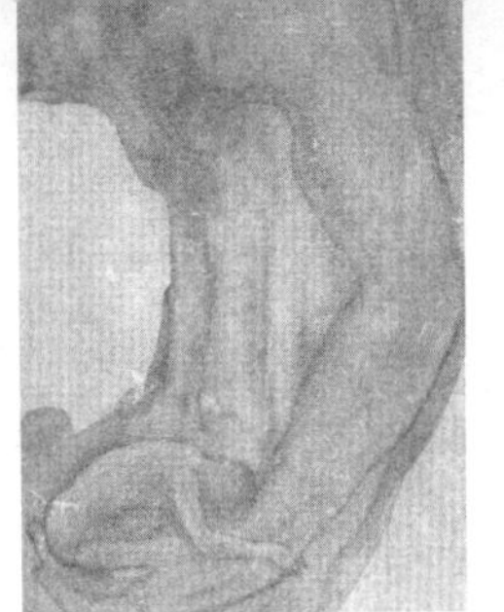

노예와 고양이

　옥좌에서 잠을 자고 있는 늙은 여왕을 위해 노예 네 명이 서서 부채질을 하고 있었습니다.

　여왕은 코를 골기 시작했고, 여왕의 무릎 위에 엎드려 있던 고양이도 졸리운 눈으로 노예들을 바라보고 있었습니다.

　첫 번째 노예가 말했습니다.

　"이 늙은이의 잠자는 모습 좀 봐. 참 흉칙하기도 하지. 축 늘어진 저 입술, 그리고 헐떡거리는 모양은 마치 악마가 목을 조르는 형상이잖아."

　고양이가 노예의 말을 듣고 그르릉거리며 말했습니다.

　"아무리 그래도 잠도 못 자는 네 팔자보다 여왕의 자고 있는 모습이 훨씬 낫지."

　두 번째 노예가 말했습니다.

　"당신 생각엔 잠이 여왕의 주름살을 펴줄 것 같나요? 오히려 주름살을 더욱더 깊이 파놓을 것 같지는 않아요? 분명 악마의 꿈을 꾸고 있는 것 같은데?"

　고양이가 말했습니다.

　우리는 자신들이 얼마나 보잘것없는 존재인가를 알고 있습니다. 우리는 서로를 이해하려 하지 않지만, 서로를 알고 있습니다. 하지만 타인과 진실을 이야기하려 하지 않고, 단지 형식적인 의사 소통만 할 뿐입니다.

또 하나의 고독

"그렇담 네가 잠을 잘 때 너는 자유로워지는 꿈을 꾼다는 말 인가?"

세 번째 노예가 말했습니다.

"아마 여왕은 자기가 죽인 사람들이 모조리 모여드는 광경을 보고 있는 중일 거야."

또 고양이가 그르릉거리며 말했습니다.

"맞아, 여왕은 네 조상들과 또 네 후손들의 행렬을 보고 있는 거야."

네 번째 노예가 힘겹게 말했습니다.

"여왕에 대한 험담도 좋지만, 그런다고 이렇게 서서 부채질하 는 이 피로가 줄어들지는 않아."

고양이가 그르릉거렸습니다.

"너는 영원히 부채질을 해야 할걸. 왜냐 하면 지상에서 이루 어진 대로 하늘에서도 이루어지니까."

그 순간, 늙은 여왕이 잠결이 몸부림을 치다 쓰고 있던 왕관 이 바닥으로 굴러 떨어졌습니다

그러자 한 노예가 말했습니다.

"저것은 흉조의 표시야."

고양이가 그르렁거렸습니다.

"어떤 것의 흉조는 다른 것의 길조가 되기도 해."

두 번째 노예가 말했습니다.

"여왕이 깨어나 자신의 왕관이 떨어진 걸 보면 어쩌지? 그녀 는 우리들을 죽여 버릴 거야."

우리의 아이들이 복종과 노예 근성으로부터 벗어나도록 길을 인도해 주 십시오. 그들이 자유롭도록 도와주십시오. 인생의 자유와 표현의 자유보다 더 높은 가치가 없다는 것을 그들에게 가르쳐야 합니다.

칼릴 지브란과 차 한잔

고양이가 그르릉거렸습니다.

"네가 태어난 후로 여왕은 하루도 빠짐없이 노예들을 죽여왔잖아. 그것을 네가 모를 리 없을 텐데."

세 번째 노예가 말했습니다.

"그래, 여왕은 우리를 죽여 버릴 거야. 그러고는 신에게 제사를 드렸다고 얘기하겠지."

고양이가 그르릉거렸습니다.

"약한 자만이 신의 제물이 되는 법이야."

그러자 네 번째 노예가 친구들에게 조용히 하라고 이른 뒤, 떨어진 왕관을 살며시 집어 여왕이 잠에서 깨어나지 않도록 조심하며 그녀의 머리 위에 다시 얹어놓았습니다.

고양이가 그르릉거렸습니다.

"오직 한 명만이 떨어진 왕관을 원상태로 복귀시켜 놓았군."

잠시 후, 늙은 여왕이 잠에서 깨어났습니다. 그녀는 주위를 둘러보고 나서 하품을 하며 말했습니다.

"아마 내가 꿈을 꾸었나 봐. 오래 된 참나무 줄기에서 송충이 네 마리가 전갈에게 쫓기고 있었는데…… 꿈이 영 마음에 안 든단 말야."

그러고는 다시 눈을 감고 잠을 청했습니다. 여왕은 금방 코를 골았고, 네 명의 노예들은 계속 부채질을 했습니다.

고양이가 그르릉거렸습니다.

"부채질을 해라, 부채질을. 이 멍청한 것들아, 너희들은 기껏

지상의 모든 것은 각자의 궤도에 따라 삽니다. 그 질서정연함으로 자유의 영광과 환희가 펼쳐집니다. 그러나 인간에게만 이 축복이 거부되고 있습니다. 인간은 사회의 법을 만들어 그의 영혼을 옭아매고, 육체와 영혼을 가혹하게 단죄합니다.

137

또 하나의 고독

너희들을 순식간에 태워 버릴 불길한테 부채질을 하고 있구나!"

그대여,
당신은 아십니까?
폭풍우 속에 그토록
나를 감동시키는 그 무엇이 있는가를.

폭풍우가 휩쓸고 지날 때,
어찌하여, 나는
더욱 강해지고
삶에 대한 확신은
더욱 커지는 것입니까?
나는 그것을 알지 못합니다.
그러나,
폭풍우를 사랑합니다.
자연 속의
그 어떤 물상보다도
몇 배나 더 사랑합니다.

- 1912년 8월 14일 칼릴 지브란 -

죽음은 피할 수 없는 현실입니다. 돌이킬 수 없는 불멸의 진리입니다. 연속이란 그 끝이 있으며, 조장되거나 유지될 수도 있습니다. 하지만 연속성을 가진 것은 결코 그 자체를 새롭게 할 수도 없고, 미지의 것을 이해할 수도 없습니다.

칼릴 지브란과 차 한잔

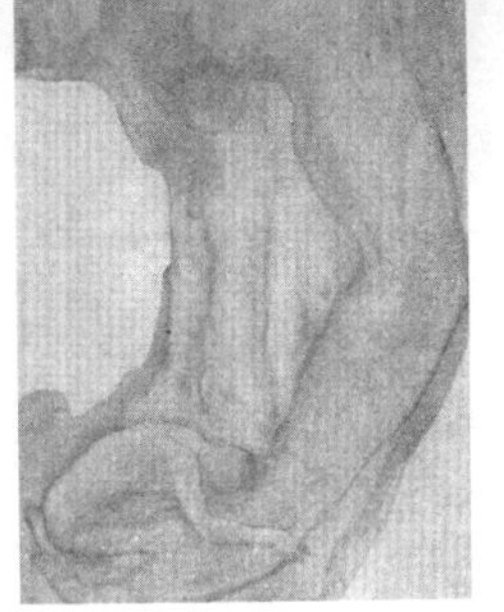

옷

어느 날, 바닷가에서 미(美)와 추(醜)가 우연히 만났습니다.

"여기에서 우리 목욕이나 하자."

그들은 서로 의견의 일치를 보았습니다.

잠시 후, 추가 해변으로 돌아오자 미의 옷으로 바꿔 입고는 자신의 길로 당당하게 걸어갔습니다.

그리고 얼마 후 미가 바다에서 나왔지만 자신의 옷을 찾을 수가 없었습니다. 그녀는 벌거벗고 있는 것이 너무나 부끄러워서 할 수 없이 추의 옷을 입었습니다. 그리고 미도 자신의 길을 걸어갔습니다.

이 때부터 지금까지 사람들은 눈에 보이는 대로만 상대방을 잘못 평가하고 착각하면서 살고 있습니다.

가끔은 미의 얼굴을 본 사람도 있습니다. 그녀의 추한 겉모습에도 불구하고 그들은 미를 알아봅니다.

그리고 어떤 사람은 추의 얼굴도 알게 됩니다. 아무리 옷이 감추어도 그들의 눈은 피하지 못합니다.

미(美)에 대한 숭상은 우리 자신 속에 있는 허영입니다. 만일 우리가 '있는 그대로의' 자신의 존재를 깨달아 알고 있다면 그렇게 되지는 않습니다. 미에 대하여 추구하는 자들은 단지 자신들의 거울 속 모습만을 숭배하고 있을 뿐입니다.

139

또 하나의 고독

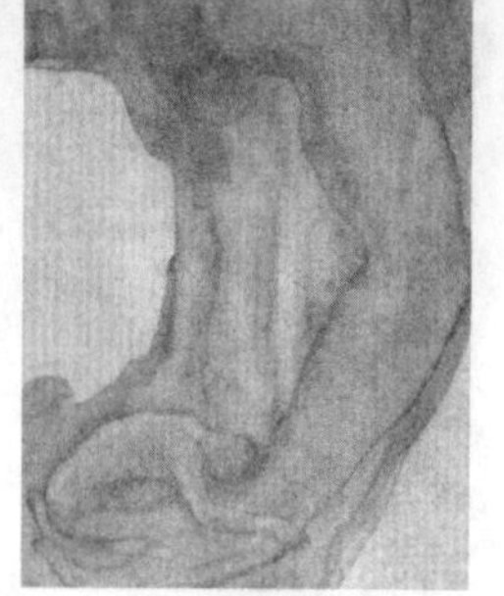

무희

옛날 버카샤 왕자의 궁전으로 한 무희가 여러 명의 악단을 이끌고 왔습니다. 그녀는 궁전에 들어오는 것이 어렵사리 허락되어 왕자 앞에서 여러 악기의 연주에 맞춰 신비스러운 춤을 추었습니다.

그녀는 불꽃춤과 칼춤과 창춤을 추었고, 별들의 춤과 우주의 춤도 추었습니다. 그러고서 그녀는 바람 속에서 이리저리 한들거리는 꽃들의 춤도 추었습니다.

춤을 추고 난 뒤 그녀는 왕자가 앉아 있는 자리로 다가가 왕사에게 정중히 몸을 굽혀 인사했습니다. 왕사는 그녀를 가까이 오게 하여 다정스럽게 말했습니다.

"아름다운 여인이여, 우아함과 기쁨의 딸이여, 그대의 예술은 어디에서 생겨 나오는 것인가? 그대는 리듬과 운율의 모든 요소를 어떻게 지휘하는가?"

무희는 왕자에게 다시 한 번 절하고 이같이 대답했습니다.

"위대하고 자애로우신 왕자님, 왕자님께서 궁금해하시는 점에 대해서는 답변을 할 수 없군요. 철학가의 혼은 다만 그의 머릿

이 세상엔 아메나 여신의 비밀을 알 만한 사람이 한 명도 없습니다. 마치 바다 밑바닥을 마치 정원을 거닐 듯 돌아다닐 만한 인간이 없는 것과 똑같은 이치입니다. 지혜의 바다에 더 깊이 잠기십시오.

칼릴 지브란과 차 한잔

속에서만이 꿈틀거리고 있을 뿐입니다. 그리고 시인의 혼은 그의 가슴에, 성악가의 혼은 그의 뱃속에 자리해 있을 뿐이지요. 그러나 무용가의 혼은 그의 온몸 안에 머물고 있답니다."

사랑하는 친구여,
시는 신성한 미소의 화신,
그대 눈에 고인 눈물을 말려주는 한숨,
그대 마음속에 사는 영혼이다.
시는 그대의 마음을 먹고
그대가 품은 사랑을 마시며
그대 가슴속에서 자라난다.
그렇지 아니한 것은 거짓 구원일 뿐이다.

자연은 보이지 않는 신의 보이는 실체라고 할 수 있습니다. 그의 손이 아무리 가차없이 냉정할지라도 세상의 본질 그 자체에 의해서 인도되고 있으므로 염려할 필요가 없습니다.

141

또 하나의 고독

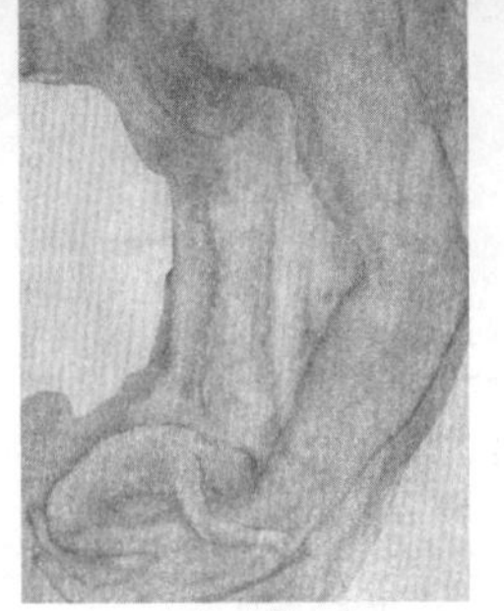

허 리 띠

길에서 만난 두 사람이 어느 날 칼럼의 도시인 살리미스를 향해 걸어가고 있었습니다. 한가로운 한낮에 넓은 강에 도착했습니다. 그런데 그 곳엔 강을 건널 다리가 없었습니다. 그들은 헤엄을 치거나, 아니면 그들이 알지 못하는 다른 길을 찾아야만 했습니다.

그들은 서로 말했습니다.

"우리 헤엄을 쳐서 건너지요. 강이 그렇게 넓지는 않으니까."

그들은 강물로 들어가 헤엄을 쳤습니다.

평소에 강과 물길을 잘 안다고 뽐내던 사람은 강 중간쯤에서 격류에 휩쓸려 갑자기 몸을 가눌 수 없게 되었습니다. 그러나 헤엄을 칠 줄 모른다던 또 한 사람은 그 동안 강을 건너 건너편 언덕에 서 있었습니다.

그 때 그의 동료가 아직 물에서 허우적거리는 걸 보고, 그는 다시 강에 몸을 던져 그를 무사히 강가로 끌어냈습니다.

급류에 휩쓸렸던 사람은 말했습니다.

"당신은 헤엄칠 줄 모른다고 말했었는데, 어떻게 그렇게 쉽게

일상을 살며 우리는 편견과 쉽게 친숙해져 갑니다. 똑같은 행위가 어떤 경우에는 옳고 다른 경우에선 그릇된 것일 수 있기 때문입니다. 행동 하나만으로는 한 인간의 인생을 평가할 수 없습니다.

칼릴 지브란과 차 한잔

저 강을 건넜지요?"

두 번째 사람이 대답했습니다.

"내가 찬 이 허리띠가 보이세요? 이 속엔 내 아내와 아이들을 위해 일년 내내 일해서 번 금화들로 가득 차 있다오. 이 황금 허리띠의 무게, 내 아내와 아이들이 내 어깨에 힘을 불어넣어 건널 수 있었던 거예요."

그 두 사람은 살라미스를 향해 함께 계속 걸어갔습니다.

때로 마음속에

어느 산꼭대기

세상에서 가장 거센

폭풍우가 휘몰아치는 마을에

사는 모습을 그려보곤 합니다.

과연

그러한 곳이

지상에 있을까요?

만약 그러한 곳이 존재한다면,

언젠가 돌아가

시와 그림 속에

온통 내 영혼을

쏟아 부으련만.

- 1914년 3월 1일 칼릴 지브란 -

눈을 감으면 내면의 눈이 뜨이므로 당신은 존재의 끝과 시작을 알게 될 겁니다. 그 존재는 시작의 끝이 되고, 동시에 그 끝의 시작이 되는 겁니다. 이 때 우리는 자연의 섭리를 알게 되며, 진리의 위대함을 이해하게 됩니다.

143

또 하나의 고독

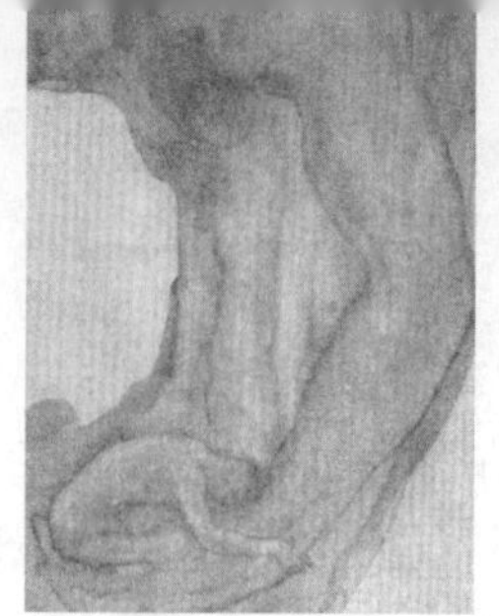

석류의 씨앗

내가 석류 속 한가운데서 살고 있을 때였습니다. 어느 날 씨앗 하나가 말하는 소리가 들렸습니다.

"나는 커서 언젠가 나무가 될 거야. 그러면 자연의 기쁨이 나를 찾아오겠지. 그렇게 되면 나는 사시사철 내내 꿋꿋하고 아름답게 서 있겠지."

그러자 다른 씨앗이 말했습니다.

"너만 할 때는 나도 그런 생각을 갖고 있었지. 하지만 세상의 이치를 알 만큼 터득하고 나서 지금에 생각해 보니 너 같은 생각은 헛된 망상일 뿐이더군."

이번에는 세 번째 씨앗이 말했습니다

"아무렴, 그렇게 멋진 미래를 기대할 만한 요소가 우리들 속에는 아무것도 없잖아."

네 번째 씨앗이 말했습니다.

"그렇지만 우리에게 더 나은 미래가 없다면 이렇게 살아간다는 게 무슨 소용이 있으며, 삶의 의미는 또 어디에서 찾아야 하지?"

장밋빛 미래는 쉽게 우리를 향해 팔 벌리지 않습니다. 현재의 위안인 미래는 우리에게 자유를 가져다주는 동시에 죽음을 가져다줄 것입니다. 왜냐하면 현재에 대해선 전혀 신경을 쓰지 않았기 때문입니다

칼릴 지브란과 차 한잔

다섯 번째 씨앗이 말을 받았습니다.

"현재의 우리들 자신에 대해서도 정확히 모르면서 미래를 꿈꾼다는 것은 소용없는 일이야. 왈가왈부 추측해 봐야 미래에 대한 불확실한 것 뿐이야."

여섯 번째 씨앗이 말했습니다.

"현재 우리의 모습이 어떻든지 간에 우리는 계속 이 모양으로 살아갈 수밖에 없잖아?"

그러자 일곱 번째 씨앗이 말했습니다.

"우리의 미래가 어떻게 전개될지 어렴풋이 알긴 알겠는데 그걸 말로 표현하자니 참……"

그 말을 이어 수없이 많은 석류 씨앗들이 모두 나서서 한 마디씩 지껄여대는데, 누가 무슨 말을 어떻게 했는지 도무지 알아들을 수가 없었습니다.

그래서 나는 그 날로 당장 석류 속을 떠나 무화과 속으로 자리를 옮겼습니다. 거기엔 씨앗이 별로 없으니 참으로 조용했습니다.

우리의 존재 전체를 이해하게 되는 날에는 더 이상 죄인도 성자도 없다는 것을 알게 될 것입니다. 죄인과 성자라는 것은 허구적인 연극적 인물의 형상화에 지나지 않습니다.

145
또 하나의 고독

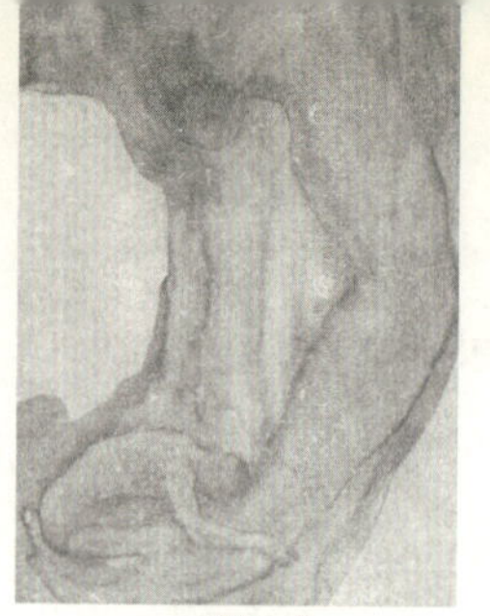

개미

어떤 사람이 따뜻한 햇빛 아래서 달콤한 낮잠을 자고 있었습니다. 그런데 그 때 그 사람의 콧잔등 위에서 개미 세 마리가 서로 만났습니다. 개미들은 제각기 자기의 관습대로 인사를 나누며 이야기를 주고받게 되었습니다.

첫째 개미가 말했습니다.

"여기 이 언덕과 들판은 지금껏 내가 본 곳 중에서 가장 메마른 곳이군. 하루 종일 찾았지만 곡식이 한 알 보이지도 않는군."

그러자 둘째 개미가 말했습니다.

"맞아. 나도 구석구석 돌아다니며 오솔길까지 다 뒤져보았지만 먹을 것이라곤 눈 씻고 찾아봐도 보이지 않아. 내 생각엔 이 곳은 우리의 친구들이 말한, 쓸모 없는 불모지가 틀림없는 것 같아."

그러자 셋째 개미가 고개를 들더니 말했습니다.

"혹시 우리는 지금 헤아릴 수 없이 전지전능하신 개미신(神) 위에 서 있는 건 아닐까? 그분의 몸은 어찌나 큰지 우리는 볼

기억이란 우리가 지니고 있는 이미지로서, 그 이미지들의 형상화 과정에서 모순과 갈등이 생기게 됩니다. 우리의 삶은 추상이 아닌 아주 현실적인 것이라는 이미지로서 그것을 만날 때 비로소 여러 문제가 해소됩니다.

칼릴 지브란과 차 한잔

수도 없고, 또 그분의 그림자는 한없이 넓어서 그 시작과 끝을
알 수 없다잖아. 그 목소리는 너무나 우렁찬 나머지 우리는 전
혀 들을 수도 없잖아. 그분은 이 세상 어디에나 현존해 계시는
분이 아닐까?"

그대의 행복 안에
나,
지극히 행복합니다.

그대에게 행복은
일종의 자유,
내가 아는 모든 이들 중에
그대는 가장 자유로운 사람입니다.

이 행복과 자유는
그대 스스로 얻어낸 것.
생이 그대에게 늘
감미롭고 친절하기만 했을 리 없거늘,
그대야말로
그대의 삶에
그토록 부드럽고 다정했던 까닭에.

- 1923년 1월 24일 칼릴 지브란 -

얼마나 오랜 세월을 우리는 타인의 멸시에 찬 웃음 때문에 고통받아야
합니까? 우리의 육체를 에워싼 숲은 아직도 우리를 풀어놓지 않고 있습니
다. 우리는 얼마나 불가사리와도 같은 번식을 하는 숲 속을 헤매야 합니까?

147
또 하나의 고독

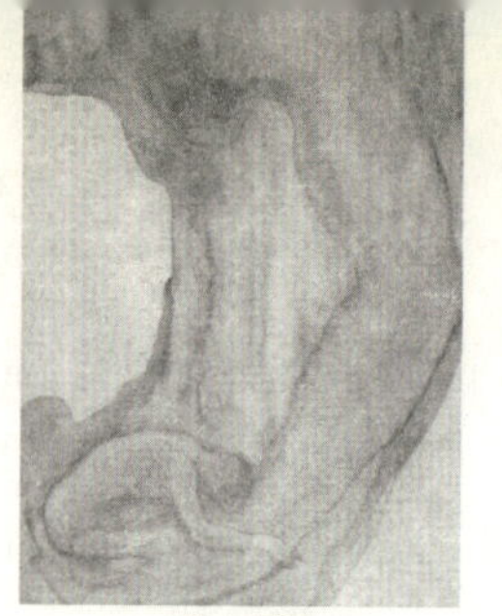

시냇물

죽은 자식을 생각하며 슬퍼하는 미망인처럼 시냇물이 비탄에 빠져 우는 소리를 듣고 나는 물었습니다.

"오, 가여운 시냇물아, 왜 울고 있니?"

시냇물이 대답했습니다.

"인간들이 나를 경멸한 나머지 독한 술로 만들고, 쓰레기를 치우는 청소부로 만들며, 나의 순수함을 파괴시켜서 내 선함을 오염시키는 도시로 가라고 명령했어요."

이번엔 새들이 슬피 우는 소리를 듣고 물었습니다.

"왜 그렇게 크게 우니, 아름다운 새야?"

새 한 마리가 내 곁으로 날아와 말했습니다.

"우리가 마치 그들의 적이나 되는 듯이 아담의 자손들이 무기를 들고 싸우러 이 곳으로 올 거예요. 우리는 제각기 떠나야 해요. 누군가는 인간의 분노를 피할지도 모르니까요. 우리가 가는 곳이면 어디나 죽음이 쫓아오지요."

지금 산꼭대기에서 태양이 솟아올라 나뭇가지 끝을 화환 모양의 금빛으로 장식했습니다.

우리가 전혀 의식하지 못하는데도 위안을 주는 이 신비로운 힘은 과연 무엇일까요? 이처럼 험한 인생길 위에서, 저 빛나는 태양을 마주 바라보며 환희와 즐거움 속에 서 있게 하는 것은 무슨 이유일까요?

칼릴 지브란과 차 한잔

나는 이 경이로운 아름다움을 바라보면서 스스로에게 물었습
니다.
"인간은 왜 자연이 만들어 놓은 것을 파괴하려 하는가?"

그의 문체는 좋아하지만
그의 사상은 좋아하지 않아,
라고 우리가 말할 때,
우리는 무심코
자기 모순에 빠지고 맙니다.

문체와 사상은
하나인 것입니다.

- 1912년 6월 2일 메리 해스켈 -

뜨락에 핀 장미꽃 넝쿨이 힘을 가지고 있습니까? 장미꽃은 아름다울 뿐,
힘이 있는 것이 아닙니다. 그 가시는 아름답지 못하지만, 힘이 있습니다.
조금만 강한 바람이 불어도 장미꽃은 상처를 입습니다.

149
또 하나의 고독

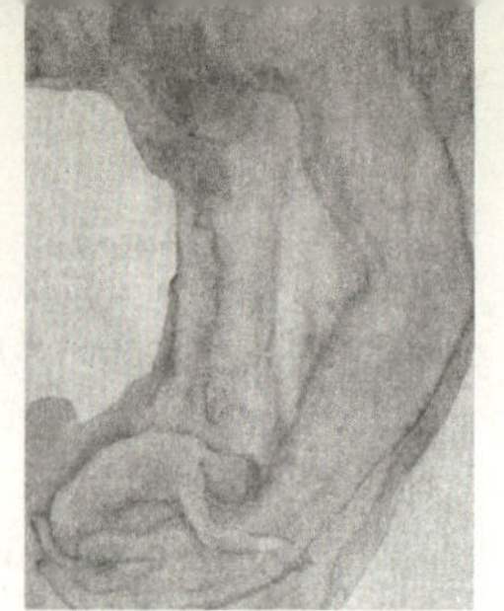

풀과 그늘

6월의 어느 날, 풀이 느릅나무 그늘에게 말했습니다.

"당신은 너무 자주 오른쪽으로 옮겼다 왼쪽으로 옮겼다 하는 군요. 당신은 나의 평화를 깨뜨려 놓는군요."

그늘이 대답했습니다.

"그건 나 때문이 아니랍니다. 위를 보세요. 해와 땅 사이에 사방으로 바람 따라 움직이는 나무가 있잖아요."

그래서 그 풀은 위를 쳐다보았습니다. 그리고 처음으로 그 나무를 보았습니다. 풀은 마음 속으로 중얼거렸습니다.

"아니, 저것 좀 봐. 나보다 더 큰 풀이 있잖아."

풀은 그만 입을 다물었습니다.

자아란 이상이자 한 형틀이며 기억의 모임입니다. 각자의 충족이란 이상과 경험이 더욱더 멀리 지속되기를 바라고 있습니다. 경험이란 항상 환경적인 것이며, 경험하는 사람은 언제나 경험으로부터 자기 자신을 분리하고 구별합니다.

칼릴 지브란과 차 한잔

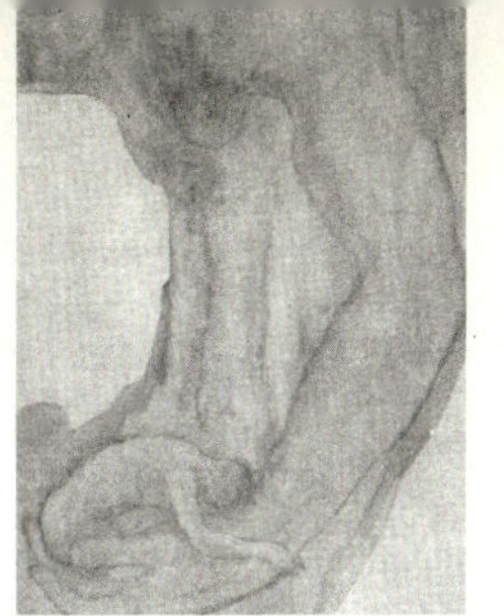

큰 길

  깊은 산골에 어머니와 아들이 살고 있었습니다. 아들은 그녀의 첫 아이였고, 하나밖에 없는 자식이었습니다.

  그러던 어느 날, 그 소년이 열병으로 죽었습니다.

  어머니는 슬픔으로 미칠 듯했습니다. 그녀는 의사에게 울부짖으며 간청했습니다.

  "제발 말해 주세요, 아이의 걸음을 멈추게 하고, 아이의 노래를 끝나도록 한 것은 무엇이었나요?"

  의사가 말했습니다.

  "열병이었소."

  어머니가 물었습니다.

  "열병이란 무엇인가요?"

  의사가 말했습니다.

  "나는 그것을 설명할 수 없어요. 그건 육체에 박혀 있는 너무나 작은 존재일 뿐이라서 인간의 눈에는 보이지 않습니다."

  그리고 의사는 그녀 곁을 떠났습니다. 그녀는 혼자 계속해서 되뇌이곤 했습니다.

  생명 창조의 근본 법칙은 우리의 눈을 고정 관념이나 선입견으로부터 깨끗이 씻어내는 데 있습니다. 눈이 완전히 씻어지기 전에는 결코 비밀이 우리 앞에 모습을 드러내지 않습니다.

151

또 하나의 고독

"무한히 작은 존재, 인간의 눈으로는 그것을 볼 수 없다고?"

저녁때 목사가 그녀를 위로하러 왔습니다. 그녀는 눈물을 흘리며 물었습니다.

"아아, 나는 하나밖에 없는 아이를 왜 잃어야 했을까요?"

목사가 대답했습니다.

"그건 신의 뜻입니다."

그 여자는 물었습니다.

"신은 무엇인가요? 그리고 어디에 있나요? 그분 앞에서 내 가슴을 찢고, 그분 발 아래에 내 가슴의 피라도 쏟아놓고 싶어요. 신을 만나야겠어요. 진정 그분은 어디 있나요?"

목사가 말했습니다.

"신은 광대한 영역 속에 존재합니다. 그분은 우리 인간의 눈으로는 결코 볼 수 없습니다."

그러자 그 여자는 외쳤습니다.

"무한히 큰 것의 의지에 따라 무한히 작은 것이 내 아들을 죽였군요. 그러면 우리는 무엇인가요? 우리는 대체 무엇인가요?"

그 때 그 어머니가 죽은 아들의 수의를 가지고 방으로 들어갔습니다. 그녀는 수의를 움켜잡고 말했습니다.

"아들아, 우리 자신은 무한히 작고 무한히 큰 것이란다. 우리는 그 둘 사이에 존재하는 길이란다."

우리는 인생의 아름다움과 신비함을 깨닫고, 영원하고 전능하신 신의 존엄성과, 영혼 깊숙이 숨겨진 진실을 찾으려는 천진무구한 어린이로 태어난 선택받은 자들입니다. 아름다운 이 세상에.

칼릴 지브란과 차 한잔

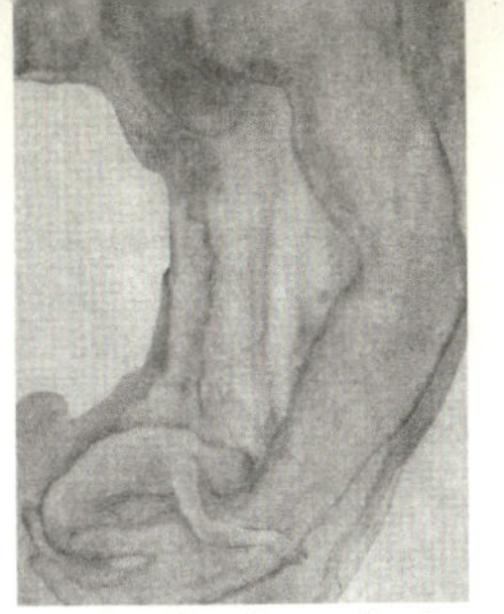

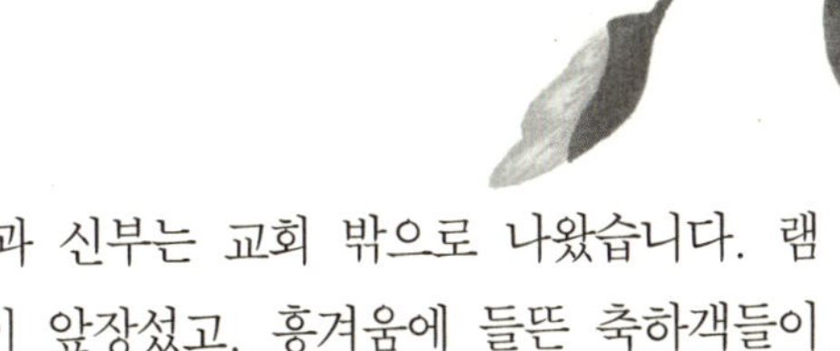

결혼식을 마치고 신랑과 신부는 교회 밖으로 나왔습니다. 램프와 횃불을 든 사람들이 앞장섰고, 흥겨움에 들뜬 축하객들이 그 뒤를 따랐습니다.

축하 행렬이 신부의 집 앞에 다다랐습니다. 그 집은 고급 카페트와 호화로운 가구, 그리고 향기로운 나무로 잘 꾸며져 있었습니다. 신랑 신부가 자리에 앉자 손님들은 비단 양탄자나 벨벳이 덮인 의자에 앉았습니다.

그 넓은 실내는 사람들로 가득 찼고, 하인들은 축하객들에게 포도주를 대접하기 위해 분주하게 움직였습니다. 여기저기서 들려오는 유리잔 부딪치는 소리는 기쁨과 환희의 분위기에 환상적으로 잘 어울렸습니다.

이어서 축하곡을 연주할 악사들이 자리를 잡았습니다. 그들의 음악은 아름다운 멜로디와 반복되는 경쾌한 후렴으로 축하객들을 도취시켜 분위기를 더욱 흥겹게 했습니다.

그러자 여인들이 자리에서 일어나 춤을 추기 시작했습니다. 여인들은 마치 가녀린 꽃잎이 바람에 흔들거리듯 음악의 리듬

행복은 결코 우리의 눈에 보이지 않습니다. 행복이란 진행되거나 발견되는 것이 아니기 때문입니다. 감성은 잃어버렸다가도 다시 발견할 수 있지만, 그러나 행복은 감성처럼 끊임없이 반복되는 것이 아닙니다.

또 하나의 고독

에 맞추어 감미롭게 하늘거렸습니다.

여인들의 옷자락은 구름 위에서 춤을 추는 달빛처럼 물결치며 가물거렸습니다. 사람들의 시선은 여인들의 하늘거림에 함께 뛰어들고 싶어할 정도로 뜨겁게 불타올랐습니다.

잠시 후, 축하객들은 모든 욕망을 포도주 잔에 묻은 듯 포도주를 마시는 데에 열중했습니다. 그들의 움직임에는 삶의 생기가 돌았고, 목소리는 점점 커져 한껏 설레이고 있었습니다.

이제 윤리 같은 철저한 무장은 풀어지고 마음 속에서는 혼란스런 요인들만 들어찼습니다. 메마른 영혼에 불붙은 가슴이 포도주로 흥분된 나머지 마침내 신부의 집 안팎에 있었던 모든 사람들은 마치 신령의 손에 들려 있는 줄 끊어진 하프처럼, 거칠게 잡아 뜯기어 불협화음을 내는 것같이 소란스러워지기 시작했습니다.

거기에는 너무나 아름다워 볼수록 황홀케 하고 흥분하게 만드는 소녀에게 은근한 사랑을 남몰래 전하려는 소년이 있는가 하면, 감미로운 찬사와 아름다운 글귀를 모두 동원해서 사랑하는 연인에게 읊어줄 말을 꾸미고 있는 청년도 있었습니다.

또 한쪽에서는 중년의 남자가 연이어 술잔을 비우며, 악사들에게 자신의 젊은 시절 향수에 젖은 음악을 들려달라고 간곡히 청하는 모습도 보였습니다.

그리고 다른 구석에서는 한 쌍의 남녀가 서로에게 사랑스런 눈길을 나누고 있었고, 한쪽에선 세월의 흐름으로 백발이 된 할머니가 미소지으며 여럿이 어울려 재잘거리고 있는 처녀들을

우리들은 고통과 쾌락에 대한 싸움을 동시에 하고 있습니다. 우리들의 욕구가 삶에 그런 감각을 불어넣고 있습니다. 그러나 그런 외로운 움직임에는 스스로 항상 새로워지려는 마음이 창조됩니다.

칼릴 지브란과 차 한잔

찬찬한 눈길로 훑어보며 외아들의 신부감을 열심히 고르고 있었습니다.

한쪽 창가에서는 남편이 술에 취한 틈을 타 오랜만에 다른 남성과 밀회를 즐기는 부인도 있었습니다.

사람들은 이렇게 포도주와 환락의 바다에 빠져 모든 것을 잊어버린 채, 지금 이 순간을 놓치지 않으려고 기쁨과 즐거움이 넘치는 도도한 급류에 마음껏 휩쓸리고 있었습니다.

그러나 막상 곱게 단장한 신부는, 마치 아무런 희망도 없는 죄수가 감옥의 회색 벽을 바라보는 듯한 슬픈 눈으로 이 모든 광경을 지켜보며, 이따금 소란한 방의 한 구석에 눈길을 보내곤 했습니다. 그 곳에는 스무 살 가량의 한 젊은이가 축하객들과 동떨어져 상처를 입은 새처럼 홀로 외로이 앉아 있었습니다.

그 젊은이는 팔짱을 낀 채 두 눈을 그 방에 있는 어떤 것에 고정시키고 있었습니다. 마치 그의 정신은 암흑의 환영(幻影)을 찾아 저 허허로운 바다를 건너기 위해 육체로부터 떨어져 나간 것 같았습니다.

자정이 되자, 축하객들의 흥겨움은 최고조에 달해 집안의 분위기는 매우 소란스러워졌습니다. 술기운에 사로잡힌 그들은 정신이 몽롱해지고 말조차 더듬거리기 시작했습니다.

잠시 후, 신랑이 먼저 자리에서 일어섰습니다. 그는 중년의 나이에 외모가 치졸해 보이는 남자였는데, 술기운 때문에 감각이 둔해졌지만 나름대로의 우스갯소리로 축하객들을 즐겁게 해

행동하고자 하는 것보다 무엇을 해야 할 것인가를 묻는 것은 자신을 속이고 있는 것이 되며, 그 때문에 우리의 마음은 공허해집니다. 가슴이나 마음에서 비롯된 것으로 채우려 하지 마십시오. 가슴을 비워두면 바로 그 순간 채워지게 될 것입니다.

155

또 하나의 고독

주기 위해 하객들 가운데로 걸어나왔습니다.

그 때, 신부가 축하객들 속에서 한 소녀에게 손짓을 해 보였습니다. 그러자 부름을 받은 소녀가 다가와서 신부의 곁에 앉았습니다. 신부는 무서운 비밀을 이야기하는 사람처럼 불안한 듯 주위를 몇 차례 살핀 후, 몸을 숙여 그 소녀에게 떨리는 목소리로 가냘프게 말했습니다.

"나의 가장 소중한 친구야, 어린 시절부터 너와 나를 연결해 주었던 우정과, 세상에서 가장 소중한 모든 것과, 내 가슴에 숨겨져 있는 모든 진실 된 것을 담아 너에게 간청하마.

우리의 영혼을 에워싸며 빛나게 해 주는 모든 사랑과, 내 가슴에 숨겨져 있는 모든 영광스러운 것을 걸고 너에게 간청하마.

지금 셀림한테 가서 아무도 모르게 정원에 서 있는 버드나무 아래에서 나를 기다려 달라고 말해 주렴. 나를 위해 그 사람에게 진실로 간절히 애원해 주렴. 지나가 버린 기억을 되살려 사랑의 이름으로 부탁해 주렴.

그 애인이었던 여인은 어리석고 불행한 여자라고 말을 해 주렴. 그녀는 점점 죽어가고 있으며, 어둠이 깔리기 전에 그에게 진실을 열어 보이고 싶다고 말해 주렴.

그녀는 이미 파멸하였고 절망한 나머지, 지옥의 불길이 그녀를 모두 태워 버리기 전에 사랑하는 사람의 눈빛을 한 번만이라도 보고 싶어한다고 전해 주렴. 그녀는 자기의 죄를 고백하고 그의 용서를 빌고 싶어한다고 말해 주렴.

어서 그 사람에게 가주겠니. 그의 앞에서 제발 나를 위해 말

마음의 관용과 가슴으로 베푸는 게 사랑은 아닙니다. 일시적인 감정으로 믿음과 보호를 갈망하며 사랑을 붙잡을 수는 없습니다. 사랑이란 그 자체가 영원한 것이기 때문입니다.

칼릴 지브란과 차 한잔

해 주고, 이 야비한 사람들의 시선에는 신경 쓰지 말아 달라고
전해 주렴. 술이 이들의 귀와 눈을 멀게 했으니, 어서 가서 전
해주렴."

　신부의 애원을 들은 수잔은 애처로운 신부의 곁에서 일어나
혼자 외롭게 앉아 있는 셀림에게로 다가가, 신부의 간절한 소
망을 그의 귀에 속삭이며 대답을 기다렸습니다.

　그 광경을 멀리서 지켜보는 신부의 얼굴에서는 염려하는 빛이
일어났습니다.

　셀림은 머리를 숙이는 듯하면서 귀를 기울여 모든 얘기를 들
었으나 아무런 대꾸도 하지 않은 채, 목마른 말이 물통을 향해
그윽한 눈동자에 담고 있듯 신부를 바라보더니, 마침내 가슴
속 깊은 곳에서 터져 나오는 탄식의 소리를 뱉었습니다.

　"버드나무 숲에서 기다리겠소."

　셀림은 의자에서 벌떡 일어나 정원으로 나갔습니다.

　조금 뒤 신부도 자리에서 일어나 이미 오래 전에 포도주의 유
혹에 빠진 남자들과, 그리고 그 곳의 젊은 남자들에게 마음을
열어주어 이미 방탕해져 있는 여자들 사이를 조심스럽게 빠져
나와 정원으로 갔습니다.

　밤이라는 어둠의 동굴을 헤쳐 정원에 다다르자, 신부는 걸음
을 재촉했습니다. 셀림이 자기를 기다리고 있을 버드나무 숲에
도착할 때까지 그녀는 먹이를 찾아 헤매는 늑대로부터 피신하
기 위하여 정신 없이 도망치는 겁먹은 한 마리의 양처럼 재빨
리 뛰었습니다.

　여자의 마음이란 일상적인 모습에 따라 변하는 것이 아닙니다. 비록 여자
의 마음이 영원히 죽는다고 하더라도, 그것은 결코 소멸하지는 않을 것입니
다. 여자의 마음은 싸움터로 변한 들판과 같습니다.

157
또 하나의 고독

신부는 몸을 던져 셀림의 목에 팔을 감았습니다. 그녀는 그를 간절한 시선으로 빨아들이듯 바라보며 속삭였습니다. 가슴 저 깊은 곳에서 솟아오르는 말들이었습니다. 그녀의 눈에서는 기쁨의 눈물이 그칠 줄 모르고 흘러내렸습니다.

오, 제 말을 좀 들어주세요. 저는 제 어리석음과 성급함 때문에 얼마나 후회했는지 몰라요. 셀림, 너무 후회스러워 제 가슴이 발기발기 찢어지는 것 같아요. 누구보다도 전 당신을 사랑하고 있으며, 제 생의 마지막 순간까지 저는 당신만을 사랑할 거예요.

다른 사람들이 당신은 저를 외면하고서 다른 여인을 구했다고 말하더군요. 그 사람들의 혀는 독약처럼 저를 병들게 했고, 그들의 행동은 제 가슴을 찢어놓았고, 그들의 거짓이 제 영혼에 가득 찼던 거예요.

나이베가 말하기를, 당신이 저를 잊었고 오히려 저를 증오하며 자기와 사랑에 빠져 있다고 했어요. 그녀는 너무나 저를 괴롭혔지요. 그 나쁜 여자는 나에게 철저히 고통을 주기 위해서 자기 친척을 제 남편으로 맞이하도록 했습니다. 하지만 저에게는 셀림, 당신 이외의 남성은 아무도 필요 없어요!

제 믿음의 깊이가 이제야 겨우 그 얼마만한 깊이에 있다는 걸 알았어요. 그저 당신만이 나의 전부예요. 전 이제 자유로운 몸이에요. 다시는 돌아가지 않겠어요. 전 당신을 포용하기 위해서 왔어요.

이제 저를 이 세상에서 절망으로 인하여 어쩔 수 없이 결혼한

슬픔을 통해 맺어진 마음은 행복이 가득한 햇살에서 따스함을 느끼듯 우리도 모르는 사이에 살며시 빛을 냅니다. 질투가 생겨 헤어지지도 않습니다. 눈물로 씻겨진 깨끗한 사랑은 영원히 순결하고 아름다운 것입니다.

칼릴 지브란과 차 한잔

남자의 품으로 되돌려 보내려는 사람은 아무도 없을 거예요.

저는 거짓에 의해 선택된 남편과, 운명에 의해 보호자가 된 아버지 곁을 떠나왔어요. 신부님께서 신부용으로 엮어주신 화관도, 그리고 관습의 전통을 마치 족쇄처럼 이용하는 율법도 모두 떨쳐 버리고 나온 거예요.

도취와 환락으로 들어찬 집을 떠나 이제 당신과 함께 아주 멀리 가기 위해서 왔어요. 지구의 끝까지라도, 신령의 은신처인 죽음의 늪으로 한없이 굴러떨어진다 해도, 당신과 이 세상 그 어디라도 가겠어요.

셀림, 어둠이 걷히기 전에 우리 어서 이 곳을 떠나요. 해변가로 내려가서 영원히 돌아올 수 없는 항해를 떠나요. 자, 어서 가요. 새벽이 오기 전에 저들의 손에 붙잡히지 않을 안전한 곳에 닿도록…….

보아요, 이 금으로 된 장신구들과 비싼 반지와 귀걸이와 보석들을……. 이것들만 있으면 우리는 언제까지나 풍족하게 살 수 있을 거예요.

셀림, 당신은 왜 말이 없나요? 왜 그렇게 저를 바라만 보시나요? 왜 제게 키스해 주지 않나요? 당신에게는 제 가슴 속의 고동소리와 영혼의 울림이 들리지 않으세요? 당신은 아직도 제가 부모님을 배반하고 웨딩드레스를 입은 채 당신에게로 도망쳐 온 사실이 믿어지지 않으시나요?

뭔가 말을 좀 해 주세요.

운명은 당신의 목을 움켜잡고 땅바닥에 매어꽂고는 무쇠발로 당신을 짓밟은 다음 웃으며 떠나갑니다. 얼마 안 있어 운명은 다시 돌아와서 당신에게 용서를 구하고, 감미롭고 상냥하게 당신을 돌봐주고, 희망의 노래를 불러줍니다.

또 하나의 고독

셀림, 어서 떠나요. 지금 이 순간들은 다이아몬드보다도 더 소중하답니다. 이 시간은 제왕들의 왕관보다도 더욱 값진 것이에요."

이렇듯 간곡한 신부의 목소리에는 사랑의 속삭임보다 더 달콤하고, 죽음의 유혹보다 더 쓰라리고, 새의 날갯짓보다도 가볍고, 한숨짓는 파도보다도 깊은 음악이 들어 있었습니다. 그녀의 마음은 희망과 절망, 쾌락과 고통, 기쁨과 슬픔 사이를 방황했으며, 그것은 한 여인이 가슴 속에 지닐 수 있는 모든 욕망과 갈망이기도 했습니다.

셀림은 자리에 선 채 가만히 신부의 이야기를 듣고 있었습니다. 점차 그의 가슴 속에서는 사랑과 율법과 도덕과 명예가 어지럽게 뒤엉켰습니다. 사랑은 정글을 평원으로, 어둠을 빛으로 만드는 것, 명예란 영혼으로 하여금 갈망이나 욕망을 모두 씻어내는 것이라는 생각이 온몸을 감쌌습니다. 그러나 한편으로는 사랑이란 하느님이 인간의 가슴에 심어주신 한 그루 나무 같은 것, 명예란 인류의 전통, 율법의 도덕적 관습이 마음에 넘쳐흐르게 하는 것임을 그는 알고 있었습니다.

한참 동안 음울한 시간 속에서 난무하던 암담한 어둠의 그늘 안에서 빠져나와 셀림은 고개를 들었습니다. 명예로 인하여 그의 영혼은 욕망을 뿌리치는 승리자가 되었습니다.

겁에 질린 채 애원하듯 서 있는 신부에게 눈을 돌리며 그는 낮은 목소리로 말했습니다.

사랑을 느끼는 마음에는 상상 못할 힘이 찾아드는데, 그것은 사랑에서 비롯된 것이 아니어서 그 근원을 측정하기가 매우 어렵습니다. 그런데 그런 힘은 다시 마음에 의하여 붕괴되기도 합니다. 이러한 분쟁에서 마음은 승리자가 됩니다.

칼릴 지브란과 차 한잔

"돌아가오. 당신 남편이 있는 곳으로……. 모든 것은 이미 끝났소. 일단 꿈에서 깨어나면 그 꿈이 그리던 그림은 모두 지워지는 법. 어서 가오. 언제나 남의 말하기를 좋아하는 손님들이 당신을 두고, 옛날에 애인을 버렸듯이 결혼식 날 밤에 남편을 버렸다고 수군거리기 전에 어서 사람들이 있는 곳으로 돌아가오."

셀림의 말을 들은 신부는 절망으로 몸을 떨며, 바람 부는 길가에 핀 한 송이 시든 꽃과 같았습니다. 그녀는 고통에 가득 차서 말했습니다.

"나의 숨이 끊어지는 한이 있어도 저 집으로 다시는 들어가지 않겠어요. 이제 나는 영원히 그 집을 떠났어요. 그 집과 그 안에 있는 모든 것으로부터 이제 자유로워졌어요. 죄인이 유배지를 향해 떠나듯이 말이에요.

당신은 나를 떼어놓을 수도 없고 나를 믿지 않을 수도 없을 거예요. 왜냐 하면 우리의 영혼을 하나로 묶어 놓은 사랑의 손은 나를 신랑의 일부로 만들려고 했던 신부(神父)님의 손보다 더 강하니까요.

당신의 목을 감고 있는 내 팔을 보세요. 내 영혼은 당신의 영혼 옆에 붙어 있어요. 죽음이라도 이것을 떼어 놓을 수는 없어요."

셀림은 그녀의 팔에서 벗어나려고 몸을 뒤척였습니다. 그의 얼굴에는 이제까지의 사랑이 한순간에 무너져내리는 듯한 표정이 역력하게 나타났습니다.

우리는 불꽃의 아름다움처럼 단순하지 않습니다. 또한 우리는 불꽃과 더불어 함께 살지도 않습니다. 우리는 잘 알고 있긴 하지만 그것은 늘 부족한 것 같으며, 더구나 사랑을 향한 길을 만들기에는 너무나도 부족합니다.

161

또 하나의 고독

"하지만, 이제 다 소용없어요. 그러니 빨리 내게서 떠나요. 난 이미 당신을 잊은 지 오래라오. 다른 여자를 사랑하고 있다는 사람들의 애기도 모두 사실이오.

라일라, 내 말 듣고 있소? 난 내 마음으로부터 당신을 떠나보낸 지 오래 됐소. 당신을 증오한 나머지 나는 사랑의 눈을 다른 곳으로 돌렸던 거요.

어서 내게서 떠나요. 나 역시 내 갈 길로 갈 테니 당신도 남편에게 돌아가 그에게 충실하며 인생을 살아가도록 해요."

셀림의 말에 너무도 슬퍼하며 그녀가 말했습니다.

"절대 그럴 리 없어요. 난 당신의 말을 믿을 수가 없어요. 당신은 분명 나를 사랑하고 있으니까요.

나는 당신의 눈에서 사랑의 진실을 보았고, 당신의 몸을 만질 때마다 사랑의 감촉을 느꼈어요. 당신은 나를 사랑하고 있어요. 내가 당신을 사랑하는 것만큼이나 말이에요.

당신과 함께가 아니라면 난 이 곳을 절대로 떠나지 않겠어요. 내 목숨이 붙어 있는 날까지 절대로 집으로 들어가지 않을래요.

당신이 가는 곳이라면 이 세상 어디라도 끝까지 따라가겠어요. 죽음에 이르는 길일지라도 전 당신과 함께 있을 거예요. 어서, 당신이 앞장 서세요."

셀림은 목소리를 높여 말했습니다.

"제발 내 말을 들어주오. 큰 소리를 쳐 축하객들을 정원 한가운데로 몰려오게 하기 전에 어서 남편에게로 돌아가요. 저들 앞에서 당신의 옳지 못한 행동을 보이고, 당신의 이름이 저들

난 당신을 사랑합니다. 난 당신이 나를 원하는 것 이상으로 당신을 원합니다. 당신이 들어서는 순간 나는 방 안 전체에서 당신을 느꼈습니다. 나는 당신을 사랑합니다. 그러나 육체적인 것들은 순간적으로 지나갈 뿐입니다.

칼릴 지브란과 차 한잔

의 입에 올려져 웃음거리가 되기 전에. 그리고 당신 앞에 나이 베를 불러와서 그녀가 당신을 비웃으며 당신의 사랑을 빼앗은 것을 기뻐하고, 또 당신의 패배를 조롱하기 전에.”

이렇게 말하고 나서 그는 그를 껴안고 있던 그녀의 팔을 힘껏 밀어제쳤습니다. 순간, 그녀의 표정이 일그러지며 눈에서는 광기가 번뜩였습니다.

그녀의 애원하는 듯하며 고통스러워하던 모습은 곧 노여움과 분노로 이글거렸습니다. 그녀는 새끼를 잃은 암사자와 같은 표정을 짓고 폭풍우가 몰아치는 성난 파도처럼 몸을 떨더니, 갑자기 소리 높여 말했습니다.

“이 세상에 누가 당신을 나만큼 사랑할 수 있죠? 나 외에는 없어요. 내 불타는 가슴의 사랑인 당신과 입맞춤을 할 여자가 어디 있느냐 말이에요?”

이렇게 말하더니 그녀는 가슴에서 단검을 꺼내 너무나 재빠르게 셀림의 가슴에 내리꽂았습니다.

셀림은 잠시 비틀거리더니 마치 폭풍에 꺾여 넘어지는 나무처럼 그 자리에 힘없이 쓰러졌습니다. 그러자 그녀는 무릎을 꿇고 엎드려 그에게 몸을 기댔습니다.

그녀의 손에 들려 있던 단검에서는 피가 떨어지고 있었습니다.

셀림은 간신히 눈을 떴습니다. 그의 눈자위에는 이미 죽음의 그림자가 드리워져 있었습니다. 그는 떨리는 입술로 꺼져 가는 숨을 몰아쉬며 이렇게 말했습니다.

결혼은 사람들에게 사랑이 불변한다는 고정 관념을 심어주었습니다. 돌멩이, 죽은 사람, 바보만이 변하지 않는다고 합니다. 하지만 좀더 지성적인 눈을 갖게 된다면, 삶이라는 것이 끝없는 변화로 이루어져 있다는 사실을 깨달을 것입니다.

163
또 하나의 고독

"가까이 와요, 내 사랑 라일라. 어서 이리 와요. 내 곁에서 떠나지 말아주오. 죽음은 생명보다 강하지만, 사랑은 죽음보다 더 강한 것이오. 당신의 결혼을 축하하기 위해 온 사람들의 웃음소리와 또 저 환락의 술잔들이 부딪치는 소리를 들어보아요. 당신은 저 소란스러운 무례함과 그 술잔의 쓸쓸함에서 나를 이끌어내 주었소, 라일라!

내 뼈와 살을 찢은…… 손에 키스를 해도 되겠소? 내 입술에 키스해…… 라일라, 거짓을 담고 가슴 속의 진실을 속인 내 입술에 키스해 주오.

당신의 부드러운 손으로 나의 눈을 감겨 주오. 내 영혼이 나에게서 떠난 후 그 칼을 내 손에 쥐어 주고 사람들에게 이렇게 말해요.

이 사람은 질투와 절망감 때문에 자살을 했노라고.

라일라, 난 당신을 사랑해요. 이 세상 그 누구보다도…… 그러니 난 당신의 결혼식 날 밤에 함께 달아나는 것보다는 이렇게 나의 행복과 인생을 희생하는 것이 더 큰 의미가 있는 듯하오. 사람들이 죽은 내 몸을 내려다보기 전에 어서 내게 키스해 주오, 라일라, 라일라!"

셸림은 차갑게 식어가는 손을 자기의 찔린 가슴에 얹고, 머리를 옆으로 떨구더니 숨을 거두었습니다. 이제 그의 영혼은 떠나갔습니다.

신부는 집 쪽을 향하여 두려움에 떨며 큰 목소리로 외쳤습니다.

"여기 좀 보세요! 어서요! 결혼식과 신랑을, 우리들의 결혼식

그대의 기쁨은 그대의 슬픔이 얼굴을 씻는 것입니다. 그리고 웃음이 떠오르는 샘이 그대의 눈물로 채워지는 일도 매우 흔합니다. 그리하여 슬픔이 그대 속으로 깊이 파고들면 더욱더 그대의 기쁨은 커집니다.

칼릴 지브란과 차 한잔

날 밤을 축하하기 위해 오신 여러분, 어서 이리 와요. 잠든 모든 이여, 술에 취한 모든 이여, 일어나세요. 어서 서두르세요. 우리의 사랑과 죽음과 인생의 비밀을 보여드리겠어요!"

라일라의 커다란 목소리는 들떠 있던 집안 구석구석까지 울려 퍼져 모든 사람들의 귀에 들렸고, 순식간에 사람들을 오싹한 기분에 빠지게 만들었습니다.

축하객들은 한동안 그대로 듣고만 있다가, 잠시 후 집 밖으로 허둥지둥 뛰어 셀림과 그 옆에 꿇어 엎드려 있는 신부에게로 왔습니다. 그들은 놀라움과 두려움으로 흠칫 뒤로 물러섰습니다.

그들 중 어느 누구도 이 상황을 파악하여 재빨리 대책을 세우지 못했습니다. 셀림의 가슴에서 흐르는 피와 신부의 손에 쥐어진 번뜩이는 피묻은 단검이 사람들의 혀를 굳게 만들었고, 그들의 몸 속에 있던 강한 생명력까지 완전히 얼어붙게 한 것 같았습니다.

신부는 고개를 들어 그들을 올려다보았습니다. 그녀의 얼굴에는 슬픔과 공포의 빛이 역력했습니다.

"이리 가까이 와요, 비겁한 사람들이여, 두려울지라도 죽음의 순간을 한번 지켜보시죠. 이것은 신성한 도구이니 당신들의 불결한 몸과 검은 가슴을 상처내지는 않을 겁니다.

결혼 예물로 치장한 이 멋진 젊은이를 잘 보세요. 그는 나의 애인이고, 나는 그를 너무도 사랑하기 때문에 죽였답니다. 그는

세상에 존재하는 모든 것은 정신적인 바탕 위에서 성장합니다. 우리는 모든 사람들의 정신을 안전하게 지키는 위대한 신을 세상에서 보았으며, 그 나타낸 모습인 육체로 다시 들어갑니다. 영혼과 육체는 항상 존재하는 것이기 때문입니다.

나의 신랑이며, 나는 그의 신부랍니다.

우리들은 사랑의 포옹을 위한 침대를 구하려 했지만 당신들의 전통에 의해서 고통당하고, 당신들의 무지로 어둠 속을 헤매었으며, 당신들의 탐욕으로 부패된 이 세상에선 우리에게 맞는 침대도 찾을 수 없었습니다. 우리는 차라리 구름 저편에 있는 머나먼 나라로 가는 것이 좋겠어요.

자, 두려움에 떠는 여러분들, 좀더 가까이 오세요. 그리고 보아요. 아마 우리의 얼굴에 반사된 하느님의 얼굴을 볼 수 있고, 우리의 마음에서 들려오는 하느님의 부드러운 음성을 들을 수 있을 겁니다."

사람들은 얼어붙은 채 그대로 있을 뿐이었습니다.

"나의 연인이 자기한테 반해서 나를 버렸고, 자신의 사랑에 취하여 나를 잊었노라고 중상 모략을 한, 악독하고 시기에 가득 찬 여자는 어디로 갔나요? 신부님께서 나의 손을 친척들의 머리 위에 올렸을 때, 그 사악한 여자는 자기가 승리자가 된 걸로 알았겠지요.

모략꾼인 나이베, 지옥에서 도망쳐 온 독사는 어디로 갔나요? 그녀를 불러와서 여러분들은 그녀가 선택한 남자가 아니라 나의 사랑하는 이와의 혼례식에 초대되었음을 보게 해 주세요.

여러분은 내 말을 전혀 이해하지 못하겠죠. 당신들의 검은 마음으로는 별의 노래를 들을 수 없으니까요. 하지만 결혼식 날 밤에 자기의 애인을 살해한 여자의 이야기를 아이들한테는 말

사랑이 희생이나 숭배, 모든 종류의 쾌락과 고통을 통해서 끊임없이 찾아온다는 것을 발견하는 일은 그것 자체를 이해할 때에만 가능하며, 따라서 자연스럽게 끝날 때에만 가능합니다.

칼릴 지브란과 차 한잔

해 주겠지요.

여러분은 오랫동안 나를 기억하고 거짓된 입술과 혀를 빌려 영원토록 나를 저주하겠죠. 그러나 당신들의 자손들은 나를 흠모할걸요. 왜냐 하면 진리와 영혼은 내일을 위해 있는 것이니까요.

그리고 권위와 부와 질투를 이용해서 나를 아내로 삼으려 했던 어리석은 남자, 당신은 어둠 속에서 빛을 찾으며, 바위틈에서 물이 나오기를 기다리고, 돌무덤에서 장미가 피어나기를 갈망하는 절망적인 사람의 상징이에요.

당신은 장님을 지도자로 삼은 어리석은 이 나라 백성의 표본이에요. 당신은 치장을 위해 자신의 손과 목을 잘라내려는 헛된 인간의 표상이죠. 그러나 난 당신의 그 부족함을 용서하겠어요. 영혼이 이 세상을 작별할 때는 기꺼이 이 세상의 모든 죄악을 다 용서하게 되어 있으니까요."

그리고 라일라는 단검을 높이 쳐들었고, 마치 목마른 사람이 물잔을 입에 갖다대듯 자기의 가슴에 깊이 꽂았습니다. 그 순간 그녀는 예리한 것에 목을 잘리운 백합꽃처럼 연인의 옆으로 고꾸라졌습니다.

공포와 처참함에 비명을 지르며 여자들은 기절하기까지 했습니다. 사방이 혼란스러워졌으며, 두려움과 놀라움에 휩싸인 사람들이 쓰러진 두 남녀의 주위에 몰려들었습니다.

아직 숨이 남아 있는 라일라는 다가오는 그들을 올려다보며

사랑만이 인간이 누릴 수 있는 유일한 자유입니다. 사랑은 영혼을 너무나 살찌워 인간의 법률이나 자연 현상마저도 그 진로를 바꾸지 못하게 합니다. 사랑으로 포위당한 영혼만이 진정 아름답습니다.

또 하나의 고독

말했습니다. 그녀의 가슴에선 피가 흘러넘치고 있었습니다.

"당신들은 내 곁으로 오지 마세요. 우리를 갈라놓을 순 없어요. 당신들의 머리 위에서 배회하는 영혼들이 여러분의 목을 붙잡고 이별을 고하는 것을 막을 수 없으니까요. 이제 이 굶주린 대지가 우리를 한 입에 삼킬 거예요. 꽃씨가 봄이 오기 전까지 겨울의 눈보라로부터 보호받듯이 그 대지 속에 우리를 감추어 보호해 줄……"

라일라는 셀림의 가슴에 엎드려 그의 차디찬 입술에 자신의 입술을 갖다댔습니다.

그녀는 마지막 숨을 몰아쉬며 힘겹게 말했습니다.

"오, 나의 사랑하는 이여, 내 영혼의 반려자여! 질투로 가득 찬 사람들이 우리의 침대 주위에 서 있는 것을 좀 보세요. 우리를 바라보는 저들의 눈, 저들의 이빨이 부딪치는 소리, 그들의 뼈가 부딪치는 소리를 들어보세요.

셀림, 오랫동안 기다렸죠. 여기 나를 좀 보세요. 나는 족쇄를 부수고, 수갑을 풀어 버렸어요. 우리 이제 거리낌없이 태양을 향해 가요. 우린 너무나 오래 암흑 속에서 살았어요. 그러나 이제는 모든 것이 사라졌고, 모든 것이 숨어 버렸어요.

다시는 당신 외에는 아무것도 쳐다보지 않겠어요. 내 입술을 보아요. 나의 마지막 숨이 나오려고 해요. 셀림, 어서 가요. 사랑의 날개를 펴고 영원 속으로 어서……"

그리고 라일라는 셀림의 가슴 위에 쓰러졌습니다. 그녀의 피

죽음이 우리의 육체를 앗아가기 전에, 우리 내면에 있는 죽음을 초월한 어떤 것을 발견해야 합니다. 일단 그것을 발견하기만 하면 우리는 자신의 운명을 다스리는 주인이 될 수 있습니다. 그럴 때 우리는 속세를 초월할 수가 있습니다.

칼릴 지브란과 차 한잔

가 셀림의 피와 섞여 버렸습니다. 그녀는 그의 목에 머리를 기대고 그의 눈을 응시한 채 잠들었습니다.

모두들 넋을 잃고 멍하니 서 있었습니다. 얼굴은 온통 회백색으로 질렸고 무릎은 후들거렸습니다. 죽음의 두려움이 모든 이의 생명력을 잠시 빼앗아간 것 같았습니다.

그 때 신부님이 앞으로 나왔습니다. 이 날 라일라의 결혼식에서 주례를 본 신부였습니다. 그는 오른팔을 들어 죽은 두 사람을 향해 흔들면서 커다랗게 소리쳤습니다.

"더러움과 죄악의 피로 더럽혀진 이 두 시체에 손을 대는 사람은 저주가 있을 지어다. 악마에 의해 지옥으로 떨어질 이 두 사람에게 동정의 눈물을 흘리는 눈에 저주가 있을 지어다.

소돔의 아들과 고모라의 딸인 두 시체는 피로 더럽혀진 채 이 땅에 버려져 개들에게 그 살이 뜯기고 바람이 뼛속까지 흐트러뜨릴 지어다.

이제 여러분들은 각자의 집으로 돌아가서 죄악이 만들어내고 썩어 사라져 간 가슴 속에 남은 악취로부터 멀어지시오.

이 악취 나는 시체 곁에 서 있는 여러분, 모두 집으로 돌아가시오. 지옥의 물이 튕겨 당신들에게 가기 전에 어서 서둘러 가시오. 이 곳에 남아 있는 사람은 신앙심 깊은 자들이 무릎을 꿇는 성당에는 들어올 수 없으며, 기도하는 사람들이나 신자들이 하는 헌금에 참여할 수도 없을 것이오."

그 때 라일라의 친구인 수잔이 앞으로 나왔습니다. 그녀는 신부님 앞에서 눈물을 글썽거리면서 두 시체를 바라보며, 용기

지혜란 자유로운 것이 아닙니다. 만일 인간이 모든 물질의 함축된 의미를 모두 깨달을 수 있다면 자유로운 것이며, 그 순간에는 어떤 표면적인 말이나 몸짓도 필요하지 않게 됩니다.

또 하나의 고독

있게 입을 열었습니다.

"나는 여기에 남겠어요. 맹목적인 이교도라 해도 새벽이 올 때가지 지키고 있다가, 이 흔들거리는 나무 밑에 무덤을 파겠어요. 당신이 막으신다면 나는 내 손가락으로로라도 땅을 파겠어요. 당신이 내 손을 묶으신다면 난 이빨로라도 파겠어요.

여러분은 유향의 연기로 가득 찬 이 곳을 떠나세요. 돼지들이란 향기로움을 감내하지 못하며, 도둑들은 집주인과 새벽의 여명이 오는 것을 두려워하니까요.

여러분의 어두운 안식처로 어서 돌아가세요. 사랑의 순교자들 위로 떠가는 천국의 소리가 흙으로 막혀 버린 귀에는 절대 들리지 않을 테니까요."

사람들은 하나 둘 흩어져 가고, 신부의 찡그린 얼굴도 멀어져 갔습니다.

다만 수잔만이 어둠의 정적 속에서, 마치 아기를 돌보는 어머니처럼 움직이지 않는 시체 곁에 밤새도록 남아 있었습니다.

시간과 공간은 정신적인 세계에 존재합니다. 눈을 감아보세요. 그러면 내면의 자아를 통해서 모든 것을 볼 수 있을 겁니다. 그리고 완벽한 자신에의 몰입이 이뤄졌을 때, 세상을 신비롭게 볼 수 있습니다.

칼릴 지브란과 차 한잔

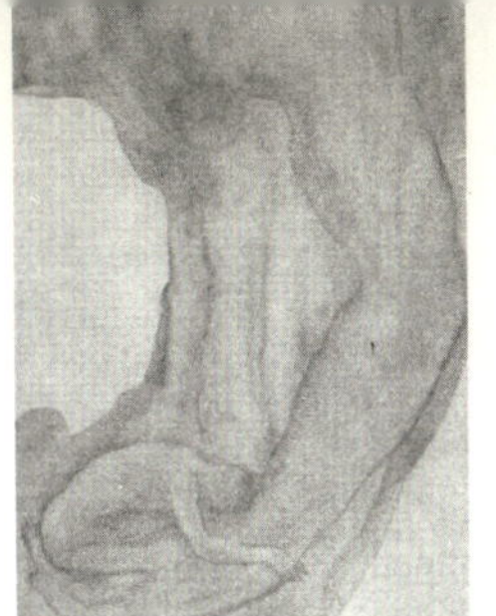

성인과 도둑

　젊은 시절에 나는 깊은 산골에 은거하고 있는 한 성인(聖人)을 찾아간 적이 있었습니다.

　우리가 아름다움의 근원에 대해 이야기를 나누고 있을 때, 산등성이 위로 한 도둑이 지친 듯 다리를 절룩거리며 나타났습니다.

　숲에 다다르자, 그 도둑은 성인 앞에 무릎을 꿇고 애원을 했습니다.

　"오, 성인이시여. 나에게 평화를 주소서! 나의 죄악은 너무나 무겁습니다."

　그러자 성인은 말했습니다.

　"나의 죄도 너무나 무겁답니다."

　도둑은 고백했습니다.

　"하지만 나는 도둑이며 노름꾼이라오."

　"그렇지만 나는 살인자입니다. 많은 삶들의 영혼이 내 귀에서 고함을 지르고 있습니다."

　"나 역시 살인자요. 그리고 많은 사람들의 영혼이 내 귀에서

　가장 진실한 친구가 되어 보십시오. 내가 여든 살이 되었을 때도 나는 여전히 실험하며 변화하고 있을 것입니다. 내가 행해 온 일은 이미 지나간 과거일 뿐이며, 인생의 너무도 많은 것에 의미를 부여하기 때문입니다.

또 하나의 고독

도 고함을 지르고 있습니다.”

“나는 수없이 많은 죄를 범했습니다.”

“나 역시 헤아릴 수 없는 죄를 범했습니다.”

이렇게 이야기를 주고받더니, 도둑은 머리를 슬며시 들어 성인을 가만히 응시했습니다. 그의 눈에 이상한 정기가 어리었습니다. 우리에게서 떠날 때 그 도둑은 신이 나서 껑충껑충 뛰어가기까지 했습니다.

나는 성인에게 물었습니다.

“당신은 어째서 범하지도 않은 죄를 지었다고 말하셨죠? 저 남자가 당신을 믿을 수 없어 가 버린 것을 모르십니까?”

“그가 나를 믿지 않게 된 것은 사실이겠지만, 그가 무척 편안한 마음으로 돌아간 것은 모르시오?”

성인이 대답했습니다.

그 때 저 멀리서 그 도둑이 부르는 노랫소리가 들려왔고, 그 노래는 메아리되어 온 계곡에 기쁨으로 울려퍼졌습니다.

영혼을 추구하는 데에는 오랜 기간의 영적 순례와 탐구가 필요합니다. 따라서 자신이 누구라는 것을 알지 못한 채 공허하게 지내는 것이 불가능하기에 사회는 우리에게 자아라는 매체를 통해 자신을 채워가도록 이끕니다.

칼릴 지브란과 차 한잔

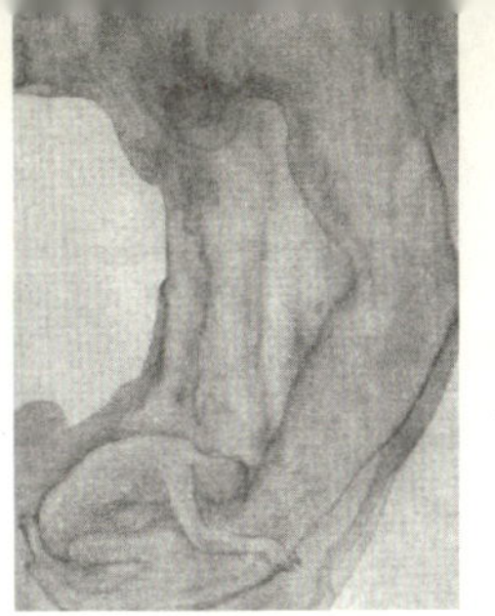

천사

어느 날 저녁, 도시의 성문 앞에서 우연히 두 천사가 만나 서로 인사하고 이야기를 나누었습니다.

한 천사가 말했습니다.

"당신은 최근 며칠간 무슨 일을 했나요? 그리고 당신에겐 어떤 임무가 주어졌나요?"

다른 천사가 대답했습니다.

"골짜기 아래에 살고 있는 매우 타락한 사람을 지키는 일이 맡겨졌습니다. 그는 몹시 위험한 중죄인이라, 내가 맡은 임무가 상당히 중요하다는 것을 나는 알고 있었습니다. 나는 누구보다도 최선을 다 해 열심히 일했습니다."

첫번째 천사가 말했습니다.

"그 일은 무척 쉬웠겠군요. 저도 몇 명의 죄인들을 알고 있습니다. 여러 차례 그들의 수호자가 되어봤거든요. 그런데 나에게는 저쪽 그늘진 정자 밖에 살고 있는 훌륭한 성자(聖者)를 수호할 임무가 맡겨졌었는데, 그 일이야말로 그 무엇보다 어렵고 미묘하다는 것을 확신합니다."

우리는 언제나 자신이 알고 있는 지혜의 밭에 삶을 경작함으로써 쾌락이나 욕망, 슬픔, 완전한 고독, 권태의 본질을 알기 시작하게 될 것이며, 그 때 우리는 결코 가까이 할 수 없는 거리를 느끼게 됩니다.

173

또 하나의 고독

두 번째 천사가 말했습니다.

"그건 억지예요. 어떻게 성인을 수호하는 것이 죄인을 수호하는 것보다 더 힘들다고 할 수 있지요?"

첫번째 천사가 대답했습니다.

"내 말이 억지라니, 그것이 어떻게 해서 억지란 말이죠? 나는 오직 진실만을 말했을 뿐인데, 당신은 참으로 건방지군요!"

이렇게 해서 두 천사는 처음엔 말로 싸우다가, 나중엔 손톱과 날개로 격렬하게 다투었습니다.

그들이 한참 싸우고 있을 때 천사장(天使長)이 왔습니다. 천사장은 그들을 말리고 나서 말했습니다.

"둘다 무엇 때문에 이렇게 싸우는가? 천사들이 도시의 성문 앞에서 싸우는 것이 얼마나 우스꽝스러운 일이라는 걸 모르는가? 도대체 싸우는 이유가 뭔지 말해 보시오."

두 천사는 서로 자기가 맡은 일이 더 힘들고, 그렇기 때문에 자신이 더 큰 상을 받아야 한다고 주장했습니다.

천사장은 머리를 갸우뚱거리며 골똘히 생각한 끝에 다음과 같이 말했습니다.

"나는 그대들 중에 누가 더 명예로운 일을 맡았으며, 더 큰 상을 받을 권리가 있는지 분명하게 잘라서 말할 수 없구나. 그러나 보상을 줄 수 있는 권한이 내게 있으므로, 나는 단지 나의 역할을 공평하게 수행하기 위하여 각각 그대들에게 다른 직분을 준 것이다. 그러나 아직 그대들은 완전히 끝내지 않은 상태이고 자신의 일이 더 어렵고 다른 사람의 일은 훨씬 쉬울 것

우리가 정말 자유롭기를 원한다면 그것을 비난하거나 받아들이지 말고 완전히 이해해야만 됩니다. 그러나 그것은 깊은 내면적 성찰 속에서 나오는 단 하나뿐인 방법입니다.

칼릴 지브란과 차 한잔

이라고 서로 주장하고 있구나. 이제 더 이상 싸우지 말고, 맡은 바 임무를 즐거운 마음으로 계속 수행하시오."

제사장으로부터 명령을 받고 제각기 자기 자리로 되돌아가던 두 천사는 갑자기 강렬한 분노가 일어나 동시에 그를 뒤돌아보았습니다.

그리고는 마음 속으로 중얼거렸습니다.

"오, 나쁜 천사장 같으니라고! 매일같이 우리의 생활을 힘들게 만들더니 끝까지 고통을 안겨주는구나!"

그러나 같은 시간에 천사장은 그 곳에 서서 이렇게 혼자 중얼거렸습니다.

"앞으로는 천사들을 더욱 철저히 감시하고 경계해야겠도다."

나는
내 안에 살아 움직이는 모든 삶에 대해
깨어 있고 싶습니다.
궁극에 이르기까지 매 순간을
나는
느끼고 싶습니다.

- 1912년 6월 7일 칼릴 지브란 -

오, 우상과 허상들뿐인 사람들의 뒤로 숨어 버린 자비로우신 이여, 갇혀 버린 이 영혼의 부르짖음을 들으소서! 타오르고 있는 이 마음의 고통 소리를 들으소서! 당신의 궁전 앞에 있는 당신의 길 잃은 양떼에게 돌아오셔서 자비를 내리소서!

또 하나의 고독

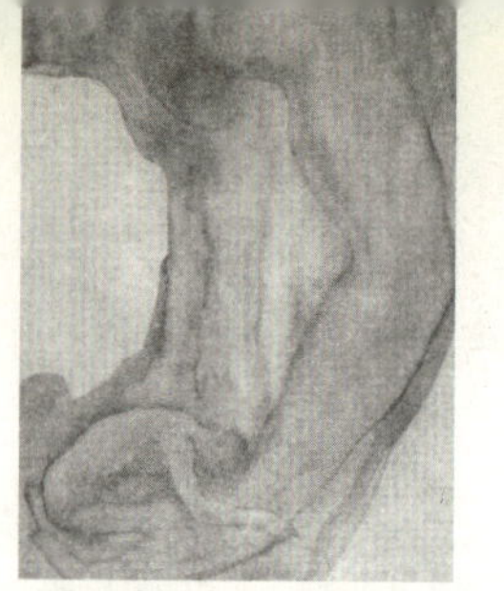

바람과 풍향계

풍향계가 바람에게 불평했습니다.

"너는 어쩌면 그렇게 맨날 똑같기만 하니? 내 앞에서만 불어오지 말고 좀 다르게 할 수는 없어? 너는 하느님께서 주신 내 분명한 의지를 흐트러뜨리고 있단 말이야."

이렇게 풍향계가 투덜거려도 바람은 아무 대답도 하지 않은 채 단지 허공 속에 웃음소리만 날릴 뿐이었습니다.

진정한 빛은 우리들 마음 속 깊은 곳에서 발산되는 빛이다.
그것은 스스로도 알지 못하는 우리들 마음속의 비밀을
비춰내어 우리가 삶에 만족하고 행복해질 수 있도록
만들어주는 한 줄기 빛이다.

명상이 아주 깊어지면 우리는 자신의 내면으로부터 신의 향기를 느끼기 시작합니다. 그때 가정은 하나의 사원이 됩니다. 하지만 거의 모든 사람들이 불행하게도 오로지 '집'이라는 울타리 안에서만 살아가고 있습니다.

칼릴 지브란과 차 한잔

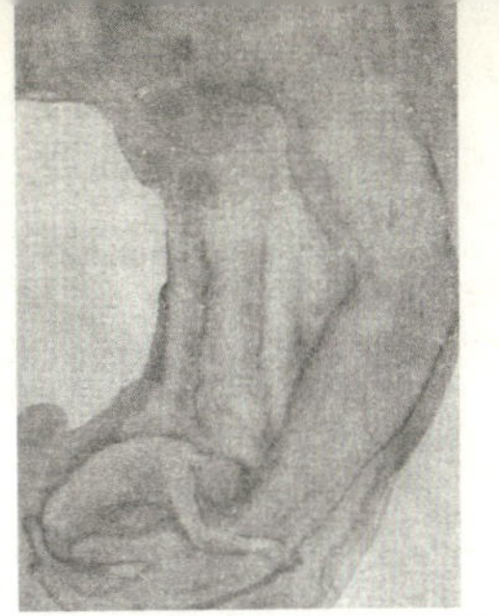

또 하나의 고독

　나의 고독 저편에는 또 하나의 고독이 있습니다. 그 동떨어진 고독 속에 살고 있는 자에 비한다면 나의 소외는 기껏해야 미세한 먼지에 지나지 않고, 나의 침묵은 한낱 그들의 미약한 소음일 뿐입니다.

　나는 너무 어리고 불안스러워 그 엄청난 고독을 찾아내기에는 너무 힘이 듭니다. 아직도 계곡 저편의 물소리는 내 귀에 쟁쟁거리며, 그 그림자는 내 앞길을 막아서서, 나는 진정 갈 수가 없습니다.

　깊고 깊은 산중에 무념 무상(無念無想)의 낙원이 있습니다. 그 곳에 살고 있는 사람에 비하면 나의 평화는 한낱 회오리바람이며, 나의 무아(無我)는 착각일 뿐입니다.

　그 성스런 낙원을 찾아내기에는 나는 너무 어리고 방탕합니다. 욕망의 냄새가 입 안에서 떨어지지 않고, 선조들의 활과 화살이 여전히 내 손에 맴돌고 있기 때문에 도저히 나는 갈 수가 없습니다.

　내 무거운 사념의 무게를 털어 버리면 더욱 자유로운 나의 모

우리들 가슴이 이기적인 마음에서 비롯된 것으로 가득하다면 우리들 가슴마저도 공허할 것입니다. 이런 이기적인 마음에 애착하게 되면 질투하게 되고 서로의 사랑을 붕괴시키게 되는 원인이 됩니다.

177

또 하나의 고독

습이 보이지만, 그 모습에 비하면 나의 꿈은 한순간의 허영일 뿐이며, 욕망의 사슬입니다.

완벽한 자유인이 되기에는 아직 너무 어리고 분노의 그림자가 짙게 남아 있습니다. 내가 만약 사념에 갇힌 자아를 스스로 해체하지 않고 인간으로서 자유로워지지 않는다면 어찌 완벽한 자유를 맛볼 수 있을까요?

만약 나의 뿌리가 어둠 속에 시들어 버리지 않는다면 나의 잎사귀가 어떻게 바람결에 노래할 수 있을까요?

내가 비록 깃털을 키우기 위해 내 손으로 둥지를 만들었지만, 나의 깃털이 그 둥지를 떠나기 전에 내 안의 독수리가 어찌 태양을 향해 치솟아오를 수 있을까요?

인간은 홀로 있음에 담겨 있는 순수성과 무한함을 깨우치지 못하고 방황합니다. 진정한 존재의 고통이란 인간이 홀로 있을 때 가능합니다. 홀로 있는 존재란 결코 부정하거나 또는 자신의 울타리에 둘러싸여 있지 않기 때문입니다.

칼릴 지브란과 차 한잔

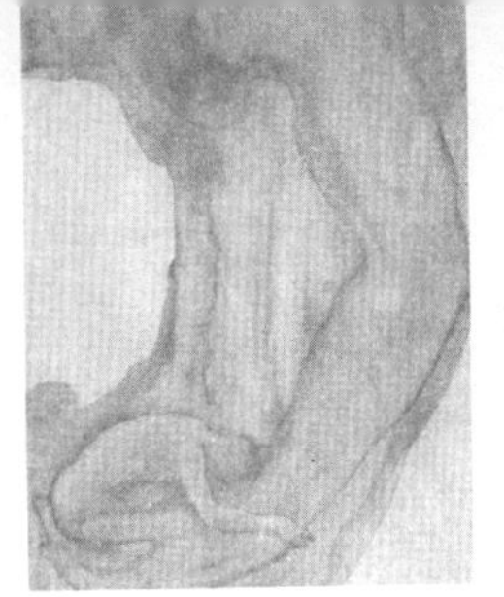

친구

내가 알던 한 젊은이가 있었습니다. 그는 인생을 뜨거운 피로 살며, 욕망의 추구로 인해 삶의 근원마저도 망각한 채 방황하고 있었습니다. 그러나 나는 그가 끝없는 욕망의 바다를 향해 불어가는, 바람에 의해 피어난 한 떨기 부드러운 꽃이라고 생각되었습니다.

그런데 그가 사는 작은 마을에서는 그를 위험한 남자로 낙인 찍었습니다. 그는 새들의 깃털을 뽑아 버리고 그 새끼를 둥우리에서 꺼내 내팽개쳐 버리며, 꽃을 발로 밟아 그 꽃들의 고운 모습을 부숴 버리는 소년이었습니다.

나는 학교에 다니던 시절의 그가 학문을 경멸하는 사춘기 소년으로 생각되었습니다. 나는 그가 도시의 상실의 시장에서 자기 아버지의 명예를 팔고, 자기의 부를 부끄러운 곳에서 낭비하며, 술에게 마음을 굴복당한 청년인 걸로 알고 있었습니다.

동시에 나는 그를 사랑했습니다. 그렇습니다. 나는 그를 슬픔과 연민에 얽혀 사랑했습니다. 그에게 있어 결점이란 그의 작은 영혼의 열매가 아니라, 나약하고 절망적인 영혼의 행위였기

진정한 자유는 소유와 환상과 구원으로부터의 해방입니다. 이것들은 모두 우리를 미래로 향하게 합니다. 뒤로 향하는 것은 자연의 섭리에 어긋날 뿐 아니라 진정한 자유도 될 수 없습니다. 오직 앞을 향한 자유여야 합니다.

또 하나의 고독

에 나는 그를 사랑했습니다.

오! 사람들이여, 그 영혼은 지혜의 자리를 떠날 수 없습니다. 그리고 젊음 속엔 모래와 먼지를 날리는 회오리바람이 불기 마련입니다. 그 회오리바람은 모래와 먼지를 날려 눈을 뜨지 못하도록 눈에 채워 버립니다.

나는 그 젊은이를 사랑하였고, 한편 정이 많은 사람이라고 생각했습니다. 가슴 속 그의 양심은 항상 내면의 악과 싸우고 있었고, 그 양심은 반대자의 힘에 언제나 패배했습니다. 그러나 비겁함 때문은 아니었습니다. 양심이란 정당하지만 힘이 약한 재판관이며, 정의를 실현하는 데에는 나약하기 이를 데 없으니까요.

나는 그를 사랑했다고 말했습니다. 그러나 사랑은 여러 가지 모습으로 오는 것입니다. 그것은 때로 지혜이기도 하며, 어떤 때는 정의이고, 어떤 때는 희망이기도 합니다. 그에 대한 나의 사랑은 희망이었습니다. 그 강한 희망의 빛은 일시적인 슬픔의 어둠을 걷을 수 있었습니다.

그러나 나는 또 언제 어디서 더러움이 깨끗해지고, 잔인함이 친절로 바뀌며, 무지는 지혜로 변화되는지 몰랐습니다. 인간이란 영혼이 자유롭게 될 때에야 비로소 그 영혼이 어떤 방법으로 물질로부터 자유로워졌는지를 알게 되기 때문입니다. 마찬가지로 인간이란 아침이 되어서야 비로소 꽃의 미소가 어떤 것인지를 깨닫게 됩니다.

영혼이란 아름다운 것을 이어가는 한 가닥의 고리입니다. 영혼의 불 같은 열기는 때로 이 고리를 비틀어, 그 동그란 아름다움을 다른 모양으로 헝클어뜨려 파괴하기도 하지만, 금으로 된 것을 다른 금속으로 바꾸어 놓을 수는 없습니다.

칼릴 지브란과 차 한잔

세월이 흘렀습니다. 나는 고통과 슬픔에 찬 젊은이를 생각하면서 가슴이 찢어지는 한숨으로 그의 이름을 불러보았습니다.

어제는 그에게서 편지가 왔습니다.

"나에게 오시오, 나의 친구여. 나는 당신을 한 젊은이에게 데려가고 싶습니다. 그와 만나면 당신의 마음은 기뻐질 것이고, 그를 사귀면 당신의 영혼은 즐거워할 것이라 생각합니다."

'나는 그에게 가리라. 그리고 나는 그 영혼 속의 지혜가 아마도 엉겅퀴 사이에 있는 무화과처럼 너무나 초라함을 깨닫게 될 것이다. 그러나 어둠 밖으로 빛을 끌어내듯이 나는 그의 사랑 안에 있는 마음을 끌어내리라.'

그리고 밤이 되자 나는 그에게로 갔습니다. 나는 그 젊은이가 방에서 시집을 읽고 있는 것을 보았습니다. 나는 인사를 나누며 그의 손에 들린 책이 예상했던 것과 달라 놀랐습니다.

나는 그에게 물었습니다.

"그런데 새로운 친구란 어디에 있습니까?"

그는 대답했습니다.

"친구여, 내가 바로 그 사람입니다."

그는 거듭 얘기했습니다. 그는 내가 이해할 수 없는 고요함 속에 앉아 있었습니다. 그리고 그는 나를 바라보았습니다. 그의 눈에는 가슴을 찌를 듯한 이상한 광채가 서려 있었습니다. 오랫동안 거칠고 잔인한 것밖에 아무것도 볼 수 없던 눈이었는데, 이제는 마음 속에 사랑을 가득 담은 빛을 발산하고 있는 것이었습니다. 옛날과는 전혀 다른 목소리로 그가 말했습니다.

우리는 친구와 함께 있을 때는 그 친구를 생각하지 않습니다. 오로지 친구의 부재(不在)에 따른 사상이 다시 만들어내는 죽은 현상과 경험들로 시작하는 것뿐입니다. 우리는 이런 과거의 재생을 사랑이라 부릅니다.

181

또 하나의 고독

"맞아요, 당신도 알다시피 나는 어린아이와 같았습니다. 그러나 당신과 함께 놀던 그 어렸을 때의 나는 죽었습니다. 그리고 죽음을 통해 나는 다시 태어난 것입니다. 내가 바로 당신의 새로운 친구인 그 사람입니다. 자, 악수하십시오."

나는 그와 악수를 하며 피가 통하는 부드러운 영혼을 촉감으로 느꼈습니다.

"그렇군요. 그 딱딱하고 거칠던 손이 따뜻하고 부드럽게 되었습니다. 옛날엔 독수리의 발톱과도 같던 손가락들이 이젠 부드러운 마음으로 바뀌었군요."

그러면서 나는 물었습니다. 아마도 나의 그 어색한 말투를 평생 잊지 못하게 될 것입니다만.

"당신은 누구죠? 당신에게 무슨 일이 일어났습니까? 어떻게 당신이 이렇게 되었죠? 성령이 당신을 성역으로 인도하여 성자(聖者)로 만든 것인가요? 아니면 당신은 내 앞에서 시인(詩人)의 환상을 연출하는 것입니까?"

그는 대답했습니다.

"그래요, 나의 친구여. 진실로 성령이 나에게 내려와 나를 성자로 만들었습니다. 어떤 강한 사랑이 내 마음을 이렇게 엄숙하고 준엄한 것으로 만들었습니다. 그것은 바로 여성입니다.

어제까지만 해도 나는 여성을 남자들의 노리개인 줄로만 알았지요. 그런데 그 여성이 나를 어둠의 늪으로부터 구해 내었고, 내가 들어가도록 천국의 문을 열어주었습니다.

우리들은 고독으로부터 해방되기 위해서라면 무슨 일이든 할 수 있습니다. 우리의 의식이나 선입관마저도 그런 고독을 피해 다른 길로 가려 합니다. 아무리 그것을 억누르거나 태만해 있어도 고독의 아픔과 문제는 사라지지 않습니다.

칼릴 지브란과 차 한잔

그 진실한 여인은 나를 그녀가 사랑하는 땅으로 안내하여 나에게 세례를 주었습니다. 내가 어리석게도 이웃사람들을 경멸하고 또한 시기하던 나를 그녀는 영광의 왕좌로 올려주었습니다.

무모하게 자기의 친구를 약탈하던 나를 그녀는 사랑으로서 해맑게 하였습니다. 아이들을 노예로 만들었던 나를 그녀는 그녀 자신의 아름다움으로 자유케 하였습니다. 나의 강한 욕망 때문에 에덴 동산에서 쫓겨났던 나를, 그녀의 연민과 나의 복종으로 힘입어 다시 낙원으로 되돌아오게 해 주었습니다."

그 순간 나는 그를 바라보았습니다. 나는 그의 눈에서 흘러내리는 눈물과, 입술의 미소와, 그리고 머리에서 왕관처럼 빛나는 사랑의 기쁨을 보았습니다. 나는 그의 곁에서 축복하듯 이마에 입맞춤을 했습니다.

나는 그가 들려준 말들을 되뇌이며, 그에게 작별 인사를 고했습니다.

"그녀는 강한 욕망 때문에 나를 맨 처음의 에덴 동산에서 내보냈고, 그러나 그녀의 연민과 나의 복종으로 하여 다시 에덴에 나를 되돌아오게 하였습니다."

나는 생각했습니다.

'가여운 일이구나. 그는 자기 자신의 슬픈 연민에다 또 하나의 똑같은 우정을 더 하려 하고 있구나. 어찌하여 그는 스스로의 잘못을 스스로 고치려는 그 어떤 지표도 없는 것일까?'

이념이나 신앙은 우리를 구속합니다. 우상은 믿으나 다른 사람은 믿지 않습니다. 우리 모두 자신의 신앙에 갇힌 죄수들입니다. 우리는 자신의 환경과 일치하는 경험을 기억하고 있으면서도, 그것이 신앙이 아님은 우리 모두 잘 알고 있습니다.

또 하나의 고독

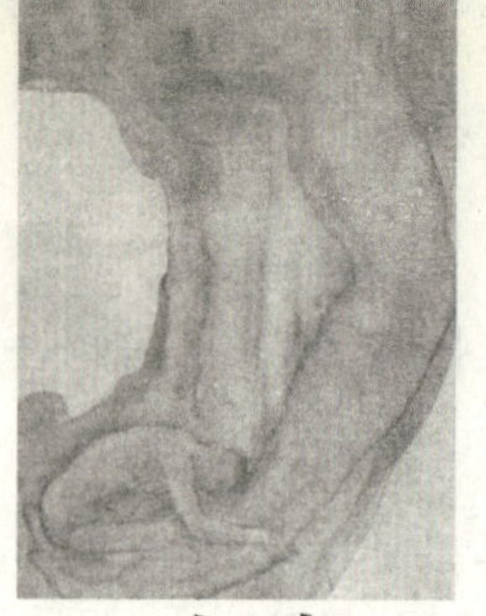

노인

바닷가에 사는 한 노인이 언젠가 저에게 말했습니다.

"30년 전에 어떤 젊은 뱃놈이 내 딸을 데리고 도망을 쳤다오. 나는 마음 속으로 그 둘을 저주했지. 왜냐 하면 나는 이 세상에서 오로지 내 딸만을 위해 살았기 때문이라오. 그런데 그는 얼마 못 가서 그만 풍랑을 만나 배와 함께 바닷속으로 가라앉았다오. 물론 그놈과 함께 배를 탔던 내 사랑스런 딸도 목숨을 잃었지.

나는 살인자라오. 두 젊은 남녀를 죽음으로 몰아넣은 살인자란 말이오. 나의 저주로 인해 그들이 죽었으니까. 지금 무덤으로 가는 길목에서 나는 신의 용서를 구하고 있는 중이오."

노인은 자신의 죄에 대해 용서를 구하고 있다고 말했으나, 그 말 속에는 은근히 자신을 뽐내려는 의도가 서려 있었습니다.

그리고 자신의 저주의 힘을 은근히 자랑하는 것 같았습니다.

영혼이란 오직 하나의 길로 도달하는 곳이 아니요, 또 갈대처럼 마음의 들판에 자라나는 것도 아닙니다. 영혼이란 무수한 꽃잎으로 피어나는 연꽃처럼 스스로를 드러내어 피는 것입니다.

허수아비

허수아비

허수아비

허수아비

허수아비

허수아비

허수아비

허수아비

허수아비

허수아비

허수아비

허수아비

4부

허수아비

허수아비
허수아비
허수아비
허수아비
허수아비
허수아비
허수아비

그의 곁을 지나치며 보니
까마귀 두 마리가
그의 모자 밑에서
둥지를 틀고 있는 것을
볼 수 있었습니다.

1년

　매우 아리따운 시골 소녀가 장터에 나타났습니다. 그녀의 얼굴엔 백합과 장미가 피어 있는 듯했습니다. 그녀의 머리카락에서는 저녁노을이 불타고, 입술엔 새벽빛이 한 움큼 물려 있었습니다.

　청년들의 눈 안으로 사랑스런 낯선 이가 나타나자 그들은 소녀의 사랑을 얻으려고 그녀를 에워쌌습니다. 어떤 이는 그녀와 춤을 추려 했고, 또 다른 이는 그녀에 대한 존경심으로 케익을 자르려 했습니다. 그들은 모두 그녀의 뺨에 키스하고 싶어했습니다. 하지만 그 곳은 장터였고, 소녀는 충격을 받아 깜짝 놀랐습니다. 그녀는 청년들을 나쁘게만 생각했습니다. 그녀는 그들을 꾸짖고 대담하게 그들 중 한둘은 두들겨패기도 했습니다.

　그런 뒤 그들에게서 도망쳐 나왔습니다.

　'지겨워 죽겠어. 놈팽이들이 얼마나 예의 없이 구는지…… 도저히 참지 못하겠어.'

　아름다운 그 소녀가 장터와 청년들을 생각하는 동안 1년이

　세월의 나이를 먹어갈수록 우리는 심장이 파열하는 듯한 충격도 느끼지 못한 채 점점 둔해집니다. 우리는 많은 것을 머릿속으로만 알아가기 때문입니다. 그래서 그 축적된 지식 밑에는 어둠과 무지만 쌓일 뿐이라는 사실도 생각지 못합니다.

또 하나의 고독

지나갔습니다. 그리고 그녀는 여전히 얼굴엔 백합과 장미를, 머리칼엔 저녁놀을, 입술엔 새벽빛의 미소를 띠고 그 장터에 다시 왔습니다.

그런데 그녀를 본 청년들은 그녀에게서 고개를 돌렸습니다. 하루가 지나도록 어떤 이도 그녀를 찾지 않았고 그녀 혼자뿐이었습니다.

저녁때 집을 향해 길을 걸으며, 그녀는 마음 속으로 부르짖었습니다.

'지겨워 죽겠어. 젊은 놈들이 얼마나 예의가 없는지. 도저히 참지 못하겠어.'

어째서 우리는 내적인 것으로 이루어진 단순성이 아닌 외적인 것으로 우리의 모든 것을 변형시키려고 하는 걸까요? 우리 자신에 대하여 편해지고 싶은 것일까요?

허수아비

어느 날 나는 허수아비에게 물었습니다.

"가을걷이가 끝난 이런 쓸쓸한 들판에 홀로 서 있으려면 지루해서 어떻게 견디나요?"

그러자 허수아비는 이렇게 말했습니다.

"무언가를 쫓아낸다는 것은 참 재미있는 일이죠. 난 지금껏 홀로 서 있었지만 한 번도 지루함을 느낀 적이 없어요."

잠시 동안 그 말뜻을 되새겨보면서 나는 말했습니다.

"옳은 말이군요. 나도 그런 재미를 느껴본 적이 있지요."

그러자 허수아비는 말했습니다.

"그건 짚으로 속이 채워진 자만이 알 수 있다오."

그 말을 뒤로 하고 나는 발길을 돌렸습니다. 그가 나를 칭찬하는 건지 비웃는 건지 알지도 못한 채…….

그 후 1년이란 세월이 흘렀고, 어느덧 그 허수아비는 철학가가 되어 있었습니다.

내가 다시 그의 곁을 지나치며 보니 까마귀 두 마리가 그의 모자 밑에서 둥지를 틀고 있는 것을 볼 수 있었습니다.

태양은 결코 동쪽에서 뜨지 않습니다. 다만 우리 가슴 속에서 뜨고 집니다. 그러므로 우리가 모든 창문을 활짝 열어놓기만 하면 됩니다. 그래서 생명의 향기가 우리에게 쏟아져내리고, 우리가 항상 갖고 있는 생명의 빛이 뿜어져 나오게만 하면 됩니다.

191
또 하나의 고독

개와 보름달

휘영청 밝은 보름달이 마을 위로 찬연하게 떠올랐습니다.

일제히 마을의 개들이 달을 보고 짖기 시작했습니다. 그런데 오직 한 마리, 짖지 않는 개가 있었습니다.

그 개는 엄숙한 목소리로 여러 다른 개들에게 말했습니다.

"너희들이 무턱대고 짖어대는 그 요란한 소리 때문에 정적(靜寂)이 깨어져 보름달이 잠을 설쳐도 안 되고, 그 때문에 달이 이 땅에 떨어져 내려와서도 안 돼."

그 말을 듣고 모든 개들이 짖기를 멈추자, 무서운 적막함이 무겁게 마을 전체를 휘감았습니다.

그런데 정작 다른 개들에게 짖지 말라고 얘기했던 그 개는 스스로 적막함에 시달리다 못 해 밤새도록 계속 짖어대는 것이었습니다.

우리는 귀머거리의 아픔을 보았습니다. 그것은 의사 표현을 한 사람에게 공허한 메아리로 되돌아오게 해서 그의 영혼과 가슴을 숨막히게 하고, 결국 그 육체에 불쌍한 어둠만 남게 합니다.

칼릴 지브란과 차 한잔

백지

새하얀 백지가 말했습니다.

"나는 깨끗하게 창조되었고, 또 영원히 깨끗하게 살겠어. 하얀 내 몸에 더러운 것이 가까이 다가오는 고통을 당하느니, 난 차라리 불에 타 하얀 재로 변해 버릴 것이다."

잉크병이 백지가 한 말을 듣고 그의 검은 가슴으로 웃음을 터뜨렸습니다. 하지만 잉크병은 백지 곁으로 가까이 갈 용기가 없었습니다.

여러 자루의 색연필도 백지가 한 말을 들었습니다. 그들도 역시 백지 곁에는 가지 않았습니다.

새하얀 백지는 영원히 깨끗하고 정숙하게, 텅 빈 채로 지냈습니다.

인간은 자동차가 일으키는 바람의 굉음 소리를 듣고 있습니다. 그 자동차의 소음 속에서 나누는 말소리도 듣습니다. 그러나 마음은, 마음이 알고 있는 그 이전에 경험한 침묵을 전혀 기억하지 못합니다.

여우

여우 한 마리가 아침 햇살에 드리워진 자기 그림자를 보고 말했습니다.

"오늘 점심에는 아무래도 낙타 한 마리를 먹어야겠군."

그러고는 그 여우는 오전 내내 낙타를 찾으러 돌아다녔습니다.

그리고 어느덧 점심때가 되었습니다. 그 때 여우는 자기 그림자를 보게 되었습니다. 그러고는 이렇게 말했습니다.

"아니 생쥐 한 마리면 되겠어."

사랑은 이 세상의 유일한 자유이다.
사랑은 인간의 영혼을 승화시켜
어떠한 인간의 법이나 자연 현상으로도
그 사랑의 행로를
변경시키지 못하게 하는 까닭이다.

홀로 있다는 것은 통증을 느끼는 아픔이거나 쓸쓸함이 아닙니다. 단지 존재하는 모든 대상으로부터 고립되어 있다는 것을 의미합니다. 그것은 오염되지 않은 것이며, 풍요롭고 완전한 것입니다. 인간도 불이나 꽃처럼 홀로 있는 존재입니다.

칼릴 지브란과 차 한잔

꿈

한 남자가 꿈을 꾸었습니다. 그는 잠에서 깨어난 후 예언자에게 가서 자신의 꿈을 해몽해 줄 것을 부탁했습니다.

예언자는 그 남자에게 말했습니다.

"당신이 눈뜨고 있을 때 본 꿈을 가지고 온다면, 내가 그 꿈을 풀어주겠소. 그러나 당신이 잠잘 때 꾼 꿈은 나의 지혜에도, 당신의 상상력에도 속하지 않은 것이니 풀이하여 얘기할 수 없군요."

여인의 마음은 시간과 계절에 따라 바뀌는 것이 아니다.
그것은 차라리 영원히 소멸될지언정 사라지지는 않는다.
여인의 마음은 전쟁터로 변해버린 논밭과 같다. 나무가
뿌리째 뽑히고, 잔디가 불타며, 바위가 피로 물들고, 땅
위에는 백골이 난무하여도 전쟁이 지나간 여인들의 마음은
마치 아무 일도 없었던 듯 고요하고 평온해진다.
때가 되면 봄과 가을이 되돌아오고
다시 그들의 일을 시작하는 까닭이다.

우리는 존재하지 않는 것을 찾을 수는 없습니다. 우리는 신의 존재를 인정하고 있으며, 또한 우리가 알고 있는 것이 환경이나 경험으로 동일시되는 것으로 여기고 있습니다. 모두가 환경의 지배를 받기 때문입니다.

195
또 하나의 고독

개구리

개구리 네 마리가 강물에 고요히 떠 있는 통나무 위에 누워 있었습니다. 별안간 통나무가 물살에 휩쓸려 천천히 강 아래로 밀려갔습니다.

개구리들은 아직까지 항해를 해 본 적이 없었기 때문에, 경이로움과 즐거움으로 넋을 잃고 있었습니다.

"이것은 정말 무지무지하게 신기한 통나무다. 마치 살아 있는 것같이 움직이잖아. 통나무가 움직인다는 말은 아직까지 들어 본 적이 없어."

한참 후, 첫번째 개구리가 말했습니다.

두 번째 개구리가 말했습니다.

"그게 아니라 이 통나무는 다른 통나무들과 똑같아. 이 통나무가 움직이는 게 아니라 단지 바다로 흘러가는 강물이 움직여서 우리와 이 통나무를 움직이게 하는 거야."

세 번째 개구리가 말했습니다.

"아니야. 움직이고 있는 것은 통나무도 아니고 강물도 아니야. 진짜 움직이는 것은 우리의 생각일 뿐이야. 생각이 없이는 아

우리가 잠만 자게 된다면 환상에 젖어 깨어나기를 꿈꿀 것입니다. 우리는 눈으로 본 것만을 인정하는 사람들을 동정합니다. 그래서 삶을 양분해서 가치 판단의 단호한 획을 긋는 사람을 만나면 마음이 쓰리고 아픕니다.

칼릴 지브란과 차 한잔

무엇도 움직일 수가 없으니까."

세 마리 개구리들은 다시 움직이고 있는 것에 대해 서로 주장을 내세우기 시작했습니다. 시간이 갈수록 싸움은 점점 치열하고 시끄럽기만 할 뿐, 그들의 의견은 쉽게 하나로 모아지지가 않았습니다.

그러자 그들은 그 때까지 입을 다물고 침묵하며 조용히 듣고만 있던 네 번째 개구리에게 시선을 보냈습니다.

세 마리의 개구리는 그의 의견을 물었습니다.

"너희들의 말은 모두 맞아. 너희들 중 누구도 틀린 말이 아냐. 움직이는 것은 통나무와 물과 우리들의 생각 모두가 움직이는 거야."

네 번째 개구리가 다른 개구리들을 쳐다보며 말했습니다.

그 말을 들은 세 마리 개구리들은 너무 화가 나 흥분했습니다. 왜냐 하면 아무도 자신의 주장이 완전히 틀렸다는 사실을 인정하고 싶지가 않았던 것입니다.

그 때 그들 사이에서 이상한 일이 일어났습니다. 전혀 예기치 못한 사태가 벌어졌습니다.

세 마리 개구리들이 힘을 합쳐 네 번째 개구리를 통나무 밖으로, 즉 물 속으로 밀쳐 버린 것입니다.

하나의 행동만을 보고 전체를 결정짓지 마십시오. 중간에서 뜯어진 한 페이지만을 읽고 나서 책 전체의 내용을 알았다고 얘기하지 마십시오. 하나의 작은 행위만을 보고 어떻게 다른 사람을 평가하겠습니까.

197

또 하나의 고독

왕과 술

어느 날, 아라두스 시의 원로원 의원들이 왕 앞에 나아가 이 나라의 어느 도시에서건 모든 종류의 술에 대한 금주령을 내려 줄 것을 탄원했습니다.

그런데 탄원을 듣고 난 왕은 일어나 의원들에게 등을 돌리고 크게 웃으면서 자리를 떴습니다. 그러자 원로원 의원들도 당황하여 그 곳을 떠났습니다.

궁궐 문 앞에 다다르자, 그들은 의전관을 만났습니다. 의전관은 원로원 의원들이 실망하여 축 늘어진 채 나오자, 사태를 짐작하고 이렇게 말했습니다.

"애석하군요, 여러분. 만약 여러분들이 왕께서 술에 취해 있었다는 사실을 알아차렸다면, 분명 왕께서 여러분의 탄원을 받아들여 주셨을 것입니다."

우리 가운데는 아직 아무도 죽이지 않은 살인자들이 있고, 아무것도 훔치지 않은 도둑들이 있으며, 이제까지 진실만을 이야기한 거짓말쟁이들이 있습니다. 우리는 어느 부류에 속하고 있습니까.

칼릴 지브란과 차 한잔

조개와 게

조개 하나가 이웃에 사는 조개에게 말했습니다.

"내 속에 나를 너무 힘들게 괴롭히는 것이 있어. 그건 무겁고 둥글어. 난 힘들어 죽겠어."

다른 조개가 자기를 과시하듯 거만하게 대답했습니다.

"하늘과 바다에 감사할 뿐이야. 유감스럽게도 내 속은 너무 편해. 나는 안과 밖 모두 건강하고 완전하지."

이 때 게 한 마리가 지나가다가 이 조개의 이야기를 들었습니다. 안팎으로 모두 건강하고 완전하다는 조개를 향해 게가 말했습니다.

"으응, 너는 건강하고 완전하구나. 그렇지만 네 이웃이 겪고 있는 고통은 이 세상에서 가장 아름다운 진주를 가슴에 안고 있기 때문이야."

우리는 많은 것에 대한 정보와 결론을 갖고 있습니다. 그러나 행복도 평화도 없습니다. 그토록 우리의 삶은 공허하고 둔합니다. 아니면 둔한 말이나 행위가 우리를 그러한 것으로부터 얽어매고 있는지도 모릅니다.

또 하나의 고독

귀머거리 여인

　　옛날에 어느 부자가 젊은 여자를 아내로 맞이하여 살고 있었습니다. 그런데 그의 부인은 완전한 귀머거리였습니다.
　　어느 날 아침, 식탁에서 아내가 남편에게 말했습니다.
　　"어제 시장에 갔거든요. 거기에는 다마스커스의 비단옷, 인도의 숄, 페르시아의 목걸이, 암만에서 가져온 팔찌 같은 것들이 너무나 아름답게 진열되어 있었어요. 아마도 상인들이 금방 가져온 것 같았어요. 그런데 여보, 나를 좀 보세요. 저는 이렇게 누더기를 입고 있잖아요. 나도 그 아름다운 물건을 조금이라도 갖고 싶어요."
　　커피를 마시던 남편이 말했습니다.
　　"당신이 시내에 가서 마음에 드는 물건을 사면 되지 않소."
　　그러자 그 소리를 듣지 못하는 부인은 잘못 알아듣고서 말했습니다.
　　"당신은 언제나 '안 된다'고만 하는군요. 제가 볼품없는 옷을 걸치고 친구들 사이에 나타나 당신과 저의 친척들을 부끄럽게 했으면 좋겠어요?"

　　마음 속에 어떤 진실한 아픔을 앓고 있다는 것은, 비록 그것이 엄청난 비극과 고통일지라도 아름다움을 전해 주기 마련입니다. 그러나 침묵 속에 숨겨진 신비를 말하지 않는 얼굴은 아무리 균형이 잡혀 있다 할지라도 아름답지 못합니다.

칼릴 지브란과 차 한잔

그러자 남편이 말했습니다.

"나는 '안 된다'고 말하진 않았소. 당신은 시장에 가서 우리 도시에 온 가장 아름다운 옷과 보석을 당신 마음대로 얼마든지 사도록 해요."

그러나 부인은 또다시 남편의 말을 곡해하여 대꾸했습니다.

"인색한 부자들 가운데 당신보다 더 한 사람은 없을 거예요. 당신은 내게서 모든 기쁨을 차단하고 있어요. 제 또래의 다른 여자들은 값비싼 옷으로 치장을 하고 아름다움을 과시하며 다니고 있다고요."

그러면서 그녀는 울기 시작했고, 눈물을 떨구며 계속 소리쳤습니다.

"제가 옷이나 보석을 원할 때마다 당신은 언제나 안 된다고 말하는군요."

계속되는 그녀의 곡해에 남편은 그런 아내가 애처롭게 보였습니다. 그는 지갑에서 금화를 두둑히 꺼내 그녀 앞에 놓으며 다정스레 말했습니다.

"여보, 시장에 가서 당신이 갖고 싶은 것을 모두 사시오."

그 날부터 그 젊은 아내는 갖고 싶은 것이 있을 때마다 진주 같은 눈물을 남편에게 보였습니다. 그러면 남편은 아무 말 없이 그녀의 무릎에 넉넉한 금화를 꺼내놓곤 했습니다.

그런데 그 젊은 아내는 우연한 기회에 여행을 좋아하는 한 젊은이와 사랑에 빠지게 되었습니다. 그리고 그 남자가 그녀에게서 떠나 있을 때마다 창가에 앉아 울었습니다.

육체적 치료를 받고 교육받아서 창조적이고 생산적인 인간으로 거듭날 수 있는 기회를 정신에 대해 부여해야 합니다. 그래야만 올바른 법이고, 올바른 정의라고 말할 수 있습니다.

201

또 하나의 고독

그녀가 그렇게 우는 것을 볼 때면 남편은 속으로 생각했습니다.
"또 시장에 새로운 비단 옷과 희귀한 보석이 나왔나 보군."
그러고는 금화를 그녀 앞에 꺼내놓곤 했습니다.

시란 무엇입니까?
꿈을 더 크게 키워나가는 것.
그러면
음악이란 무엇입니까?
더 깊은 소리를
들을 수 있는 힘을
기르는 것입니다.

- 1914년 6월 20일 칼릴 지브라 -

마치 우리가 들판을 지나는 그 계절들에 순응했듯이, 우리 마음의 계절도
즐거이 받아들여야 합니다. 그러면 우리들은 슬픔의 겨울 사이로 진정한 자
신을 발견할 수 있습니다.

칼릴 지브란과 차 한잔

사탄과 신부

　많은 사람들이 정신적으로나 또 학문적인 길잡이로 사만 신부를 존경했습니다. 그 신부는 고난이라든가, 지옥과 천국의 비밀에 대해 고매한 정보의 보고(寶庫)였기 때문입니다.

　북(北)레바논에 살고 있는 사만 신부는 이 마을 저 마을로 여행했습니다. 그는 마을 사람들은 악마의 무서운 덫으로부터 구해 주기도 하고, 죄악라는 정신적 질병에서 사람들을 구해 주기 위해 기도도 했습니다.

　그 존경받는 신부는 사탄과 끊임없이 싸웠습니다. 가난한 농부들은 이 신부를 존경하여 우대하였고, 온갖 보화로 그의 충고와 기도를 얻으려고 애썼습니다. 그리고 매년 수확 때마다 그에게 가장 좋은 과일로 선물하곤 했습니다.

　어느 가을날 저녁, 사만 신부는 한 외딴 마을을 향해 걸어갔습니다. 계곡과 언덕을 가로지르던 중, 길 옆의 도랑에서 들려오는 괴로운 신음 소리를 들었습니다. 그는 멈춰서서 소리가 나는 쪽을 들여다보았더니, 그 속에는 옷도 걸치지 않은 한 사람이 땅 위에 누워 있었습니다. 그의 머리와 가슴엔 깊은 상처

　열매를 맺지 못하는 나무를 비난하지 마십시오. 그것은 그 누구의 탓도 아닌 오직 충분한 태양이 없었기 때문입니다. 열매는 하늘에서 떨어지는 것이 아니라. 열매를 맺기 위해선 적당량의 영양분이 필요한 것입니다.

203

또 하나의 고독

가 나 있었고, 계속 피가 흘러나오고 있었습니다.

"제발 살려주세요, 도와주세요. 자비를 베푸세요. 나는 지금 죽어가고 있어요."

그 고통받는 사람을 보자 사만 신부는 가늠하기 힘든 마음의 동요를 느꼈습니다.

'이 사람은 아마 도둑인 것 같은데. 아마 차비를 훔치려다 실패하고, 누군가 이 사람에게 상처를 입힌 모양이야. 내가 이 사람의 생명을 구해 주면 사람들이 나를 비난하겠지?'

그는 골똘히 생각해 본 뒤 어떤 결론을 내린 듯 가던 길을 떠나려 했습니다. 그러자 죽어가는 남자가 소리를 지르며 그를 불러세웠습니다.

"나를 두고 가지 마세요! 나는 죽어가고 있어요!"

그의 부르짖음은 신부를 다시 생각에 잠기게 만들었습니다. 자신이 그의 도움을 거절했음을 생각하고 얼굴이 창백해졌습니다. 순간 신부의 입술이 떨리고 있었지만 그는 자신에게 말했습니다.

'이 사람은 황야를 떠돌아다니는 미친 사람인 것 같아. 이 사람의 상처를 보니 두려워지는군. 어떻게 할까? 마음의 병을 고치는 의사로서는 몸에 난 상처를 치료하지는 못하는데?'

사만 신부는 이미 죽은 것처럼 보이는 사람이 고통에 가득 차서 신음 소리를 내자 바위 같은 마음이 녹아내려, 자신도 모르는 사이에 앞으로 몇 발자국을 걸어갔습니다.

혼자의 삶은 고립을 조장하며, 단지 현명한 사람들만이 그들 자신과 다른 사람들에게 해를 주지 않고 홀로 살 수 있습니다. 지혜는 외롭지만, 오로지 외로운 길만이 지혜에 이르는 길은 아닙니다. 지혜는 회피 속에서는 결코 발견되지 않습니다.

칼릴 지브란과 차 한잔

그 사내가 계속 헐떡거리며 말했습니다.

"가까이 와주오, 어서! 우린 오랫동안 친구였잖소……. 당신은 사만 신부, 좋은 목자가 아니오. 난 도둑이나 미친 놈이 아니오. 그러니 가까이 오시오. 그리고 이 황무지에서 나를 죽게 내버려두지 마시오. 내가 누군지 말해 주겠소."

그러자 사만 신부는 그에게 다가가서 무릎을 굽히고 그를 바라보았습니다. 그런데 그는 사내의 모습과는 전혀 다른 이상한 얼굴을 보았습니다. 신부는 교활함이 엿보이는 지성과 아름답지만 추함, 온화한 사악함을 보았습니다. 그는 재빨리 뒤로 물러서서 소리쳤습니다.

"당신은 누구요?"

꺼져 가는 목소리로 죽어가는 남자가 애원하듯 말했습니다.

"나를 두려워 마시오, 사만 신부. 우리는 오랫동안 친구였잖소. 내가 일어서게 도와주시오. 그리고 근처 마을로 데려가서 상처를 낫게 해 주시오."

그러자 신부가 냉정하게 말했습니다.

"당신은 누구시오? 당신을 알지도 못할 뿐 아니라, 당신을 본 기억조차 없소."

그러자 그 남자는 고통스러운 신음 소리를 멈추지 못한 채 말했습니다.

"당신은 내가 누군지 알고 있소. 당신은 나를 천 번도 더 봤을 거요. 그리고 매일 나에 대해 말했소……. 나는 당신의 영혼보다 당신의 육체를 더 소중히 여겼소."

존재한다는 것은 숙련된 손놀림의 기능공이 되는 것이며, 동시에 시공(時空)을 초월하지 않는 건축가가 되는 것입니다. 또한 농부가 되어 당신이 뿌린 모든 씨앗의 소중함을 깨우치는 것이기도 합니다.

또 하나의 고독

그 말을 듣고 신부가 꾸짖었습니다.

"거짓말을 하고 있는 이 사기꾼, 죽어가는 사람은 진실을 말해야 하오. 나의 전생애 동안 나는 당신 같은 사악한 얼굴을 본 적이 없소. 당신이 누군지 말하시오. 그렇지 않으면 당신을 죽어가도록 내버려두겠소."

그러자 부상당한 남자가 천천히 움직였고, 뜻밖에 미소까지 지었습니다. 그리고 아주 낮고 부드러운 목소리로 말했습니다.

"나는 사탄이오."

그 끔찍한 단어를 듣자마자, 사만은 계곡의 저 끝까지 뒤흔드는 커다란 비명을 질렀습니다. 그런 다음 그는 애써 그 사탄을 뚫어지게 쳐다보았고, 죽어가는 그가 교회에 걸려 있는 그림에 나오는 사탄과 비슷하다는 걸 그제야 깨달았습니다.

신부는 몸을 떨며 소리쳤습니다.

"신은 나에게 지옥의 형상을 보여주었고, 당신을 미워하도록 만드셨소. 당신은 영원히 저주받은 것이오. 양치기는 다른 양들을 지키기 위해 병에 걸린 양을 없애 버려야만 하오."

사탄이 대답했습니다.

"너무 서두르지 마시오, 신부. 불필요한 얘기로 이 쏜살같이 빨리 지나가는 시간을 잃는 일은 없어야 하오. 이리 와서 내가 죽기 전에 상처를 덮어주시오."

그 말에 신부가 재빨리 대꾸했습니다.

"매일 신에게 희생 제물을 바치는 이 손으로 지옥의 쓰레기로

영혼과 육체를 따로 떼려는 사람은 결코 진실을 쉽게 드러내지 않습니다. 꽃과 꽃향기는 하나입니다. 꽃은 향기가 없고, 모양과 색만 있다고 믿는 사람은 꽃의 모양과 색을 거부한 채 다만 향기만 있다고 믿는 장님과 마찬가지입니다.

칼릴 지브란과 차 한잔

만들어진 당신의 몸을 만질 수는 없소. 당신은 시대가 버린 찌꺼기, 오물들로부터 저주를 받아 죽는 것이오. 당신은 인류의 적이며, 당신의 목적은 모든 미덕을 파괴하는 것뿐이오."

사탄이 팔꿈치로 몸을 받치고 고통스럽게 몸을 움직이며 대꾸했습니다.

"당신은 당신 스스로 무엇을 말하는지도 모를 뿐만 아니라 자신이 지은 죄도 모르고 있소. 내 얘기를 잘 들으시오. 오늘 나는 외딴 골짜기를 혼자서 걷고 있었소. 이 곳에 왔을 때 천사의 무리들이 내려와 나를 치려고 했소. 그리고 나는 심한 상처를 입었소. 그들이 날카로운 날이 있는 칼을 갖고 있지 않았더라면 나는 도망쳤을 것이오. 그렇지만 내게는 그 위력적인 칼에 맞설 힘이 없었소."

그러면서 사탄은 잠시 말을 끊었습니다. 그는 옆구리의 심한 상처가 고통스러운 듯 손을 대어 누른 후 말을 이었습니다.

"칼을 가진 천사는 숙련된 심판자였소. 그는 분명 미카엘 천사였었소. 내가 땅 위에 넘어져서 죽은 척 꾸미지 않았다면 그는 아마도 나를 잔인하게 죽였을 것이오."

의기양양해진 목소리로 신부는 하늘을 향해 외쳤습니다.

"오, 사악한 적들로부터 인류를 구해 온 미카엘의 이름에 축복을 내리소서."

그러자 사탄이 반박했습니다.

"인류에 대한 나의 경멸같이 당신 안에 들어 있는 미움과 질서보다 더 크지는 않소. 당신을 구하러 오지도 않는 미카엘을

진정한 대화란 가슴의 앙금이 사라질 때에만 가능합니다. 두려움과 고통을 떨쳐 버리고 싶은 경우에는 이용이 뒤따르며, 따라서 의타심이 생깁니다. 그러므로 혼자만의 세계에서는 살 수 없습니다.

또 하나의 고독

축복하다니······. 당신은 죽어가는 나를 저주하고 있소. 하지만 나는 과거에나 지금이나 여전히 당신에게 행복과 평화를 주고 있소.

당신은 나의 축복을 거부했고, 나에게 친절을 베풀려고 하지도 않지만, 당신은 나의 그림자 덕택에 살고 또한 번성했소. 당신은 나의 존재를 핑계로 삼았고, 나의 경력을 무기로 삼았고, 나의 이름을 당신 행동의 정당성으로 삼았소.

과거에는 필요했던 것이 현재와 미래에는 필요하지 않다는 거요? 당신은 이미 당신이 생각하는 부귀의 목표에 이르렀잖소? 당신이 나의 왕국을 이용하면 당신을 따르는 사람들로부터 더 많은 금과 은을 끌어모을 수 있다고 생각해 본 적은 없소?"

신부는 놀란 나머지 멍하니 사탄의 입만 바라보고 있었습니다.

"만약 내가 죽는다면 당신은 굶어죽는다는 걸 모르오? 오늘 내가 죽으면 내일부터 당신은 무얼 할 거요? 나의 이름이 사라진 뒤 당신은 어떤 직업을 얻을 거요?

10년 동안 당신은 여러 마을을 돌아다니며 사람들이 나의 손아귀에 잡히지 않도록 이끌었소. 그 때마다 사람들은 당신의 인도에 감사하며 그들의 땅에서 거둬들인 농산물과 돈을 지불했소. 만약 사악한 적이 더 이상 존재하지 않는다는 걸 안다면 그들은 당신에게 무엇을 줄 것 같소?

사람들은 더 이상 죄에 빠질 일이 없으니 당신의 일은 나와 함께 죽어 버리는 것이오. 당신은 신부의 입장에서 볼 때 악마

자신의 삶을 사랑할 수 있을 때 남을 미워하지 않게 됩니다. 왜냐 하면 그런 사람은 어떤 권력이라든가, 특권과 명예, 욕망에도 유혹받지 않기 때문입니다. 아침 이슬을 먹고 자라는 영혼은 그 어떤 순결함을 얘기할 수 있을까요.

칼릴 지브란과 차 한잔

의 존재로서만 교회가 튼튼하게 자리하고 있다는 사실을 깨닫지 못하오?

저 고대의 역사를 보면, 성실한 자의 주머니에서 금과 은을 빼내 신부와 전도자의 주머니 속에 그것을 영원히 쌓아놓는 비밀의 손으로 뒤엉켜 있소. 나의 죽음이 곧 당신의 삶과 집, 교회, 그리고 특권을 잃게 한다는 걸 이제 깨달았을 텐데, 당신은 나를 여기서 죽게 내버려두겠소?"

사탄이 잠시 동안 입을 다물었습니다. 그리고 비탄에 젖어 있던 그가 이젠 자신에 차서 계속 말을 이었습니다.

"신부여, 당신은 신념으로 차 있지만 모르는 것이 있소. 나는 거짓된 믿음의 역사를 당신에게 알려주겠소. 당신은 나의 얘기를 듣고, 우리 둘을 연결시키고, 나의 존재를 당신의 양심에 부각시키는 진실을 발견할 것이오.

처음 시간이 시작되었을 때, 인간은 태양의 얼굴 앞에 서서 팔을 뻗으며 소리쳤소.

'하늘 뒤편 저 곳에 크고 사랑스러운 자비심 많은 신이 있다.'

그리고 거대한 빛을 등지고 땅 위에 나타난 그림자를 보고 인간은 또 외쳤소.

'세상 저 깊은 곳에 사악한 검은 악마가 있다.'

그리고 인간은 자기의 동굴 쪽으로 걸어가며 중얼거렸소.

'나는 두 개의 강한 힘 사이에 있다. 그 하나는 내가 쉴 곳이오, 다른 하나는 대항해 싸워야만 하는 곳.'

그리고 인간이 두 개의 힘 사이에 있는 동안 세월이 흘러갔

인간이 불행하고 비참하게 되었다는 것으로 신에게 심판받지는 않습니다. 왜냐 하면 그의 깊은 마음 속에는 행복에 대한 소망이 창조되어 있기 때문이며, 동시에 인간의 행복 속에는 신이 찬미되기 때문입니다.

또 하나의 고독

소. 그 하나의 힘은 그에게 신념을 불어넣었으므로 그에게 축
복 받았고, 다른 하나는 그를 두렵게 함으로써 그에게서 저주
를 받았소. 그렇지만 그는 저주나 축복의 의미가 무엇인지 깨
닫지 못했소. 다만 그는 활짝 피어난 여름 나무와 추운 겨울
나무 사이에서 방황하고 있었던 것뿐이오.

　인간이 살아가는 문명 생활이 시작되면서 인류의 한 개체로서
인종(人種)도 시작됐소. 그 후 씨족이 시작됨과 동시에 인간의
능력과 성향에 따라 일이 나뉘어졌소. 한 씨족은 땅을 일구고,
다른 씨족은 거주지를 만들고, 또 다른 씨족은 옷을 짜거나 먹
을 것을 찾았소. 놀라운 점술이 이 세상에 나타나기 시작했소.
그리고 이것은 필요한 욕망을 이루지 못한 인간이 쉽게 받아들
이기 시작한 최초의 모순이었소.”

　여기까지 얘기하던 사탄이 잠시 말을 멈추더니, 그는 갑자기
웃었습니다. 그의 공허한 웃음소리가 텅 빈 계곡을 뒤흔들었으
며, 그의 웃음은 상처를 다시 일깨운 듯 옆구리에 손을 대고
다시 고통의 신음 소리를 냈습니다.

　잠시 진정한 후 그는 이야기를 계속했습니다.

“세상에 점술의 모습이 나타나더니 이상하게 퍼져갔소.

　최초의 씨족 중에 라비스라는 남자가 있었소. 나는 그의 이름
의 원천은 알지 못하지만, 그는 매우 지적인 사람이었지만 지
독하게 게을렀다는 사실만 알 뿐이오. 그는 밭도 갈기 싫어했
고, 육체를 필요로 하는 일, 예컨대 힘이 드는 목축이나 집을

진리는 내면으로 소리없이 스며듭니다. 우리들이 단지 알고 있다는 것은
진리가 아닙니다. 그것은 하나의 관념이거나 허상일 뿐입니다. 우리들의 문
제는 우리 자신을 이해하는 것일 뿐 우리 자신을 쉽게 파괴하는 실체는 될
수 없습니다.

칼릴 지브란과 차 한잔

짓는 일 따위는 하지 않았소. 그 때만 해도 힘든 일을 하지 않
고선 음식을 얻지 못했으므로 라비스는 굶은 채 며칠을 보내야
만 했소.

어느 여름 밤, 그 씨족 사람들이 족장을 중심으로 모여서 그
날의 일과를 이야기하고 잠자리에 들기 위해 기다리고 있었소.
그 때 어느 남자가 달을 가리키며 소리쳤소.

'밤의 신을 보시오! 그의 얼굴이 검어서 아름다움을 앗아가
버렸소. 하늘의 둥근 천장에 걸려 있는 그림이 검은 돌로 변해
버렸소!'

많은 사람들이 달을 바라보고는 두려움에 몸을 떨며 신음 소
리를 냈소. 사람들은 검은 천이 눈앞에 드리워져 세상의 밝음
을 어두운 밤으로 바꾸는 밤의 손길을 보고 어둠의 손이 그들
의 가슴을 조이는 듯 두려움에 떨었소.

그 때 전에 월식을 보았고 그 간단한 이유를 알고 있는 라비
스는 이 기회를 이용하려고 사람들 앞으로 나아갔소. 그는 사
람들 가운데에 서서 손으로 하늘을 가리키며 힘찬 목소리로 말
했소.

'자, 무릎 꿇고 기도하시오. 어둠의 신이 밤을 밝혀주는 신과
싸우고 있소. 만약 악의 신이 이기면 우리는 모두 죽을 것이고,
밤의 신이 이기면 우리는 살아남을 것이오. 지금 기도하시오.
그리고 경배하시오. 그리고 얼굴을 땅에 대고 하늘을 쳐다보지
마시오. 만약 두 신이 싸우는 걸 목격하는 사람은 두 눈과 마
음을 잃을 것이오. 그래서 평생 장님과 미친 자로 지낼 것이오!

죄와 덕이 다른 것이 아니듯, 죄인과 성자 역시 다르지 않습니다. 그러니
깨달음의 경전에서 말하는 죄악을 떨쳐 버렸다고 해서 그 사람을 성자라고
부르지 마십시오. 모두가 그의 무의식 속에 차곡차곡 쌓여 있을 뿐입니다.

211

또 하나의 고독

머리를 낮추고 온 마음으로 우리의 영원한 적과 싸우는 밤의 신이 이기기를 간절히 기도하시오!

게다가 라비스는 사람들이 들어본 적도 없는 자기가 만든 독특한 단어를 써가면서 이야기를 했소. 이 교활한 사기극이 끝날 즈음 달은 전의 모습으로 되돌아왔소.

그러자 라비스는 전보다 더 목소리를 크게 힘주어 소리쳤소.

'이제 일어나시오. 그리고 사악한 적을 이긴 밤의 신을 바라보시오. 그는 우주 속의 영원한 여행을 다시 시작했소. 여러분의 기도에 힘입어 악마를 이겼다는 걸 밤의 신도 알고 있소. 보시오, 전보다 훨씬 밝게 빛나고 있지 않소.

모여 있는 사람들이 모두 일어나 찬란하게 빛나는 달을 바라보았소. 이제 그들의 공포는 사라졌고, 혼란은 기쁨과 놀라움으로 바뀌었소. 그들이 춤을 추고 노래를 부르며 막대기를 들어 철판을 두드리자 그 골짜기는 그들의 소란스러움으로 가득 찼소.

그날 밤, 족장이 라비스를 불러 이야기를 했소.

'지금까지 아무도 할 수 없었던 일을 자네가 해냈어. 자네는 우리들 가운데 누구도 알지 못하는 감춰진 비밀을 얘기해 주었네. 부족들의 뜻에 따라 우리 부족에서 나 다음의 높은 지위를 자네에게 주겠네. 나는 가장 강한 자이고, 자네는 가장 현명하고 많이 아는 자……. 자네는 우리 부족과 신을 이어주는 중개자가 되었네. 자네는 신들이 바라는 것, 그리고 움직이는 걸 이해하고 있으니, 우리들에게 그들의 축복과 사랑을 얻는 데 필

존재한다는 것은 관계 맺음에 있습니다. 고립 속에서는 아무것도 할 수 없습니다. 특별한 관계를 고집한다면 더 깊은 고립의 아픔만 맛볼 뿐입니다. 즉, 슬픔이란 고립의 진행입니다.

칼릴 지브란과 차 한잔

요한 것들을 가르쳐 주게나.'

그러자 라비스는 교활하게 미소를 지으며 말했소.

'모든 인간의 신은 신성한 나의 꿈 속에 나타나므로, 나는 여러분과 신과의 사이에서 직접 행동한다는 걸 여러분은 믿어야 합니다.'

족장은 그의 말에 따르겠다고 말하고 라비스에게 말 2 마리와 송아지 7 마리, 양 70마리, 새끼양 70마리를 주었소.

그리고 라비스에게 또 말했소.

'우리 부족 남자들이 당신을 위해 튼튼한 집을 지어주겠소. 그리고 수확이 끝나면 당신이 명예롭고 존경받는 스승으로 살 수 있도록 수확물의 일부를 당신에게 바치리다.'

라비스가 자리에서 일어나 떠나려고 하자, 족장이 그를 막으며 말했소.

'당신이 인간의 신이라고 부르는 건 누구이고 그의 정체는 무엇이오? 놀라우신 밤의 신과 싸운 그 건방진 신은 대체 누구요? 우리는 지금까지 한 번도 생각해 보지 못했소.'

라비스가 앞이마를 손으로 문지르며 말했소.

'존경하는 족장님, 인간이 창조되기 전에는 모든 신들은 별들이 펼쳐진 저 광활한 우주 속 천상 세계에서 모여 평화롭게 살았습니다. 모든 신들의 신은 그들의 아버지였는데, 그는 전지전능했습니다. 그는 스스로 영원한 법칙 위에 존재하는 신성한 비밀을 혼자 간직했습니다. 수세기가 흐르는 동안 신을 미워한

혼자 있을 때 사람들은 저마다 가장 의연한 신이 됩니다. 즉, 의식의 가장 높은 봉우리가 되는 것입니다. 하지만 군중은 절대로 의식을 고양시켜 주지 못합니다. 군중이 모두 함께 통일적으로 깨달음을 얻었다는 통일성을 들어보지 못했을 것입니다.

또 하나의 고독

바타르 신이 그의 아버지에게 반란을 일으켰습니다. 바타르 신이 그의 아버지에게 말했습니다.

'어째서 아버지는 우주의 비밀과 법칙을 우리에게 숨기고, 모든 생물 위의 전지전능한 힘을 혼자서만 가지고 있습니까? 우리는 아버지를 믿고 영원 무궁한 진리를 아버지와 함께 나누는 아버지의 자식들이 아닌가요?'

신들의 신이 대노하여 말했소.

'나는 시작이자 끝이기 때문에, 중요한 비밀과 권능과 권위를 혼자서 지켜야 하느니라.'

그러자 바타르가 그에게 항변했소.

'만약 아버지가 아버지의 권능을 내게 나눠주지 않는다면 나와 내 자식들, 그리고 내 자식의 자식들은 아버지와 맞서 싸울 것입니다!'

그 때 신들의 신이 저 하늘 깊은 곳에 있는 왕좌에서 벌떡 일어나 칼을 뽑아들었소. 그리고 방패로 태양을 잡았소. 그리고 저 영원의 세계 구석구석까지 울리는 쩌렁쩌렁한 목소리로 소리쳤소.

'이 사악한 반역자! 어둠과 비참함이 있는 암울한 저 아래 세상으로 내려가거라! 너를 그 곳으로 추방하겠다. 너는 별이 먼지로 변하고, 태양이 재로 변할 때까지 그 곳을 떠돌아다닐 것이다!'

바로 그 순간, 바타르는 천상 세계에서 모든 사랑하는 신들과 헤어져 아래 세상으로 떨어졌소. 그리고 바타르는 자신의 목숨

인간은 지식으로부터 가장 자유로워야 합니다. 인간이 애써 모아온 모든 지식은 마음의 동요를 주지 않아야 합니다. 지식이란 언제나 과거입니다. 그러므로 마음은 이런 과거로부터 벗어나 자유스러워야만 합니다.

칼릴 지브란과 차 한잔

의 비밀을 걸어 자신의 아버지와 형제들에게 대항해 싸울 것이
라고 맹세했던 것이오."

라비스의 이야기를 듣던 족장의 얼굴이 창백해지고, 이마를
찡그러뜨렸소. 그는 용기를 내어 물었습니다.

'그렇다면 그 악마의 이름이 바타르요?'

그러자 라비스가 대꾸했소.

'천상세계에 있을 때의 이름이 바타르였습니다. 그러나 아래
세상으로 내려왔을 때 그는 여러 가지 이름을 썼지요. 발자보
울, 사타나일, 발리알, 자미엘, 아리만, 마라, 압돈, 데블 등등.
그리고 마침내 가장 잘 알려진 사탄이란 이름을 썼습니다.'

바람이 마른 나뭇가지를 지나가며 흔드는 듯 떨리는 목소리로
족장은 사탄이란 말을 몇 번이고 중얼거렸소.

그러고 나서 그가 말했소.

'어째서 사탄은 신을 미워하는 만큼 우리 인간도 미워하는 거
요?'

라비스가 얼른 대답했소.

'그는 인간이 자기 형제 자매들의 후손이라 인간을 미워하는
겁니다.'

그 족장이 소리쳤소.

'그럼 사탄이 인간의 사촌이란 말이오?'

엄숙함과 두려움이 뒤섞인 목소리로 라비스가 대답했소.

'그렇죠. 그는 낮에는 비참하고 밤에는 끔찍한 꿈에 시달리는
인간들에게 있어 최대의 적입니다. 사탄은 인간의 곳간에 폭풍

우리의 진정한 근심을 무엇입니까? 우리를 괴롭히고 있는 근본적인 문제
는 무엇입니까? 다른 사람들이 그것을 우리에게 강요한 것이 아니라도, 더
부유하고 더 힘센 사람을 질투하여 무엇합니까?

215

또 하나의 고독

우를 몰아치고, 가뭄을 몰아오고, 사람들과 가축들에게 병을 주는 힘을 갖고 있습니다. 그는 악마이자 강한 신이지요. 그는 사악해서 우리가 슬픔에 잠기면 기뻐하고, 한편으로 같이 슬퍼하는 체하면서 인간을 좀더 고통스럽게 만들 일만을 생각하지요. 우리가 그의 악행을 피하려면 철저하게 그를 감시해야만 합니다. 그의 함정에 빠지지 않으려면 그의 특성을 계속 살피지 않으면 안 됩니다!'

족장은 매우 두려운 얼굴로 굵은 지팡이에 머리를 기대고 낮게 중얼거렸소.

'나는 이제야 우리에게 폭풍우를 보내고 질병을 가져오는 이상한 힘의 깊은 비밀을 알았소. 부족들에게도 내가 지금 알게 된 모든 사실을 알려주어야 하오. 그대가 그 힘센 적의 비밀을 부족들에게 알려주어, 악마를 비켜 가는 지혜를 갖도록 해 준다면 더 큰 축복과 영광을 받을 것이오.'

그러나 라비스는 족장이 있는 곳을 떠나 그 부족들에게로 가서, 사탄에 대한 사실만을 얘기하고는 이내 자신의 은신처로 갔소. 그는 자신의 현명함에 스스로 감동했고, 공상과 기쁨의 술잔에 흠뻑 도취했소. 그 후 얼마 동안 라비스를 제외한 다른 부족들은 유령이 나타나는 꿈으로 침대를 헤매며 밤을 보내지 않으면 안 되었소."

사만 신부가 당황한 표정으로 사탄을 쳐다보자, 사탄의 입가엔 알 수 없는 미소가 희미하게 떠올랐습니다.

사탄은 잠시 멈추었다가 다시 이야기를 계속했습니다.

밤이 되면 '언제 새벽이 오려나?' 하지만 새벽이 오면 다시 '이 날이 언제나 끝나려나?' 하고 묻게 되는 현실의 고통 속에서 나날을 보낼 때, 신은 우리를 결코 심판하시지 않습니다.

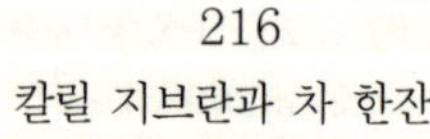

칼릴 지브란과 차 한잔

"이렇게 해서 점술이 이 세상에 나타났고, 나의 존재도 모습을 드러내게 된 것이오. 라비스는 직업으로 나의 잔인함을 채택한 최초의 사람이었소. 라비스가 죽자 이 직업은 그의 자식들에게 물려졌으며, 완벽하고 신성한 직업으로서 존경받으며 번창했고, 지식으로 성숙된 마음을 가진 사람과 고귀한 영혼을 가진 사람, 마음이 순수한 사람, 그리고 상상력이 풍부한 사람들이 추구하는 최상의 직업이 되었소.

바빌론에서는 나와 대적한 신부를 향해 사람들이 존경의 표시로 찬송하고 일곱 번 절을 했소. 니네베(앗시리아의 수도)에서도 사람들은 신과 인간 사이의 황금빛 상징인 나에 대한 은밀한 비밀을 안다고 주장하는 사람을 존경했소. 티벳에선 나와 싸운 사람을 태양과 달의 아들이라고 불렀소. 비블루수, 에베소(소아시아 서부에 있는 옛 도읍), 안티오(고대 시리아의 수도)에서는 사람들이 나의 적에게 아이들의 목숨을 제물로 바쳤소. 예루살렘과 로마에서는 사람들이 나를 증오하여 온힘을 다 해 나와 싸웠다고 주장하는 사람들의 손에 자신들의 목숨을 내놓았소.

태양 아래에 있는 모든 도시에서 내 이름은 종교·예술·철학의 밑바탕이 되는 기둥이었소. 내가 없었다면 사원은 세워지지 않았을 것이며, 탑이나 궁전도 세워지지 않았을 것이오. 나는 인간에게 어떤 해결 방법을 알려주는 용기가 되었고, 나는 사고(思考)의 근거를 주는 원천이었소. 나는 인간의 손을 움직이

죄악은 도처에 도사리고 있습니다. 비록 그 손가락 끝을 아무리 감추려 해도 우리 속에 묻어 있습니다. 그리고 아무리 미묘하고 매끄럽다 해도, 아무리 거짓에 치장을 하고 그럴 듯한 곳에 놓아두어도 속임수가 진실로 바뀔 수는 없습니다.

217

또 하나의 고독

게 한 손이 되었소. 나는 사람들이 살아남으려고 싸운 대상인 사탄이오. 만약 사람들이 나와 싸우기를 멈춘다면 나는 나태함으로 변해서 그들의 신화에 나오는 무서운 형벌에 따라 그들의 이상과 가슴에 있는 영혼을 말라죽게 할 것이오.

나는 여자의 가슴과 인간의 마음을 뒤흔드는 말없는 유혹이오. 그래서 나를 두려워하여 사람들은 나를 비난하며 신성한 장소로 여행을 가거나, 나의 의지에 항복하여 나를 기쁘게 해주는 사악한 장소로 여행을 하기도 하지. 고요한 밤에 나를 침대에서 내쫓으려고 기도하는 수도승은 나를 방으로 초대한 창녀와 똑같소. 나는 영원히 죽지 않는 사탄이기 때문이오.

나는 공포라는 기초 위에 수도원과 수녀원을 짓는 건축가요. 나는 술집을 지어 욕망과 자기 만족의 토대 위에 사는 인간에게 사악한 시간을 만들어 주었소. 만약 내가 존재하지 않는다면 이 세상에서 두려움과 즐거움은 사라져 버릴 것이오. 그것들이 사라져 버리면 욕망과 희망도 인간의 마음 속에서 사라지게 되고, 인간의 삶은 줄이 끊어진 하프처럼 쓸모없고 차갑게 될 것이오. 나는 영원히 죽지 않는 사탄이라오.

나는 악과 중상·배반·기만·조롱을 위한 성스러운 존재요. 그리고 이런 것들이 이 세상에서 사라진다면 인간의 사회는 다만 미덕의 가시만이 번성하는 폐허가 될 것이오. 나는 영원한 사탄이오.

나는 죄의 아버지이자 어머니요. 만약 죄가 없어진다면 죄와 싸우는 사람도, 그들의 가족과 제도도 사라질 것이오.

자유로운 사람은 과거와 미래, 그리고 모든 것으로부터 자유롭습니다. 그는 다음 순간에 어떤 일이 일어날지 모르기 때문입니다. 그러니 어떻게 욕망을 계속 간직할 수 있겠습니까?

칼릴 지브란과 차 한잔

나는 모든 죄의 심장이요. 당신은 내 심장의 고동 소리를 싫어하오? 그래서 인간의 행동이 멈춰지길 바라시오? 당신은 이모든 원인을 없애버린 후의 결과를 택하겠소? 나는 원인이오. 당신은 나와 당신 사이에 있는 끈을 자르고 싶소? 대답하시오, 신부!"

그리고 사탄은 더욱 괴로운 듯 팔을 뻗었으며, 머리를 앞으로 숙인 채 숨을 헐떡였습니다. 그의 얼굴은 창백하게 변했습니다. 그는 나일강가에 버려진 고대 이집트 석상과 흡사한 모습이었습니다. 그런 다음 그는 번뜩이는 눈을 사만 신부의 얼굴로 향하고 힘없이 말을 이었습니다.

"나는 이제 지쳤고 허약하오. 당신이 알고 싶어하는 것들을 말해 주느라 나머지 기운마저 다 써버렸소. 자, 이제 당신은 스스로 원하는 좋은 일을 택하시오. 나를 당신 집으로 데리고 가서 상처를 치유하든가, 나를 여기서 죽게 내버려두든가 당신 마음대로……."

사만 신부는 몸을 떨었고 신경질적으로 손을 비비며 사과했습니다.

"오, 지금까지 몰랐던 사실을 이제야 알았소. 나의 무지를 용서해 주오. 당신이 이 세상에 유혹을 만들었다는 것과, 인간의 가치를 신이 판단하게 하는 기준으로써 그 유혹이 필요하다는 것도 알았소. 이것은 전지전능한 신이 영혼을 평가하는 데 사용하는 척도였소. 당신이 죽는다면 유혹도 사라져 버리고, 그렇게 되면 인간을 발전시키고 중계시키는 이상적인 죽음의 힘도

생존의 잔인한 사슬을 공평하게 만들 수 있는 것은 신의 위대한 힘, 즉 죽음뿐입니다. 그러나 이 끔찍한 일들을 좋은 귀결로 이끌 수 있는 힘은 없을까요? 세상의 모든 영양을 한 손으로 끌어올 수는 없을까요?

또 하나의 고독

파괴된다는 사실을 이제 믿겠소.

당신이 죽은 걸 인간이 알게 되면 그들에게는 지옥에 대한 두려움이 사라지고, 그러면 예배하는 것도 멈출 것이오. 그러니 당신은 살아야 하오. 당신이 살아 있는 동안이라도 인류는 죄와 악으로부터 구제되어야 한다는 명제가 증명될 것이므로 당신은 살아남아야 하오.

나는 인간을 위한 나의 사랑의 제단 위에 당신을 향한 나의 증오를 제물로 바칠 것이오.”

사탄이 땅을 뒤흔들 듯 웃음을 터뜨렸습니다. 그리고서 그가 말했습니다.

“당신은 정말 영리한 사람이오, 신부. 그리고 당신은 신학에 관해 굉장한 지식을 가지고 있구려. 당신은 당신의 지성으로 나를 알았으며, 나 역시 결코 이해하지 못한 내 존재의 목적을 찾아냈소. 이제는 서로가 서로의 필요성을 깨달았구려.

내게 가까이 오시오, 형제여. 어둠이 땅을 삼키고 있소. 그리고 내 피의 절반이 이 계곡의 모래 위로 흘러내렸소. 망가진 내 몸 외에는 내게 남은 건 아무것도 없소. 당신이 나를 도와주지 않는다면 죽음이 곧 내 망가진 몸을 거둬갈 것이오.”

사만 신부가 소맷자락을 걷어붙이고 다가와 사탄을 등에 업고, 집을 향해 걸어갔습니다.

계곡에 어둠이 깃들이고 고요함이 감싸는 동안, 사만 신부는 무거운 짐 때문에 등을 구부린 채 마을로 걸어갔습니다. 그의

올바른 자아 인식 없이 바른 가치관의 확립은 이뤄지지 않습니다. 그 때의 모든 지식이란 혼란스런 무지의 파괴에 불과합니다. 그렇다고 해서 자아 인식이 궁극적인 목표는 아닙니다. 자아 인식은 끊임없는 것에 대한 개발의 수단일 뿐입니다.

칼릴 지브란과 차 한잔

검은 옷과 긴 수염에는 사탄에게서 흘러내린 피가 여기저기 묻어 있었습니다.

그러나 그는 죽어가는 사탄의 목숨을 살리기 위해 간곡한 기도를 하느라 입술을 계속 움직였으며, 전심 전력을 다 해 앞으로 나아갔습니다.

시인들은
불행한 사람들이다.
그들의 영혼이
아무리 높은 곳까지 이를지라도,
그들은 아직
눈물의 굴레 안에 갇혀 있는 까닭에.

생존의 잔인한 사슬을 공평하게 만들 수 있는 것은 신의 위대한 힘, 즉 죽음뿐입니다. 그러나 이 끔찍한 일들을 좋은 귀결로 이끌 수 있는 힘은 없을까요? 세상의 모든 영양을 한 손으로 끌어올 수는 없을까요?

221

또 하나의 고독

왕비

젊은 시인이 나이 든 왕비에게 말했습니다.

"저는 당신을 사랑합니다."

그러자 그 왕비는 대답했습니다.

"애야, 나도 너를 사랑한단다."

"저는 당신의 아이가 아니에요. 저는 어른이에요. 성인으로서 당신을 사랑합니다."

왕비가 말했습니다.

"나는 여러 자식들의 어머니란다. 그들은 여러 아이들의 아버지와 엄마들이고, 내 손자들 가운데는 너보다 나이가 많은 아이도 있단다."

젊은 시인이 말했습니다.

"그러나 저는 당신을 사랑합니다."

얼마 후 그 왕비는 죽었습니다. 그녀의 마지막 숨결이 위대한 대지의 숨결에 스며들기 전에, 영혼 속에서 그녀는 말했습니다.

"내가 가장 사랑하는, 내가 가진 단 하나의 아들, 나의 젊은 시인아, 언젠가 우리는 다시 만나게 될 거야. 나는 아직 일흔

남을 비난하고 비판하고 그러면서 내심으로 우월감을 느끼는 자들, 그들은 바로 '태양을 등지고 서 있는 자들'입니다. 그들은 어둠에 아주 친숙해져 있으므로 태양을 보려 하지 않습니다.

칼릴 지브란과 차 한잔

살이 되지 않았으니까."

타인에게서 가장 좋은 점을 찾아내어
그에게 이야기해 주십시오.
우리들은 누구에나 그것이 필요합니다.
우리는 타인의 칭찬 속에 자라왔습니다.
그리고,
그것이 우리를 더욱 겸손하게 만들었습니다.
그 칭찬으로 하여,
사람은 더욱 칭찬 받을 만해 지려고
노력하는 것입니다.
진실한 의식을 갖춘 영혼은
자신보다 훨씬 뛰어난 무엇을
발견해 낼 줄 압니다.
칭찬이란 이해입니다.
근본적으로 우리는 누구나 위대하고 훌륭합니다.
누군가를 아무리 칭찬한다 해도 지나침은 없습니다.
타인 속에 있는 위대함과 아름다움을 발견하는
눈을 기르십시오.
그리고,
찾아내는 대로 그에게 이야기해 줄 수 있는
힘을 기르십시오.

- 1922년 1월 14일 메리 해스켈 -

우리들은 고독으로부터 해방되기 위해서라면 무슨 일이든 할 수 있습니
다. 우리의 의식이나 선입관마저도 그런 고독을 피해 다른 길로 가려 합니
다. 아무리 그것을 억누르거나 태만해 있어도 고독의 아픔과 문제는 사라지
지 않습니다.

또 하나의 고독

루스 부인

언덕 위의 외딴 하얀 집을 바라보며 세 사람은 제각기 말했습니다.

"저게 루스 부인의 집이야. 그녀는 늙은 마녀지."

"무슨 말을 그렇게 해? 루스 부인은 높은 이상을 품고 살고 있는 아름다운 여자야."

"둘다 틀렸어. 루스 부인은 광대한 토지를 가진 부자야. 그녀는 농노(農奴)의 피를 뽑아 살고 있는 셈이지."

그들은 루스 부인을 화제로 삼으며 걸어갔습니다.

네거리에서 그들은 한 노인을 만났습니다. 그들 중 하나가 노인에게 물었습니다.

"저 언덕 위에 있는 하얀 집에 살고 있는 루스 부인에 대해 알고 계시나요?"

그 노인은 고개를 들어 그들에게 미소를 보이며 말했습니다.

"나는 아흔 살이라오. 루스 부인을 기억하지. 그러나 그 때 나는 소년이었소. 루스 부인은 80년 전에 죽었지. 지금 저 집은 텅 비었어. 저 집에서는 올빼미들이 가끔 울지. 저 곳에 도

영원한 존재란 가능한 걸까요? 인간의 완벽한 지혜로도 영원한 존재의 비밀을 절대 알 수 없습니다. 만약 영원한 존재가 눈앞에 실현된다면, 틀림없이 더욱 아름다운 모습일 겁니다.

칼릴 지브란과 차 한잔

깨비가 나온다고 사람들이 말하더군."

세계를 발견하고
발가벗은 그대로의 세상을
바라보고 싶은
신성한
소망의 표현,
그것은 삶을 노래하는
시의 정신입니다.

시인이란 그저 시를 쓰는 사람이 아니라
가슴속이 생명의 기운으로
충만한 이들입니다.

- 1915년 7월 17일 칼릴 지브란 -

　　이념이나 신앙은 우리를 구속합니다. 우상은 믿으나 다른 사람은 믿지 않습니다. 우리 모두 자신의 신앙에 갇힌 죄수들입니다. 우리는 자신의 환경과 일치하는 경험을 기억하고 있으면서도, 그것이 신앙이 아님은 우리 모두 잘 알고 있습니다.

왕실

　　이샤나의 왕비가 해산하느라 진통을 겪고 있었습니다. 왕과 궁정 안의 모든 신하들은 넓은 홀에 모여서 초조하게 숨을 죽인 채 기다리고 있었습니다.

　　해질 무렵, 국경에서 전령이 급히 달려와 왕 앞에 엎드려 말했습니다.

　　"폐하와 왕국, 그리고 폐하의 충신들에게 기쁜 소식을 가져왔나이다. 폐하의 영원한 적, 베트루운의 왕 미이랍이 드디어 죽었습니다."

　　이 소식을 듣자, 왕과 중신들은 모두 일어나 기쁨의 환호를 질렀습니다. 저 힘센 미이랍이 조금만 더 오래 살았더라면 분명 이샤나를 정복하고 백성들을 포로로 끌고갔을 것이기 때문이었습니다.

　　그 순간, 왕실의 주치의가 뒤에 있던 왕실 산파를 데리고 홀 안으로 들어왔습니다. 왕실 주치의는 왕 앞에 엎드려 말했습니다.

　　"폐하, 영원무궁 자손 대대로 이샤나 백성들을 통치하여 주소

　　마음의 사악함이 다 사라졌을 때 간절한 연민이 떠오릅니다. 사랑을 파괴하는 것은 그것에 대한 요구와 두려움, 애착과 거부, 결심과 충돌을 가지고 있는 정신입니다. 그러나 이러한 모든 것으로부터 자유로워진다는 것은 결코 쉽지 않습니다.

서! 폐하께, 지금 이 시간 폐하의 후계자가 되실 황태자가 탄
생하셨습니다."

진실로 왕의 영혼은 기쁨에 가득 차 넘쳐흘렀습니다. 똑같은
순간에 그의 적이 죽고 왕자가 태어났기 때문이었습니다.

그 당시 이샤나 시에는 진정한 예언자가 살고 있었습니다. 이
예언자는 젊고, 대담한 정신을 지닌 사람이었습니다.

그가 왕에게 불리어 왔습니다.

"나에게 예언을 해 주오. 오늘 우리 왕국에 태어난 내 아들의
미래에 대해 예언을 해 주오."

"들으십시오, 폐하. 오늘 태어난 황태자의 미래를 거짓 없이
예언하겠나이다."

예언자는 조금도 두려움 없는 확고한 목소리로 말했습니다.

"지난밤 죽은 미이랍의 영혼이 하루 동안 바람을 타고 돌아다
니다가 마침내 숨어 들어간 육신은 바로 그 시간 폐하의 아들
로 태어나신 황태자였습니다."

그러자 왕은 격분한 나머지, 예언자를 그의 칼로 죽였습니다.
그렇지만 그 날부터 오늘날까지 이샤나의 현자들은 사람들이
듣지 못하게 서로 이런 말을 주고받았습니다.

"아마 사람들은 모를 테지만, 그리고 예부터 전해 내려 오지
는 않아도, 이샤나는 적의 손에 의해 통치되고 있는 거야."

우정을 맺는 데는 깊은 영혼과의 만남 이외에 그 어떤 목적도 두지 말아
야 합니다. 다른 무엇을 찾는다면 그것은 이미 사랑과 우정이 아니라 얄팍
한 수단에 불과합니다.

227

또 하나의 고독

종다리와 독수리

언덕 위에 있는 한 바위에서 종다리와 독수리가 마주쳤습니다. 그러자 종다리가 먼저 말을 건넸습니다.

"좋은 아침이죠, 독수리 씨."

독수리는 종다리를 내려다보더니 힘없이 '좋은 아침' 하였을 뿐, 시큰둥한 반응을 보였습니다.

종다리가 덧붙여 말했습니다.

"모든 일이 선생이 생각하시는 대로 되시기를."

"그래."

독수리가 짤막하게 대꾸했습니다.

"내겐 모든 일이 순조롭지. 그런데 넌 우리 독수리가 새들의 왕이란 걸 모르나 보지? 우리 편에서 먼저 말을 걸기 전에는 상대가 먼저 말을 건넬 수 없다는 사실도."

종다리가 말했습니다.

"우린 한 식구나 다름없잖아요."

그러자 독수리는 기가 막히다는 표정으로 종다리를 내려다보며 쏘아붙였습니다.

기억이란 지식이 진행되는 속에서 움직이는 일부입니다. 어떤 것을 기억한다는 것은 틀림없이 그것을 알고 있다거나 그전에 경험해 보았다는 것을 뜻하므로, 그런 경험은 기억의 창고에 저장되어 있는 안개가 풀어헤쳐 나오는 것과 같습니다.

칼릴 지브란과 차 한잔

"내가 언제 너와 내가 한 식구라고 했나?"

종다리는 여전히 차분한 어조로 말했습니다.

"그러나 내가 말할 수 있는 건 당신만큼 높이 날 수는 없지만, 저는 아름다운 노래를 할 수도 있고, 또 이 세상의 어떤 생물에게든 기쁨을 줄 수 있는 능력이 있어요. 하지만 당신은 즐거움도 기쁨도 주지 않잖아요."

이 말을 듣자 독수리는 몹시 화가 나 소리쳤습니다.

"즐거움과 기쁨? 볼품없는 건방진 녀석! 나의 이 부리로 단 한 번에 너를 찢어 죽일 수도 있어. 내 한쪽 발바닥 넓이도 안 되는 것이 까불어."

그러자 종다리는 아무 대꾸도 하지 않고 훌쩍 날아올라 독수리의 등에 내려앉더니 깃털을 뽑기 시작했습니다. 독수리는 괴로워서 그 작은 새로부터 벗어나려고 재빨리 높이 날아올랐습니다. 하지만 종다리를 떨쳐버리지 못했습니다.

그러다가 하는 수 없이 다시 언덕 위의 그 바위 위에 내려앉게 되었습니다. 그 작은 새를 여전히 등에 태운 채, 전보다 더 짜증스럽게 되었습니다. 그리고 그는 그 고통스런 시간을 저주했습니다.

바로 그 때, 몸집이 작은 거북이 오더니 이 광경을 보고 웃어대기 시작했습니다. 어찌나 웃어댔는지 거의 몸이 뒤집혀질 정도가 되었습니다.

그런 거북을 내려다보며 독수리가 말했습니다.

"세상에서 제일 느린 녀석아, 뭣 때문에 그렇게 분수를 모르

금과 은이 찬란하게 빛나는 남자의 마음에는 이기심과 야수가 숨어 있습니다. 자부심과 영광으로 벽을 높이 쌓아올린 왕궁입니다. 그러나 그것들은 배반과 기만의 숨결을 느끼는 순간, 곧 금이 가고 무너져내릴 것입니다.

229

또 하나의 고독

고 웃어대지?"

그러자 거북이 비아냥거리듯 한마디 했습니다.

"그렇게 등에 작은 새를 태우고 있으니. 마치 당신이 말(馬) 같아 보여요. 하지만 그 작은 새가 당신보다 더 돋보이는군요."

독수리가 거북에게 말했습니다.

"너는 가서 네 일이나 해. 이건 내 형제인 종다리와 나와의 일이니까."

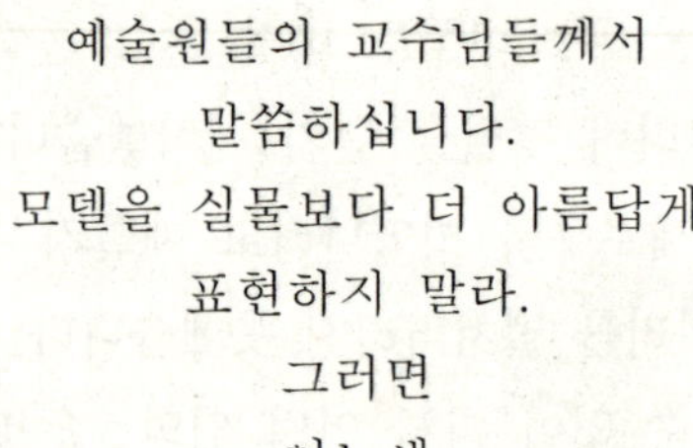

예술원들의 교수님들께서
말씀하십니다.
모델을 실물보다 더 아름답게
표현하지 말라.
그러면
어느새
나의 영혼은 내게 속삭입니다.
오, 그 모델이 갖고 있는 아름다움만큼이라도
그대로 그려낼 수 있다면.

- 1908년 11월 8일 칼릴 지브란 -

반복을 바라는 욕망은 영속성을 바라는 욕망이며, 영속성 속에 새로운 것이란 결코 있을 수 없습니다. 행복이란 그 어떤 곳도 아닌, 다만 현재의 움직임 속에 있는 것이기 때문입니다.

칼릴 지브란과 차 한잔

시인과 바보

옛날에 한 가난한 시인이 부자인 바보를 거리에서 만나 이야기를 나누고 있었습니다. 그들의 모든 대화는 오로지 불만에 찬 말뿐이었습니다.

그 때 길을 지키는 천사가 지나다가 두 사람을 보고 그들의 어깨에 자기 손을 얹었습니다.

그러자 기적 같은 일이 일어났습니다. 두 사람은 순간 그들의 재산이 맞바뀌어진 형태가 되어 버린 것입니다.

그리고 그들은 헤어졌습니다. 그런데 이상하게도 그들의 예상과는 달리 시인은 오히려 그의 손에 돌맹이 한 줌밖에 아무것도 없음을 발견했습니다.

그리고 그 바보가 눈을 감았을 때 그의 마음 속에는 움직이는 구름밖에는 다른 아무것도 느낄 수 없었습니다.

영악한 사람은 자신의 모든 것을 지식에 비추어 해석하면서, '이건 별로 새로운 얘기가 못 된다. 나도 전부터 이런 생각을 해왔다'라고 말합니다. 이것은 자신의 단단한 껍질을 보호하기 위한 보호막일 뿐입니다. 그 껍질을 깨고 나와야 합니다.

또 하나의 고독

자신

만일 다른 사람이 당신을 비웃는다면, 당신은 그 사람을 불쌍히 여길 수 있습니다.

그러나 당신이 그를 비웃는다면, 당신은 결코 자신을 용서하지 못할 것입니다.

만일 다른 사람이 당신에게 상처를 입힌다면, 당신은 그 상처를 잊을 수 있습니다.

하지만 당신이 다른 사람에게 상처를 입힌다면, 당신은 그것을 언제나 기억할 것입니다.

다른 사람이란 비록 육체는 따로 있지만, 가장 예민한 바로 당신 자신이기 때문입니다.

우리는 때로 생명을 잔인한 이름으로 부릅니다. 우리 자신이 잔인하거나 어둠 속을 헤매고 있을 때 흔히 그렇게 생각합니다. 또 우리는 생명을 공허하고 덧없는 것으로 여기기도 합니다. 그것은 우리의 영혼이 쓸쓸한 곳에서 방황할 때입니다.

칼릴 지브란과 차 한잔

욕망

인간은 모두 마음 속에 갖고 있는 욕망의 산을 향해 오르려 합니다.

다른 등반자가 당신의 크고 무거운 배낭과 돈주머니를 훔쳐가 그의 배낭이 점점 커지고 돈주머니가 점점 무거워진다 해도, 당신은 그를 불쌍히 여겨야 합니다.

그의 육체는 등반하기가 그만큼 더 힘들고, 그 무거운 짐이 그의 길을 그만큼 더디게 할 것이니까요.

그러므로 숨을 헐떡이며 등반하는 그의 육체를 보게 되면 당신이 한 걸음 도와주십시오. 그것이 당신의 발걸음을 더 빠르게 해 줄 것이니까요.

세상의 모든 대립되는 것들은 스스로를 반영하고 있습니다. 이상(理想)은 '있는 그대로의 것'으로부터의 반작용이고, 이상을 달성하고자 하는 신념은 생각의 영역 속에서 존재하는 헛되고 상상적인 투쟁입니다.

또 하나의 고독

선구자

당신은 당신 자신의 선구자이자, 그리고 당신이 쌓아올린 업적들은 거인처럼 큰 당신의 존재를 증명하는 반석입니다. 그리고 그 존재 역시 하나의 반석이 될 것입니다.

나 또한 나 자신의 선구자입니다.

동틀 무렵에는 내 앞에 길게 늘어지는 그림자가, 정오가 되면 내 발 밑에 모두어지는 것과 같습니다.

그러나 언제나 변함없이 태양은 다시 떠오르고, 그림자는 늘어질 겁니다. 언제나 우리들은 우리들 자신의 선구자였고, 영원히 그럴 것입니다. 우리가 모은 것, 그리고 앞으로 모으게 될 모든 것들은 전부 아직 갈지 않은 밭에 뿌려진 씨앗에 불과합니다.

우리들은 바로 그 밭이자 논이고, 거두는 손이자 거두어진 양식입니다.

당신이 안개 속에서 방황하는 욕망이었을 때, 나 또한 그 곳에서 방황하는 욕망이었습니다.

그럴 때 우리는 서로를 발견하게 되었고, 우리의 열정으로 꿈

다른 사람을 심판하려는 욕망과 유혹이 떠오르거든 먼저 자기 자신을 들여다보십시오. 자신의 내부에도 똑같은 사람이 웅크리고 있다는 사실을 알게 될 것입니다. 우리 모두는 같은 배를 타고 있기 때문입니다.

칼릴 지브란과 차 한잔

이 탄생했습니다. 그 꿈은 끝이 없는 시간이었습니다. 그 꿈은 측량할 수 없는 공간이었습니다.

그리고 당신이 '인생'의 떨리는 입술 위에서 무언의 낱말이었을 때, 나 또한 그 곳에서 또 하나의 무언의 낱말이었습니다.

그러자 '인생'이 우리에게 이야기를 들려주었습니다. 그리하여 우리는 어제의 추억들과 내일을 위한 염원으로 고동치면서 세월을 보내왔습니다. 왜냐 하면 과거는 정복당한 죽음이었고, 내일은 예정된 탄생이었기 때문입니다.

지금 우리는 신의 손 안에 있습니다. 당신은 '그분'의 오른손에 있는 태양이고, 나는 '그분'의 왼손에 있는 지구입니다. 하지만 빛을 발산하는 당신이 그 빛을 받는 나보다 더 밝지는 않습니다.

우리의 태양과 지구는 훨씬 더 큰 태양과 훨씬 더 큰 지구의 시초일 뿐입니다. 그리고 앞으로도 우리는 언제나 그 시초가 될 것입니다.

당신은 내 정원의 문 앞을 지나치는 이방인, 당신 자신의 선구자입니다. 그리고 내가 비록 나무 그늘 아래 앉아서 움직이지 않고 있는 것처럼 보일지라도, 나 또한 나 자신의 선구자입니다.

올바른 자아 인식 없이 바른 가치관의 확립은 이뤄지지 않습니다. 그 때의 모든 지식이란 혼란스런 무지의 파괴에 불과합니다. 그렇다고 해서 자아 인식이 궁극적인 목표는 아닙니다. 자아 인식은 끊임없는 것에 대한 개발의 수단일 뿐입니다.

235

또 하나의 고독

도시

　어제 나는 도시의 시끄러운 함성으로부터 몸을 숨겨 대자연의 신비를 찬란하게 간직하고 있는 산 정상으로 올라갔습니다. 그곳에 서서 나는 도시를 내려다보았습니다.

　도시에 있는 뾰족한 빌딩과 아름다운 저택들이 공장에서 뿜어내는 짙은 매연의 구름 아래 서 있었습니다. 나는 저 멀리 사람들이 땀흘리며 일하는 모습을 보면서 앉아 있었는데, 그들은 고통스러우며 절망에 빠진 듯 보였습니다. 그리고 들판 한가운데에 있는 묘지를 보았습니다. 돌무덤의 둘레에 삼나무 숲이 늘어서 있었습니다.

　나는 삶과 죽음의 도시 가운데에 앉아 있었던 것입니다. 그곳에 앉아 나는 도시에서 벌어지는 결코 멈추지 않을 투쟁과 멈출 수 없는 생존의 꿈틀거림, 또 죽음의 도시를 지배하고 있는 침묵과 평화로움에 대해서 생각하였습니다.

　삶의 도시에는 희망과 절망, 사랑과 미움, 가난과 부유, 신뢰와 불신이 있습니다. 그리고 죽음의 도시에는 자연의 섭리가 뒤바꾸어 놓은 흙 속의 흙, 또한 그 흙을 빚어 고요 속에서 대

마치 우리가 들판을 지나는 그 계절들에 순응했듯이, 우리 마음의 계절도 즐거이 받아들여야 합니다. 그러면 우리들은 슬픔의 겨울 사이로 진정한 자신을 발견할 수 있습니다.

칼릴 지브란과 차 한잔

자연이 창조해 놓은 최초의 식물과 동물의 생활이 있었습니다.

이런 것들을 곰곰 생각하는 동안, 사람들이 구슬픈 음악에 발 맞추어 걸어가고 있는 것이 눈에 띄었습니다. 화려하고 성대한 행렬을 이루며 여러 가지 모습을 한 사람들이었습니다. 어떤 부유하고 권력 있는 사람의 장례식인 것 같았습니다.

유족들 뒤로 눈물을 흘리며 울부짖고, 온 세상을 절규와 한탄으로 가득 메우는 살아 있는 사람들이 뒤를 쫓아가고 있었습니다.

그 행렬이 묘지에 닿았습니다. 사제들은 기도하며 향을 피웠고, 악사들은 장송곡을 연주하였습니다. 다른 사람들은 낮은 목소리로 죽은 이를 찬양하였습니다. 시인들은 죽은 이에 대한 애도로써 잘 연마된 최상의 시구를 바쳤습니다.

많은 시간이 흘러가고 얼마 후 사람들은 조각가와 석공이 훌륭하게 만들어 놓은 비석 하나를 남기고 흩어져 갔습니다. 비석 주위엔 예술미를 살려 교묘히 꾸며놓은 꽃들이 놓여 있었습니다.

내가 생각에 잠겨 바라보고 있는 동안 그 행렬은 도시로 다시 돌아가고 있었습니다.

황혼 무렵, 바위와 나무의 그림자는 더욱 길어졌으며, 대자연은 자신이 발산했던 빛의 옷들을 벗기 시작했습니다.

바로 그 때, 나의 눈에는 나무로 만든 관을 들고 있는 두 사람이 보였습니다. 그들의 뒤엔 다 떨어진 누더기옷을 걸친 한 여인이 젖먹이 아이를 품에 안고 천천히 따라오고 있었습니다.

시간과 공간은 정신적인 세계에 존재합니다. 눈을 감아보세요. 그러면 내면의 자아를 통해서 모든 것을 볼 수 있을 겁니다. 그리고 완벽한 자신에의 몰입이 이뤄졌을 때, 세상을 신비롭게 볼 수 있습니다.

237

또 하나의 고독

그녀의 곁에는 강아지 한 마리가 그녀와 관을 번갈아 보며 종종걸음으로 따라가고 있었습니다. 그것은 어느 가난하고 보잘 것없는 사람의 장례 행렬이었습니다. 발걸음마다 고통과 슬픔이 가득 찬 그 아내가 슬픔의 눈물을 흘리며 따르고 있었고, 엄마의 슬픔으로 인해 울음을 터뜨린 젖먹이 아이, 그리고 충직한 강아지 한 마리만이 행렬의 전부였습니다.

그들은 묘지에 이르렀고, 대리석으로 만든 비석들이 세워진 곳으로부터 멀리 떨어진 한구석에 파놓은 구덩이에 관을 내려 놓았습니다.

그런 다음 그들은 침묵 속에서 다시 도시로 되돌아갔고, 돌아가면서도 강아지는 자기의 좋은 친구였던 그 사람의 마지막 안식처를 뒤돌아보곤 했습니다. 그들이 숲을 지나서 내 눈에서 완전히 사라질 때까지 강아지는 그렇게 뒤돌아보곤 했습니다.

"저 도시는 부유하고 권세 있는 사람들의 것이구나."

나는 죽음의 도시를 향해 말했습니다.

"그렇다면 빈곤하고 무능한 사람들의 집은 어디에 있지?"

그러고 나서 머리를 들어 구름을 바라보았습니다. 구름은 저녁노을을 받아 황금빛으로 물들어 가고 있었습니다.

그러자 내 깊은 속에서 속삭이는 소리가 들렸습니다.

"바로 저 곳이지."

지혜란 자유로운 것이 아닙니다. 만일 인간이 모든 물질의 함축된 의미를 모두 깨달을 수 있다면 자유로운 것이며, 그 순간에는 어떤 표면적인 말이나 몸짓도 필요하지 않게 됩니다.

칼릴 지브란과 차 한잔

어머니와 날개

내 성격과 기질의 대부분은 어머니로부터 이어받았습니다. 그러나 내가 어머니의 아름다움, 소박함, 또는 어머니의 인자한 마음을 이어받았다는 뜻이 아닙니다.

내 나이 스무 살 때, 어머니가 이렇게 말씀하신 걸 나는 기억합니다. '네가 수도원에 들어가서 수도사가 되었더라면 나를 위해서나 남들을 위해서 훨씬 더 좋았을 거야'라고 말입니다.

나는 어머니에게 말했습니다.

"그건 사실이에요. 내가 이 세상에 태어나기 전에 나의 어머니로서 엄마를 택하지 않았다면요."

어머니는 대답하셨습니다.

"네가 태어나지 않았더라면 넌 천사로 남아 있었을 거야."

난 대답했습니다.

"전 지금도 천사예요."

어머니는 웃으며 말하셨어요.

"하지만 넌 날개가 부러져 있구나."

어머니는 하늘나라 저쪽으로 가셨지만, 그 후 '부러진 날개'라

얼마나 오랜 세월을 우리는 타인의 멸시에 찬 웃음 때문에 고통받아야 합니까? 우리의 육체를 에워싼 숲은 아직도 우리를 풀어놓지 않고 있습니다. 우리는 얼마나 불가사리와도 같은 번식을 하는 숲 속을 헤매야 합니까?

239
또 하나의 고독

는 어머니의 말씀은 언제까지고 내 곁에 남아 있었습니다.

그대여,
무엇보다도 멋진 일은
그대와 나,
늘 손을 잡고 거닐고 있다는 것,
타인들은 알지 못하는
경이롭도록 아름다운 세계 속을.
우리는 둘 다 손잡지 않은 다른 한 손을 뻗어
그 손을 통해 삶을 빨아들입니다.
- 삶은 이만큼이나 넉넉한 것입니다.

- 1912년 10월 22일 칼릴 지브란 -

세월의 나이를 먹어갈수록 우리는 심장이 파열하는 듯한 충격도 느끼지 못한 채 점점 둔해집니다. 우리는 많은 것을 머릿 속으로만 알아가기 때문입니다. 그래서 그 축적된 지식 밑에는 어둠과 무지만 쌓일 뿐이라는 사실도 생각지 못합니다.

음악

　내 마음이 내가 사랑하는 그녀 옆에 앉아서 그녀의 이야기를 들었습니다.

　내 영혼은 끝없는 우주를 헤매고 있을 때, 육체는 조그만 지하 감옥처럼 보이는 음울한 공간을 헤매기 시작했습니다.

　하지만 매혹적인 사랑의 음성이 내 마음 속에 들어왔습니다.

　오, 친구여. 그것은 음악입니다. 나는 사랑하는 이의 한숨을 통해서, 그리고 그녀의 두 입술 사이로 흘러나오는 말을 통해서 음악을 들었기 때문입니다.

　나는 느낌으로 사랑하는 이의 마음을 보게 됩니다.

　친구여, 음악은 영혼의 언어입니다. 멜로디는 사랑으로 현(弦)을 떨리게 하는 감미로운 바람입니다. 음악의 부드러운 손길이 우리 감정의 문을 두드릴 때, 그들은 과거의 심연 속에 오랫동안 숨어 있던 기억들을 깨웁니다. 음악의 슬픈 가락은 슬픈 기억을 되살리고, 선율은 우리들의 즐거운 기억들을 되살아나게

　죽음은 피할 수 없는 현실입니다. 돌이킬 수 없는 불멸의 진리입니다. 연속이란 그 끝이 있으며, 조장되거나 유지될 수도 있습니다. 하지만 연속성을 가진 것은 결코 그 자체를 새롭게 할 수도 없고, 미지의 것을 이해할 수도 없습니다.

또 하나의 고독

합니다. 그 선율은 사랑하는 이와의 이별을 노래하거나, 혹은 신이 우리에게 베푸신 평화의 미소를 띠게 합니다.

음악의 영혼은 정신의 영혼이며, 음악의 마음은 심장의 마음입니다. 신은 인간을 창조하면서, 모든 다른 언어와 구별되는 언어로 음악을 주셨습니다. 그리고 일찍이 인간은 광야에서 신의 영광을 노래했습니다. 그리고 음악은 지배자들의 마음까지 사로잡아 그들이 지혜로운 통치를 할 수 있도록 도와주었습니다.

우리의 영혼은 운명이라는 바람의 사랑으로 태어나는 부드러운 꽃들과 같습니다. 꽃은 아침의 산들바람에 춤추고, 밤이슬이 내리면 고개를 떨굽니다.

새들의 노랫소리는 인간을 잠에서 깨웁니다. 음악은 우리 자신에게 고전에 숨어 있는 신비로운 뜻을 묻게 만듭니다.

새들이 노래할 때, 그들은 들판의 꽃을 부른 것일까요, 아니면 나무에게 얘기를 하는 것일까요. 아니면 냇물의 속삭임에 대답하는 것일까요? 인간의 머리로는 새가 하는 말을 알 수 없고, 시냇물의 속삭임도 알 수 없으며, 파도가 해변에 천천히, 그리고 부드럽게 부딪혀도 그것이 무엇을 속삭이는지 알 수 없습니다.

인간이 가지고 있는 이해력으로는 비가 나뭇잎 위에 내릴 때나 창을 두드릴 때에도 그것이 무엇을 말하는지 알지 못합니다. 바람이 들판의 꽃에게 무얼 말하는지도 인간은 알지 못합니다.

'마음의 평화.' 사실은 마음이 없는 곳에 평화가 있는 법이므로, 마음의 평화란 불가능합니다. 마음은 늘 문제를 몰고옵니다. 그것이 마음의 속성입니다. 마음 자체가 바로 우리의 불안인 동시에 걱정입니다.

칼릴 지브란과 차 한잔

　그렇지만 인간의 마음은 자신의 감정을 움직이는 소리들의 의
미를 느끼거나 그 뜻은 파악할 수 있습니다. 때로는 영원한 지
혜가 신비스러운 언어로 인간에게 말합니다. 인간이 말없이 당
황하는 동안, 영혼과 자연은 서로 이야기를 나누고, 그 소리를
듣고 인간은 울기도 합니다.

나로 하여금, 오, 나로 하여금
내 영혼을
찬란한 빛 속에 멱감게 하여 주십시오.
나로 하여금,
황혼을 가슴 깊이
호흡하고
무지개를 마실 수 있도록
허락하여 주십시오.

- 1908년 11월 8일 칼릴 지브란 -

　태양은 결코 동쪽에서 뜨지 않습니다. 다만 우리 가슴 속에서 뜨고 집니
다. 그러므로 우리가 모든 창문을 활짝 열어 놓기만 하면 됩니다. 그래서
생명의 향기가 우리에게 쏟아져 내리고, 우리가 항상 갖고 있는 생명의 빛
이 뿜어져 나오게만 하면 됩니다.

243
또 하나의 고독

지혜

  먼 옛날 깊은 숲 속에 지혜로운 사람이 살았습니다. 그는 순수한 영혼과 맑은 마음을 지녀 숲 속의 모든 동물과 공중의 새들까지도 무리를 지어 그를 찾아와서는 그의 이야기에 취해 있곤 했습니다. 그들은 오랫동안 그의 얘기를 즐겨 들으며, 그와 가까워지고 친숙해지려고 했습니다. 어느 날 저녁, 그가 사랑 얘기를 하고 있을 때 표범이 고개를 쳐들며 지혜로운 사람에게 물었습니다.

  "선생님은 사랑에 대해 우리에게 말씀해 주십니다. 그런데 선생님의 짝은 어디 계시죠?"

  지혜로운 이는 대답했습니다.

  "난 짝이 없단다."

  그러자 순간 모여 있던 무리 속은 놀라움으로 술렁거렸습니다.

  "자신의 체험도 없이 어떻게 우리에게 사랑과 짝짓는 것을 가르쳐 줄 수 있나요?"

  그들은 그를 혼자 내버려두고 빈정대며 우르르 떠나가 버렸습니다.

  어머니는 모든 것입니다. 어머니는 우리가 슬플 때 위안이 되고, 우리가 불행할 때 희망이 되고, 우리가 약할 때 힘이 됩니다. 어머니는 사랑과 자비와 동정과 관용의 원천입니다.

244

그날 밤, 지혜로운 이는 고통으로 자리에 누웠습니다. 그는
뒤에서 비통하게 울며 두 손으로 자기 가슴을 쳤습니다.

우리는 대지의 삶의 한가지 표현입니다.
- 홀로 떨어져 나온 개체가 아닙니다.
우리는 땅과 우리가 떨어져 있는 모습을
볼 수 있을 만큼
그토록 멀리 갈 수도 없습니다.
우리는 거대한 순환 속에서만
움직일 수 있습니다.
우리들의 키자람도 결국
우주의 눈부신 진보의
한 조각일 뿐입니다.

- 1922년 5월 5일 칼릴 지브란 -

우리는 귀머거리의 아픔을 보았습니다. 그것은 의사 표현을 한 사람에게
공허한 메아리로 되돌아오게 해서 그의 영혼과 가슴을 숨막히게 하고, 결국
그 육체에 불쌍한 어둠만 남게 합니다.

245
또 하나의 고독

칼릴 지브란의 생애

칼릴 지브란의 생애

칼릴 지브란의 생애

칼릴 지브란의 생애

시인이라고 부르기에는
너무나 폭넓은 철학세계를 지녔고
철학자라고 부르기에는
너무나 큰 인류에 대한 사랑에 차 있었으며,
성자라고 부르기에는 너무도 날카로운 비판정신이 앞섰고,
반항아라고 부르기에는
너무도 숭고한 영혼의 긍정을 지닌 사람으로 보입니다.
그는 완전한 자아였고 완전한 예술가였다.

칼릴 지브란의 생애

칼릴 지브란의 생애

의 생애

칼릴 지브란의 생애

칼릴 지브란의 생애

칼릴 지브란의 생애

칼릴 지브란의 생애

칼릴 지브란의 생애

칼릴 지브란

1883년 레바논의 베차리 마을에서 교회 목사의 딸인
　　　어머니와 부유한 목축업자인 아버지 사이에서 출생
　　　하다.
1984년 아버지를 제외한 전 가족이 미국으로 이민,
　　　뉴욕을 거쳐 보스톤에 정착하다.
1896년 레바논으로 돌아와 베이루트 시의 Madrasat Al
　　　hikmat(지혜의 학교)에 입학하다.
1898년 재학중인 15세 때 〈예언자〉 초판을 집필하다.
1901년 우수한 성적으로 졸업하다.
　　　아버지와 함께 중동지방 여행하다.
　　　그리이스·이탈리아·스페인을 거쳐 파리로 가다.
　　　〈반항하는 영혼들〉 등 아랍어로 많은 저술 활동을
　　　하다.
1903년 보스톤에서 그림을 그리며 아랍어 저술을 시작하다.
　　　아랍어로 쓴 〈예언자〉를 개작하다.
1904년 그의 작품들을 낳는데 주된 원동력이 되었던 10
　　　년 연상의 메리 헤스켈을 만나다(그들의 우정은 그
　　　가 죽는 날까지 계속되었다)
1908년 본격적인 미술 공부를 위해 파리의 아카데미 쥴리

앙과 보쟈르에 입학하다.

파리에서 저명한 인사들을 만나며, 그들의 초상화
를 그리다.

1911년 미국으로 돌아오다.

1912년 뉴욕의 웨스트 10번가에 정착하다.

문학과 미술에 대해 본격적인 작업에 들어가다.

1913년 뉴욕과 보스톤에서 전시회를 가지다.

1917년 〈부러진 날개〉〈템페스트〉〈눈물과 미소〉〈산문
시〉〈사람의 아들 예수〉〈영혼의 잠언〉등 여러 권
의 아랍어로 된 책을 저술하다.

영어로 된 〈예언자〉 출판하다.

1931년 뉴욕 세인트 빈센트 병원에서 사망하다.

URL : www.sunyoung.co.kr

도서
출판 선영사

잘못된 책은 바꾸어 드립니다.

홈페이지를 이용하시면 선영출판사에 관한 모든 정보를 보실 수 있습니다.

문의 사항은

본사 전화 (02)338-8231

E-MAIL : SUNYOUNGSA@HANMAIL.NET

로 연락을 바랍니다.

당당한 여자 & 예쁜 여자

진 베어 지음/ 서지혜 옮김
신국판/257쪽/도서출판 선영사/값 7,000원

유행에 따라 화장하는 것이 나쁘지는 않지만 이제부터는 자신만의 스타일로 해보십시오. 개성있는 자신, 아름다운 자신을 연출할 수 있습니다. 우리 사이의 우정을 끊을 것인가, 표면상으로만 친구 사이를 유지할까! 나는 그녀와 과감하게 절교하기로 했다. 30년간이나 유지해 온 사이를 단절함으로써 비로소 나는 언제나 마음을 누르고 있던 압박감을 떨칠 수 있었다. 만일 당신이 이것만은 절대로 양보하지 않겠다는 태도를 취한다면 그 누구도 그것을 빼앗지 못할 것이다 당신이 변하면 상대방도 변하게 된다. 그에 따라 당신 생각이나 기분에도 어떤 변화가 일어난다. 행동의 변화가 사고와 기분의 변화를 초래하게 되는 것이다.

자기를 존중하며 사는 삶은 어떤 것일까? 이것은 참으로 쉬운 듯 하면서 까다로운 문제라 아니 할 수 없다. 여성의 사회 활동도 활발해져 각 분야에서 활약하고 있는 여성들의 수가 갈수록 증가하고 있으며, 어느 분야에나 여성들의 능력이 높이 평가되고 있는 것을 이제는 굳이 강조하지 않아도 너무나 자연스러운 일이 되었다.

연인과 만나는 72가지 방법

샘 로스 지음/ 서지혜 옮김
신국판/252쪽/도서출판 선영사/값 7,000원

저자 샘 로즈는 미국의 여류 방송 극작가로서 남녀의 사랑에 큰 관심을 가지고 이 책을 저술하였다.

사랑의 참고서라 할 만한 이 책은 사랑을 만나고 사랑에 성공하고 사랑을 오래도록 유지하고 싶어하는 젊은이들이 실전에서 반드시 알아두어야 할 내용을 53개 항목으로 나누어 자세하고도 체계적으로 저술해 두었다.

제1부 사랑의 깃발을 흔들지에서는 사랑은 더 이상 기다리는 것이 아니라 전해지는 것이라고 말한다. 마음에 드는 남자가 있으면 자신의 존재를 적극적으로 알려야 한다고 외치고 있다.

제2부 진정한 연인이 되기 위한 방법에서는 어떤 유형의 성격과 맵시의 여자가 남성에게 인기가 있는가, 아니면 남성에게 혐오감을 주는가를 구체적으로 제시해 주고 있다.

제3부 연인이 없는 이유?에서는 남성들이 우선적으로 결혼하기 싫은 여자로 꼽은 설문 결과를 예시하면서 타산적인 여자, 응석받이 여자, 지나친 자신감, 심술궂은 여자, 연약한 여자 등은 남성이 싫어하는 타입이라고 지적하고 있다.

제4부 남성들의 심리를 알면 사랑에 성공한다에서는 남성의 성격을 알아내는 법과 진정한 연인이 되려면 어떻게 해야 하는가, 어떻게 하면 사랑을 오래 유지할 수 있는가를 가르쳐 주고 있다.

제5부 여성 누구나 예뻐지는 비결에서는 여성의 패션, 화장법, 헤어스타일, 향수 등에서 신발에 이르기까지 여성으로서 좀더 아름다워지는 방법을 소개하고 있다.

카네기 인생론

　삶에 대한 모든 물음은 우리 스스로 체득할 수밖에 없을 것이다.
　삶에 대한 어떤 설명도 우리 자신의 삶에 지침이 되기에는 어렵기 때문이다.
　이 책은 막연한 설명이 아니라 구체적인 제시를 한다.
　우리가 어디에서나 부딪히는 삶의 현장에서 함께 이야기하고자 하기 때문이다.

카네기 자서전

　노동자들의 온정에 보답하려는 깨끗한 마음을 갖고 있다. 적어도 진실로써 다른 사람을 대하고 어떤 문제가 발생했을 때 성의를 다해서 전력한다면 그들이 사용자에게 어떻게 대할 것인가 하는 염려 같은 것은 전혀 할 필요가 없다. 그러므로 덕은 외롭지 않다. 덕을 베풀면 반드시 그에 대한 결과가 있기 때문이다. 그리고 사업에 성공할 수 있는 가장 큰 원인은 완전한 계산을 통하여 금전화 자재 등의 책임을 충분히 인식시키는데 있다.

카네기 출세론

　이 세상을 살면서 주어진 삶에 충실하다는 것은 모든 이들의 소망이다.
　그리고 가능한 모든 일이 이루어 낸다는 것은 유능한 사람들의 의무이다.
　이 책은 유능한 사람들이 나아가야 할 바를 참으로 절실하게 제시해 주고 있다.
　또 유능해지고자 하는 모든 이들의 삶을 위하여 봉사하고자 하고 있다.

신념의 마력

　인간은 마음 먹기에 따라서 세상의 모습을 바꾸어 놓을 수 있다.
　인간이 지닌 많은 힘 가운데 가장 큰 힘이 마음의 힘인 것이다.
　신념은 일상생활을 통하여 우리의 이상을 그려낼 수 있는 강한 추진력이다.
　이 추진력을 바탕으로 우리는 우리의 생활을 삶을 뜻대로 이루어 갈 수 있는 것이다.

카네기 지도론

　참다운 지도는 함께 나아가는 것이다. 무엇을 제시하거나 지시하기 전에 피지도자가 무엇을 하고자 하는가, 무엇을 할 수 있는가를 알아서 그것을 이끌어주고, 또 그것이 이루어지도록 함께 노력하는 것이다.
　이 책은 무엇이 참다운 지도인가를, 즉 어떻게 함께 나아갈 것인가를 그려내 보여주고 있다.

정상에서 만납시다

　미국의 유명한 저술가이며 자기개발 성공학의 권위자인 지그지글라가 진정한 성공에 다다를 수 있는 가장 빠른 방법을 제시하고 있다.
　29년에 걸친 판매 경험과 인간개발 경험을 살려 각계 각층에서 활약하고 있는 최고 전문가들의 성공철학을 파악, 여섯 단계로 그 비결을 밝혔다.

카네기 대화술

　올바른 언어의 선택은 의사소통을 보다 원활하게 한다. 훌륭한 대화는 인간 행위의 가장 승화된 형태라고 할 것이다.
　이 책은 청중을 향하여 효과적으로 이야기하는 방법이 제시되어 있으며, 화술 훈련에 임하면서 경험한 실례를 중심으로 쓰여졌다.
　현재를 출발점으로 당신은 효과적인 화술 방법을 통해 자신의 무한한 능력을 깨닫게 될 것이다.

머피의 마음만 먹으면 당신도 부자가 된다

　당신이 만약 풍족하지 않다면 행복하고 만족한 생활을 결코 영위할 수 없을 것이다. 여기에 풍족한 삶을 누리기 위한 과학적인 방법이 있다. 당신이 성공과 행복과 번영이라는 달콤한 과일을 얻고 싶다면, 이 책에서 이야기하는 것을 정확하게 되풀이해 배우라. 그러면 당신의 앞날을 보다 아름답고, 보다 행복하고, 보다 풍족하고, 보다 고귀하고 보다 웅장한 큰 규모로 펼쳐질 것이다.

카네기 처세론

　최고의 처세라는 것은 우선 최선의 목표를 정하고 그 성취에 이르는 길을 갈고 닦는 것이다. 거기에다 자기를 세우고, 삶을 키워내고, 세상을 이끌어 갈 수 있는 힘을 닦는 것이다.
　이 책은 거기에 있는 불후불굴의 조언을 새겨주고 있다.

머피의 잠자면서 성공한다

　머피의 이론을 바탕으로 하면 자기가 바라는 바 지위나 돈을 어떻게 얻을 것인가, 또는 우호적인 인간관계를 어떻게 실현할 것인가를 터득할 수 있다. 따라서 이 책에 명시된 대로 따르기만 하면 당신은 인생 전반에 걸쳐 기적적인 효과를 얻을 수 있다.

머피의 인생을 마음대로 바꾼다

이 책 속에는 당신의 인생을 변하게 하는 마법과도 같은 방법이 제시되어 있다. 다시 말해 기적이라고 할 만한 이야기들이 가득 차 있다. 당신의 마음속에 내재되어 있는 마법과도 같은 잠재의식을 어떻게 사용해야만 당신이 인생에서 성공할 수 있는지 흥미진진한 실례들을 통해 상세하게 알려주고 있다.

오사카 상인의 지독한 돈벌기 76가지 방법

오사카 상인의 13대 후손이며 미쓰비시 은행의 상무를 역임한 저자가 오늘날 일본 경제를 일군 오사카 상인들의 정신을 분석 수록했다. 무일푼으로 출발하여 그들만의 돈벌이 노하우와 끈질긴 생존능력, 아이디어를 바탕으로 세계적으로 유명한 유태상인과 어깨를 겨룰만큼 성장한 오사카 상인들의 경영 비법을 바탕으로 부와 성공을 이룰 수 있는 방법이 자세히 제시되어 있다.

머피의 승리의 길은 열린다

당신이 이 책에서, '인생은 마음먹기에 따라 달라진다'는 평범한 진리가 당신의 인생에 있어서 얼마나 중요한가를 실감하게 될 것이다. 이 책에 제시된 인생의 법칙을 읽고 그것을 당신의 인생에 응용하면, 당신은 당신의 인생을 건강하고 즐겁게, 그리고 유익하고 성공적으로 가꿀 수 있는 힘을 얻게 될 것이다.

중국 상인의 성공하는 기질 74가지

미국, 일본의 뒤를 이어 세계 3대 경제 대국으로 뛰어오른 중국의 숨은 잠재력, 서서히 이론의 경제를 위협하는 존재로까지 급부상한 그들에게 끈질긴 생명력과 강력한 경제력을 지닌 화교 사회는 중국 대륙의 비밀 병기였다.

그들이 성공하기까지 철저히 지켜지는 상인 정신의 기본 자세를 배워 현재의 어려움을 극복하는 지혜를 배운다.

머피의 인생에 기적을 일으킨다

마음의 힘에 관해서는 많은 책 속에 여러 가지로 쓰여 있으나, 이 책에서는 당신의 모든 생활을 변환하기 위하여 이 힘을 어떻게 이용할 것인가, 건설적이며 성공할 수 있는 사고방식, 그리고 자신의 생활을 보다 풍족히 할 수 있는 방법 등을 기록했다.

성경 탈무드

탄압과 박해 속에서도 끈질긴 삶의 길을 걸어온 유대인의 숨은 저력은 무엇일까? 그러한 강인한 정신력은 선민사상으로 굳게 다져진 그들의 신앙심과 바로 이 탈무드에서 기인한 것이다. 탈무드는 유대인의 넋이요, 유대인의 5천 년의 전통이라 할 수 있다. 탈무드를 제대로 이해하게 되는 것은 곧 깊이 있는 정신 세계와 지혜로운 삶을 영위하게 한다.

머피의 100가지 성공법칙

인생에서 성공한 사람들을 보면 하나같이 잠재의식 법칙을 실천했던 사람들이다. 만일 당신이 지금 충분히 행복하지 않고, 충분히 부유하지 않으면, 충분히 성공하지 못했다면 그것은 당신이 잠재의식을 충분히 이용하지 못하기 때문이다. 이 책에는 당신이 가고자 하는 성공의 길, 부자가 되는 길, 인생을 한껏 즐길 수 있는 기술이 감추어져 있다.

임어당의 웃음

우리의 심리적 소질 가운데는 진보와 개혁을 저해하는 어떤 요소가 존재하고 있다. 즉 모든 이상을 웃어넘기고 죄악 그 자체조차 인생의 필요한 부분으로 미소로서 바라보는 유머임을 발견한다.

중국인의 특성의 장점과 단점이 흥미진진한 소재와 감동적인 문체로 전해지는 임어당 문학의 진수!

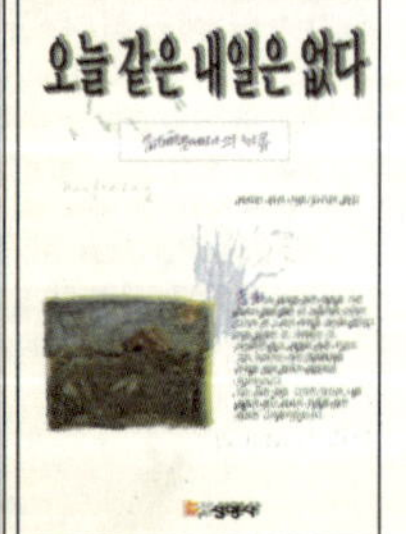

오늘 같은 내일은 없다

동화 속 새처럼 맑은 영혼을 가진 헤세가 열에 들뜬 내 눈동자에 가까이 다가와 옛 노래의 추억을 속삭여 줍니다.

가장 달콤하고 이상적인 충고, 세월이 흐른 지금도 그의 이야기는 멋진 동화책처럼 우리들 앞에 펼쳐져 생생하게 되살아납니다.

인디언 우화

동물과 인간의 구분도 없고 생물과 무생물도 구별 할 줄 모르는 그래서 어쩌면 첨단을 달리는 현대과학의 분위기와 맛을 그대로 간직한 채 우주 속에서 살았던 북 아메리카 인디언들의 이야기들은 오늘날 잊혀져버린 인간의식의 고향을 찾을 수 있는 오솔길이 될 것이다.

프로이드 심리학 해설

참다운 자아를 발견하고 삶의 행로를 찾아 나서는 이들을 위하여, 또한 인간과 그 심리 세계를 탐구하려는 이들을 위하여, 인간 심리의 틀을 밝혀주는 프로이트의 심리학의 해설서. 인간이 인간답게 살아갈 수 있도록, 심리학에 입문할 수 있도록 인도하는 최고의 명저.

정신 분석과 유물론

인간의 정신을 의식·무의식의 메커니즘으로 파악하는 프로이트 사상과 철저한 일원론적 자세로 설명하는 마르크스 사상이 어떻게 영합하고, 어떻게 상반되며, 그리고 무엇을 문제로 빚는가를 사회 사상적 입장에서 논한, 우리 시대 최대의 관심사에 관한 해설서.

융 심리학 해설

인간의 깨어 있는 의식의 뿌리를 캐며, 아득한 무의식 속에 깊숙이 감춰 있는 세계까지 탐색하고, 그 심대한 체계를 세운 융 사상의 깊이와 요체를 밝혀주는 해설서. 무한한 세계까지 헤아리는 융 심리학의 금자탑. 그리고 인간 생활에서의 실제와 응용을 명쾌하게 설명해 주는 최고의 입문서.

인간의 마음 무엇이 문제인가?(1)

현대 정신 의학의 거장 메닝거 박사가 이야기하듯 밝혀주는 인간 심리의 미로, 그 행로의 이상(異常)과 극복의 메시지. 소외와 불안과 갈등과 알력과 스트레스 속에서 온갖 마음의 문제를 안고 사는 이들의 자아 발견과 자기 확인 및 정신 건강을 위한 일상의 지침서.

무의식 분석

프로이트의 《정신 분석의 입문》과 쌍벽을 이루며, 또 어느 누구도 따를 수 없는 독보적인 폭과 깊이를 담고 있는 융의 '무의식의 심리'에 관한 최고의 걸작. 인간의 정신 세계에의 연구에 있어서 끝없는 시야를 제시하는, 그리고 미지의 무의식 세계를 개발하려는 융 심리학의 핵심 해설서.

인간의 마음 무엇이 문제인가?(2)

제1권에 이어 관능편·실용편·철학편 등이 실려 있는 메닝거 박사의 정신 의학의 명저. 필연적으로 약점과 결점을 지닐 수밖에 없는 인간의 마음에서 빚어지는 갖가지 정신적 문제들에 대처할 수 있는 메닝거식(式) 퇴치법이 수록되어 있다.

프로이트 심리학 비판

인간의 정신 세계의 틀을 제시하는 프로이트 사상의 근거와 사회적 영향을 검토하고 검증하려는 비판서(이 책을 통하여 우리는 프로이트 심리학의 출발과 실제와 한계를 생각할 수 있다). 우리가 프로이트 심리학에 무엇을 기대하며, 무엇을 문제시해야 할 것인가를 말해주는 명저.

정신 분석 입문

노이로제 이론에 있어서 새로운 영역을 개척함과 아울러, 거기에서 획득할 수 있는 번뜩이는 혜안과 견해를 프로이트는 스물여덟번의 강의에서 총망라해 다루고 있다. 인간의 외부 생활과 내부 생활과의 부조화로 인해 빚어지는 갖가지 문제점들이 경이롭게 파헤쳐지는 정신 분석의 정통 입문서.

아들러 심리학 해설

프로이트의 본능 심리학과 융의 심리학과 함께 꼭 주지되어야 하는 것이 아들러의 개인 심리학이라고 볼 때, 그 개인 심리학이 논구하여 설명하려는 개개인의 의식 세계를 또 다른 시각으로 설파해 주는 해설서. 개인의 의식 세계를 또 다른 시각으로 설파해 주는 해설서. 개인의 의식 세계에 대한 간결하고도 이해하기 쉬운, 이 시대 최고의 저술.

꿈의 해석

꿈이란 어떤 형태의 것이든 소망 충족의 수단이며, 꿈을 꾸는 사람은 그 자신이면서도 현실의 자신과는 완전히 단절되어 있다는 꿈의 비논리적 성질을 예리하게 갈파해 주는 꿈 해석 이론의 핵심 입문서이며, 프로이트 자신의 명성을 전세계에 드높인 이 시대 최고의 명저.

TEA TIME 그리고 MESSAGE

1판 1쇄 인쇄 1991년 11월 15일
1판 1쇄 발행 1991년 11월 20일
3판 1쇄 발행 2013년 03월 20일

지 은 이 칼릴 지브란
옮 긴 이 이수민
편집기획 김범석
디 자 인 정은영

발 행 인 김영길
펴 낸 곳 도서출판 선영사
주   소 서울시 마포구 서교동 485-14 영진빌딩 1층
Tel 02-338-8231~2   Fax 02-338-8233
E-mail   sunyoungsa@hanmail.net
Web site   www.sunyoung.co.kr

등   록 1983년 6월 29일 (제02-01-51호)

ISBN 978-89-7558-140-3   03840

· 잘못된 책은 바꾸어 드립니다.